강안남자 1부 4

강안남자 1부 4

초판1쇄 인쇄 | 2018년 3월 26일
초판1쇄 발행 | 2018년 4월 9일

지은이 | 이원호
펴낸이 | 박연
펴낸곳 | 한결미디어

등록일자 | 2006년 7월 24일
등록번호 | 제25100-2006-152호
주소 | 서울시 마포구 모래내로 83 한올빌딩 6층
전화번호 | 02 · 704 · 3331
팩스번호 | 02 · 704 · 3330

ISBN 979-11-5916-083-7 979-11-5916-079-0(set) 04810

ⓒ한결미디어 2018

强顔男子

강안남자

1부

4

이원호 장편소설

한결미디어
HANGYEOL MEDIA

목차

1. 반전

다음 날 회사에 출근한 조철봉이 회의를 마치고 사무실로 돌아왔을 때였다. 비서 역할을 하는 총무부의 미스 김이 따라 들어오며 말했다.

"사장님, 정부에서 오셨다는 분이 기다리고 계십니다."

"정부에서?"

조철봉이 눈을 크게 떴다. 이런 식으로 자신을 소개한 손님은 처음이다.

"그럼 공무원이야?"

"글쎄요, 저는. 그렇게만 말씀하시고 다른 말은 안 하세요."

미스 김이 난처한 표정을 지었으므로 조철봉은 입맛을 다셨다. 정부에서 나왔다면 당연히 공무원이고 세무서, 경찰서, 소방서, 하다못해 동사무소도 모두 포함이 되는 것이다. 그렇지만 그들은 자신을 정부에서 나왔다고 말하지는 않는다.

"들어오시라고 해."

조철봉이 말하자 미스 김이 살았다는 듯이 금방 몸을 돌렸다. 잠시 후에 문이 열리더니 미스 김의 안내로 들어선 사내는 40대 중반쯤의 나이에 단정한 양복 차림이었는데 인상은 평범했다. 주의해서 보지 않으면 금방 잊을 것 같은 얼굴이었고 체격도 보통이다.

"이거 갑자기 찾아뵈어서 놀라게 해 드린 것 같습니다."

사내가 웃으며 말했으나 손도 내밀지 않고 자신이 누구인지도 밝히지 않았다. 그래서 조철봉도 자리만 권하고는 명함도 건네지 않았다. 미스 김이 음료수 중 가장 보편적인 오렌지주스 잔을 놓고 나갔을 때 사내가 입을 열었다.

"중국에서 북한하고 합작 사업을 하고 계시지요?"

사내가 부드럽게 물었지만 조철봉은 퍼뜩 눈을 치켜떴다. 이런 일에 간여할 정부기관의 이름들이 맹렬하게 머릿속을 맴돌기 시작했고 긴장이 되었다.

"실례지만 어디에서 오셨습니까?"

"그냥 정부에서 왔다고만 알고 계시지요."

웃음 띤 얼굴로 말한 사내가 다시 말을 이었다.

"죄송합니다. 때가 되면 알려 드리지요."

"그런데 무슨 일로, 합작 사업이라고 할 것도 아직 없습니다만."

"알고 있습니다."

머리를 끄덕인 사내가 정색했다. 그러자 부드럽게 보였던 눈매가 날카로워졌다.

"사업에 북한 측의 도움을 받고 있다는 것도, 그리고 천리마무역과 합자 계약을 체결하셨다는 것도."

"그것이 법에 저촉이 됩니까?"

"그런 관계로 온 것이 아닙니다."

다시 부드러운 표정이 된 사내가 방안을 둘러보는 시늉을 했다.

"사업이 날로 번창하고 계시더군요. 조 사장님 능력은 뛰어난 편이라고 생각합니다."

그 순간 조철봉은 온몸에 서늘한 기운이 스쳐가는 느낌이 들었다. 사내의 시선이 조철봉에게로 옮아갔다.

"남북합자 사업은 남북 간의 관계 개선에 상당한 기여를 하고 있지요. 특히 북한 측은 적극적입니다. 그렇게 생각하지 않으십니까?"

"그런 것 같기도 합니다만."

"제가 보기에는 천리마무역 측은 열성적이고 순수합니다. 마치 70, 80년대의 한국상사처럼 의욕적이지요."

그러고는 사내가 다시 정색했다.

"잘 이끌어주십시오. 서로 상부상조하면 양사뿐만이 아니라 양국의 국익에도 도움이 될 것입니다."

"그거야."

"어려운 일이 생기면 여기로 전화를 해 주시지요."

사내가 그때서야 주머니에서 명함을 내밀었는데 전화번호와 이름만 적혀 있었다. 조철봉은 심호흡을 했다. 사기 사업에 제동이 걸렸다.

"하마터면 골로 갈 뻔했군요."

서울에 와 있던 최갑중이 긴장한 표정으로 조철봉을 보았다.

"이거 괜히 합자한 것 아닙니까? 왠지 꺼림칙한데요."

"철저하게 준비하면 돼."

조철봉이 눈을 가늘게 뜨고 잇새로 말했다.

"우리가 손을 떼면 수상하게 생각할 거다. 서둘지 말고 차근차근 진행하도록 하자."

"어디에서 나온 놈일까요?"

입맛을 다시던 조철봉이 힐끗 탁자 위에 놓인 명함을 보았다. 사내는 한국의 사업체도 다 조사했을 것이었다. 능력이 뛰어나다고 할 때 사내가 짓던 표정이 떠올랐으므로 조철봉은 지그시 어금니를 물었다. 잘못되면 갑중의 말마따나 한국의 사업체들까지 골로 갈 수도 있는 것이다. 사업체의 설립자금은 모두 사기를 치거나 강탈해서 모은 터라 아무리 여러 번 세탁했더라도 털면 밝혀진다.

"좋아, 그렇다면."

조철봉이 정색하고 갑중을 보았다.

"사업본부를 중국으로 옮기겠다. 한국에는 실버타운과 자동차서비스만 남기고 말이야."

"중국 어디로 말입니까?"

"옌타이."

자르듯 말한 조철봉이 쓴웃음을 지었다.

"그 친구가 온 것이 나에게 결정을 내릴 동기를 주었어. 나쁜 일이 일어나면 꼭 좋은 일이 이어지는 법이야."

이것이 조철봉의 생활철학이다. 꼭 그렇게 맞아떨어진 적은 거의 없었지만 조철봉은 억지로라도 맞췄다. 새옹지마도 딱딱 맞아떨어진 것이 아니라 아들놈이 말에서 떨어졌을 때 장성 역사가 다 끝났을지도 모르는 일이다. 결국 마음을 먹기에 따라서 분위기가, 주위가, 인생이 달라진다고 조철봉은 믿고 있는 것이다. 어젯밤에 장명아와 조금 무리를 했으므로 조철봉은 오랜만에 자신의 아파트로 퇴근했다. 가정부가 이틀에 한 번꼴로 들러 청소를 하고 환기도 시켰지만 50평형 아파트에는 퀴퀴한 냄새가 배었고 을씨년스러웠다. 냉장고에 생수와 음료수만 들어 있는 것도 그렇다. 집에서 식사를 안 한 지가 오래되었으므로 반찬통은 모두 비어 있는 데다 주방에 그릇 하나 놓여 있지 않았다. 샤워를 마치고 가운으로 갈아입은 조철봉은 소파에 앉아 TV를 켰다. 10시가 되어 가고 있어서 화면에서는 연속극이 방영되는 중이었다. 가족이 모여 식사하는 장면이 나오면서 사각 식탁에 7, 8명의 가족이 빼곡히 들어찼는데 한쪽 면이 비었고 삼면에만 모두 둘러앉아 있는 것이 이상했다. 저녁식사를 하면서 집에만 있는 주인 여자는 말할 것도 없고 할머니, 며느리까지 모두 입술에 루주를 칠한 것도 이상했다. 그러고 보니 며느리는 스타킹까지 신었고 가정부도 마찬가지였다. 장면이 후딱 바뀌더니 며느리와 아들의 침실 장면이 나왔다. 잠옷 차림의 며느리는 여전히 스타킹을 신었다.

"개떡 같은 것들."

눈을 부릅뜬 조철봉은 욕설을 뱉었다. 그러나 TV는 끄지 못했다. 대신 볼륨은 죽이고 그림만 보면서 여자들을 떠올렸다. 먼저 전처 서경윤이 떠올랐다. 지금도 아파트에서 기다리고 있을 유진경의 모습이 이어졌다. 유혜진, 박희선, 모두 전화만 하면 달려와 줄 것이다. 조철봉은 소파에 등을 붙이고 길게 숨을 뱉었다. 지금까지 모두에게 강한 면만 보여 왔다. 그래서 약해진 모습을 보이기가 어렵고 무서운 것이다. 약하면 도망간다. 그러니 차라리 없는 것이 낫다.

지금까지 조철봉은 자금 관리를 유혜진에게 맡겨왔다, 미들랜드 증권의 투자 자문역인 혜진은 유능한 자금 관리자였고 그동안 맡긴 자금의 15퍼센트가 넘는 이익을 내주었던 것이다. 그러나 실버타운 공사와 중국의 동방산업 인수로 자금의 대부분이 인출되면서 현재 잔고는 50억 정도가 되었다. 그만해도 거금이었으나 중국에서 합자 사업을 하기에는 부족했다. 돈이 돈을 만드는 법이다. 벤처 열풍이 불었을 때 개발도 안 된 제품을 띄우거나 주가 조작을 해서 수백억씩 챙긴 사기꾼 몇 명을 제외하고는 자금이 있어야 자금을 모을 수 있는 것이 원칙이다.

　강남호텔 라운지에 앉아 있던 조철봉은 입구로 들어서는 혜진을 보았다. 혜진은 진회색 재킷에 바지 차림이었는데 잘 어울렸다. 티 나지 않게 멋을 부리기도 어려운 법이다. 아마 혜진의 옷값은 몇백만 원 단위의 브랜드 제품일 것이고 전문 코디를 두고 있으리라. 시선이 마주쳤을 때 혜진은 빙긋 웃었다. 자신만만한 표정이었다. 조철봉은 따라 웃었지만 혜진을 본 순간부터 가슴이 뛰고 있었다. 그동안 혜진과는 통화만 했을 뿐 석 달이 넘도록 만나지 못했던 것이다. 그러나 매사에 용의주도한 조철봉이다. 특히 자신의 자금을 관리하는 혜진에 대해서 만나지는 못했지만 소홀하지는 않았다. 그래서 혜진의 사생활까지 지켜볼 감시를 붙여 놓았던 것이다.
　"오랜만이죠?"
　앞에 앉은 혜진이 맑은 목소리로 말했을 때 조철봉의 얼굴도 환해졌다.
　"그동안 더 섹시해졌군."

"고마워요."

혜진이 다시 얼굴을 펴고 웃었다. 칭찬으로 받아들인 것이다. 그러나 그동안 혜진은 부장 김준호와 친해졌다. 한 달 동안 세 번 호텔방에 들어갈 만큼 친해진 것이다. 인간관계에 있어서 특히 남녀는 떨어져 있으면 멀어진다. 당연히 그 기간이 길어질수록 더 멀어진다. 세월이 흐를수록 그리움이 더 쌓인다는 말은 거짓말이다. 만일 그것이 사실이라면 그 사람의 뇌는 용량을 초과하여 미치거나 화장실에서 자빠지게 되었을 것이다. 세월이 흐르면 다 희미해진다. 그래야 새로운 사건과 사실이 제대로 머리에 주입되며 내일 일을 계산할 수 있는 것이다. 따라서 조철봉은 혜진이 김준호에게 다리를 벌려 주었다는 사실에 상심하지 않았다. 제가 지은 죄가 있었기 때문도, 또는 혜진에 대한 감정의 정도가 낮았기 때문도 아니다. 떨어지면 멀어진다는 사실을 알고 있었을 뿐이다.

"갑자기 웬일이세요?"

혜진이 이제는 웃음기를 지우면서 물었으므로 조철봉은 심호흡을 했다.

"다음 달 초에 3백억을 넣게 될 거야."

놀란 혜진이 눈만 크게 떴을 때 조철봉이 말을 이었다.

"하지만 이번 주말까지 50억이 필요해."

"그럼 잔고가 거의 없게 돼요."

"다음 달에 다시 넣을 테니까."

부드럽게 말한 조철봉이 의자에 등을 붙였다. 부정한 자금을 1년 가깝게 숨겨 이용할 수 있었던 것은 혜진의 덕분이었다. 이제 50억을 찾으면 혜진의 말마따나 잔고는 비게 되고 거래는 끝나는 것이다. 다음 달에

3백억을 넣는다는 말은 거짓말이다. 한동안 조철봉을 바라보던 혜진이 머리를 끄덕였다.

"알았어요. 그렇게 해드릴게요."

"중국의 사업 규모가 커져서 그래."

"또 공장을 인수하려는 건가요?"

혜진이 3백억에 대해서 묻지 않는 것은 이미 짐작하고 있다는 표시였다. 거래선이 떠날 때는 대부분 다음 건을 크게 약속하고 잔고를 비웠기 때문이다.

유혜진과 헤어졌을 때는 오후 5시 반이었다. 오랜만에 만난 터라 혜진은 같이 저녁 시간을 보낼 요량을 하고 나온 모양이었지만 조철봉은 약속이 있다면서 헤어진 것이다. 마음이 떠난 여자로부터는 한시라도 빨리 이쪽도 등을 돌리는 것이 피차에 이롭다. 머물면 머물수록 상대방은 혐오감을 느끼게 되며 아울러 차후의 가능성도 없애버리는 결과가 되는 것이다. 따라서 혜진은 헤어지면서 조금 아쉬운 표정을 지었다.

이쪽에서 역습을 한 셈이었고 그것이 뇌리에 박힌 혜진은 제아무리 김준호에게 매료당해 있다손 치더라도 조철봉을 위한 작은 공간 하나는 만들어 놓았다고 봐도 되었다. 같이 평생을 살기로 약속을 하지 않았을 바에는 마음이 떠난 상대를 그냥 놔두는 것이 서로를 위하는 일인 것이다.

그날 밤, 조철봉은 오랜만에 고교동창 유문수를 만났다. 유문수는 학교 때는 친하지 않았지만 졸업하고 나서 자주 만나게 된 사이였는데 자동차 전자부품 공장을 운영하고 있다.

환경은 새롭게 인간관계를 형성시키는 것이다. 생활수준의 차이가 나면 어린 시절에 제아무리 친했다고 하더라도 거리가 멀어지기 마련이다. 이쪽이 겸손을 떨어야 하는 부담이 있는 데다 저쪽도 어느 사이에 거부감을 느끼게 되는 것이 보통이다. 문수는 부친의 사업을 이어받아 연 매출액 3백억대의 중소기업을 운영하고 있었지만 검소했다. 그래서 저녁을 먹고 놀러 간 곳이 역삼동의 노래방이다. 꽤 비싼 장식을 해놓은 방에 들어가 앉았을 때 주인과 소곤대고 돌아온 문수가 긴 얼굴을 펴고 웃었다.

"야, 이곳이 물 좋은 곳이다. 기다려."

문수는 여자를 부른 것이다. 노래방에서 보도를 통해 시간당 계산을 하고 여자를 불러주는 불법 영업이 시작된 지는 꽤 오래되었다. 물론 여자는 다양해서 연령대와 수준에 맞춰 얼마든지 공급이 된다. 조철봉의 시선을 받은 문수가 말을 이었다.

"이곳은 회원제 노래방이다. 여자들도 등록이 되었고 뜨내기 남자들한테는 여자를 불러주지도 않아."

"이 자식이 그동안 개발을 열심히 했군."

"나이트에서 지랄을 하는 것보다 훨씬 세련되었지."

"너는 나이트에서의 자극을 모른다."

정색한 조철봉이 문수를 노려보았다.

"그곳은 치열한 전쟁터야. 괜찮은 파트너를 잡기 위해서 전력투구를 하고 마침내 목적을 달성한 그 희열을 너 같은 병신은 모른다."

"내가 보기에는 지갑이 가벼운 놈들이 그저 요행이나 바라고 눈을 희번덕거리면서 앉아 있는 곳 같던데."

"오히려 정직한 곳이지."

조철봉이 열변을 토하기 시작했다.

"나는 그 번들거리는 눈이 정직하게 보인단 말이다. 룸살롱에 가지 않고 이런 곳에서 때우려는 놈들이 더 도둑놈이지."

"이곳이 수준이 있다는데도."

이번에는 문수가 정색했다.

"룸살롱 여자들은 대부분이 20대인 데다 직업적이지만 이곳에 등록한 여자들은 20대에서 40대까지 다양하단 말이다. 고객의 수준과 요구에 맞춰 주는 데다 아마추어들이야. 신선하다니까."

"신선한 것 좋아하네, 빈대 같은 놈이."

그때 문에서 노크 소리가 들리더니 여자 두 명이 들어섰다. 입을 다문 조철봉이 눈을 치켜떴다가 숨을 들이마셨다. 모든 여자에게는 느낌이 있다. 이쪽이 마음만 먹으면 느낌을 받을 수가 있는 것이다. 조철봉의 지금 느낌은 공교롭게도 신선하다는 것이었다. 30대 초반쯤의 두 여자는 외출복 차림이었고 주부가 틀림없었다.

"어서 이리로."

반색을 한 문수가 엉거주춤 일어서며 여자들을 맞았을 때 조철봉의 시선이 오른쪽 여자에게 머물렀다. 바지에 스웨터 차림으로 갸름한 얼굴에는 화장기도 없는 것이 집에서 그냥 나온 것이 분명했다.

그때 여자들이 다가왔는데 조철봉과 시선을 맞춘 오른쪽 여자가 먼저 옆에 앉았다. 선택권이 여자들에게 있는 것이다. 문수의 옆에 앉은 여자는 동그란 얼굴에 눈이 큰 미인으로 역시 손에 밥주걱이라도 들고 있으면 딱 맞는 차림이다.

"반갑습니다."

떠들썩한 목소리로 문수가 인사를 했지만 조철봉은 옆에 앉은 여자를 살피며 입을 열지 않았다. 매끄러운 얼굴의 피부를 보면 허벅지 안쪽 살결이 연상되었다. 귓불은 탐스럽고 옆모습의 선도 부드럽다. 무릎 위에 올려놓은 손가락은 적당하게 길었고 잘 다듬어진 손톱은 건강한 혈색을 내비쳤는데 매니큐어는 칠하지 않았다. 조철봉은 소리 죽여 숨을 뱉었다. 사람의 활동 범위는 극히 제한적이어서 특별한 경우가 아니라면 평생에 수백 명 안팎의 인연밖에 만들지 못하고 간다. 그래서 옷깃만 스쳐도 전생에 삼천 번 인연을 쌓았던 사이라는 말조차 있지 않은가?

"나는 조철봉이라고 합니다."

정색하고 조철봉이 말했을 때 여자가 시선을 주더니 희미하게 웃었다. 자연스러운 웃음이다. 심호흡을 한 조철봉이 다시 말을 이었다.

"이런 곳에서 당신 같은 분을 만나리라고는 꿈에도 생각지 못했습니다."

그때 앞자리의 눈 큰 여자가 방정맞게 키득 웃었으며 문수의 얼굴은 일그러졌다. 웃음을 참느라고 콧구멍이 벌름거리고 있다. 그러나 조철봉은 여전히 정색하고 있었으므로 여자는 당황했다.

처음에는 앞쪽 여자하고 따라 웃을 요량이었는지 눈을 크게 떴다가 조철봉의 얼굴을 보고는 굳어져버린 것이다. 조철봉의 표정이 더 절실해졌다.

"당신을 보는 순간 심장이 멈춘 것 같았습니다. 심장마비는 그렇게 일어나는 모양입니다."

"그만하세요."

여자가 처음으로 입을 열었는데 목소리도 맑고 부드러웠다. 앞쪽에서는 마침내 문수까지 히죽거리고 있는 터라 여자는 당황하기 시작했다. 조금 있으면 짜증을 낼 것이다. 한숨을 뱉은 조철봉이 시선을 돌렸을 때 문수가 입을 열었다.

"다 끝났냐?"

산통을 깨뜨리지는 않고 분위기를 수습했다. 주인을 불러 양주와 안주를 가져오게 하더니 여자와 함께 노래책을 뒤적거리기 시작했다. 조철봉은 옆에 앉은 여자가 굳어져 있는 것을 알 수 있었다. 지금 어떻게 처신해야 될지부터 결정을 내리지 못하고 있을 것이었다. 그래서 앞쪽만 본 채 눈만 깜빡이고 있었는데 이대로 두면 진짜로 산통이 깨진다. 조철봉이 여자의 귀에 대고 다시 낮게 말했다.

"내가 이렇게 감동을 받은 것은 내 인생에 처음이어서 그런 겁니다. 농담으로 받아들이지 마세요."

여자가 시선을 맞추더니 그때서야 얼굴을 펴고 웃었다. 부드러운 웃음이다. 웃는 얼굴이 정색한 얼굴보다 못한 사람이 있지만 여자는 봄바람이 부는 것 같은 분위기를 풍기며 웃었다. 조철봉은 손을 뻗쳐 여자의 손을 쥐었다. 여자가 놀란 듯 주춤 손을 오므렸다가 곧 손가락을 펴주었는데 손바닥이 부드러웠다. 이만하면 되었다. 잘못하면 순진해빠진 놈으로 생각하고 굳어지기 전에 미리 예방을 했다.

조철봉이 룸살롱을 싫어하는 이유는 남녀관계에 있어서 돈을 주고 성을 거래하는 것이 싫었기 때문이다. 제아무리 심은하 같은 미모의 여자라고 하더라도 팁과 서비스가 교환되는 관계는 자극이 떨어질 뿐만 아니라 거북한 것이다. 여자는 존중받아야 마땅하고 특히 미인은 세상을 밝게 비추는 햇살보다 더 빛나고 따스한 존재이다. 아름다운 여자는 인류의 희망이며 구원의 깃발이나 같다. 그런 여자가 미모를 미끼로 룸살롱의 테이블에 앉아 팁만 주면 오만 잡놈의 노리개가 되어주고 있는 것이 안타까운 것이다.

미인은 추종자를 이끌고 다니면서 치열한 경쟁을 시켜야 한다. 그리하여 그 경쟁에서 승리한 강자에게 두 다리를 벌려 주어야만 진정한 값어치를 행사했다고 볼 수 있을 것이다. 따라서 지금 노래방의 옆자리에 앉은 여자에게 조철봉이 행사한 수작은 다분히 냉소적이었으나 아무도 눈치채지 못했다. 문수가 돼지 잡는 목청에다 감정까지 넣어서 노래를 부르는 사이에 조철봉이 다시 입을 열었다. 여자의 손은 아직 조철봉에게 잡혀져 있다.

"저런 돼지 잡는 소리를 지르는 놈하고 같이 어울려주는 대가로 시간당 삼만 원이면 너무 싸다는 생각이 듭니다."

여자가 눈을 크게 뜨고 조철봉을 보았다. 웃을지 말지 망설이는 표정이었다.

정색한 조철봉이 말을 이었다.

"저놈 말대로 이곳이 수준 있는 곳이라면 단가를 올려야 돼요. 시간당 십만 원쯤으로 정하고 남자 수준도 지갑 사정을 떠나 지적, 육체적, 목청적 기준을 만들어야 합니다."

"후후후."

마침내 여자가 흰 이를 드러내고 웃었다.

"목청적 기준이라고 하셨어요?"

"어쨌든 이곳은 노래방이니까."

"남자 기준을 정하는 것은 무리 같고요, 저희들이 문제죠."

힐끔 문수 쪽을 바라본 여자가 목소리를 낮췄다.

"저희들은 어설픈 접대부 역할이니까요. 유부녀 타이틀만으로 남자들의 호기심을 자극하기에는 한계가 있죠."

조철봉이 눈을 치켜뜨고 여자를 보았다.

이것 봐라? 하는 표정이었는데 조철봉은 숨기지 않았다.

"그래요. 무슨 말을 하시려는지 알아요."

조철봉의 시선을 받은 여자가 차분한 표정으로 말했다.

"저는 용돈이 궁해서 나왔어요. 누구는 심심해서 놀러 나왔다고 하지만 다 거짓말이죠. 그리고 팁 외에 이차는 절대 안 나간다면서 요조숙녀인 척하지만 그것도 처음에는 그런 마음을 먹었는지 모르지만 지켜질 수 없는 약속이죠."

그때 노래를 끝낸 문수가 자리에 앉았으므로 열렬하게 박수를 친 조철봉이 문수의 파트너에게 노래를 청했다. 문수의 파트너가 플로어로 나갔고 할 수 없이 문수도 따라 나갔다. 조철봉이 머리를 돌려 여자를 보았다. 시선을 내린 여자의 속눈썹이 눈 위에 그늘을 만들고 있었다. 인조 눈썹이 아니다.

"남편이 IMF 때 잘렸습니까? 그 후유증이 지금까지 오는 거요?"

"이혼했어요."

가볍게 말한 여자가 다시 이를 드러내고 웃었다.

"적당한 생계 수단이 없어서 이 짓을 하는 거죠. 평범한 인생입니다."

플로어에서 문수가 여자의 어깨를 안고 같이 노래를 부르는 바람에 화음이 엉망진창이 되고 있었다. 조철봉의 시선을 받은 여자가 낮게 말했다.

"그러고 보면 쉽게 살려고 이 짓을 하는 거죠. 은근히 유혹도 기다리면서요."

인간이 가슴속에 품은 심정을, 머릿속의 난무하는 생각들을 다 말로 뱉을 수는 없다. 글로 써도 마찬가지이다. 말과 글은 극히 제한적이다. 특히 감성 부분에 있어서 글과 말로써 표현되는 범위가 더 확장이 된다면 아마 비련의 주인공이 자살하기 전에 써 남긴 글만으로 수십만 명이 동반 자살을 하게 될 것이다.

명문(名文), 명언(名言)도 제한된 말과 글로써 표현되었던 것이니만치 앞으로는 컴퓨터의 용량만 증대시킬 것이 아니라 인간 자체의 근본적인 표현 방법부터 더 개발시켜야 될 것이다. '느낌'이라니, 그 얼마나 원시적인 표현인가? 한자어로 의(意), 우리는 아직 말과 글로 표현하지 못한 수만 가지의 느낌을 갖고 있는 것이다.

조철봉은 옆에 앉은 여자에게서 굳이 표현하자면 성욕과 연민, 의심과 호기심, 경이로움과 가소로움 등등으로 섞인 감정이 우러났는데 그중 성욕의 비율이 5할은 되었다. 그리고 나머지 말과 글로 표현하지 못한 부분도 2할쯤은 될 것이다. 여자의 내려진 속눈썹을 바라보며 조철봉은 말의 한계에 갈등을 겪고 있는 중이었다. 예전 같으면 다수결의 흐름에 따라 5할을 차지하는 성욕 쪽으로 즉각 방향을 잡고 행동으로 옮겼을 조철봉이다. 그러나 지금은 달랐다. 표현하지 못한 감정까지를 다 드러내고 싶은 충동에 사로잡힌 것이다. 그때 노래를 끝낸 문수와 여자가 자리에 앉았으므로 다음 순서가 어쩔 수 없이 이쪽으로 넘겨졌다.

"뭘 하실래요?"

여자가 노래책을 펴며 묻더니 조철봉의 눈치를 살피고는 자리에서 일어나 플로어로 나갔다. 먼저 노래를 부르려는 것이다. 따라 일어선 조철봉은 여자의 옆에 서서 자연스럽게 허리를 안았다. 허리는 탄력이 있었고 조철봉이 당겨 안았을 때 여자는 몸을 붙여왔다. 여자가 신청한 노래는 빠르고 밝았지만 내용은 그리움과 사랑으로 가득 차 있었다.

조철봉은 여자의 허리를 안은 채 화면에 나오는 가사만 보았다. 가사는 단순하면서 반복적이었다. 이쪽은 아예 기존의 언어마저 포기하고 다만 몇 마디의 단어에다 악기의 도움을 받아 장단과 고저를 맞출 뿐인데도 느낌이 가슴으로 전달되어 왔다. 조철봉은 가사를 보면서 문득 가슴이 뜨거워져 왔다. 그리고 다음 순간 심호흡을 하고 났을 때 두 눈에서 눈물이 흘러내렸다. 이 눈물은 성욕이 6할, 그리고 나머지 표현할 수 없는 느낌이 3할로 각각 1할씩이 늘어났다. 거기에다 옆의 여자가 눈물을 볼 것이라는 계산이 상승작용을 했을 것이다.

그 순간 힐끗 조철봉의 얼굴을 보았던 여자가 주춤 목청을 떨어뜨렸다가 노래를 계속했다. 그러고는 한 손을 뻗쳐 조철봉의 허리를 껴안았다. 둘은 모두 화면을 향하고 서 있었기 때문에 뒤쪽에서는 눈치를 채지 못했다. 이윽고 노래가 끝났을 때 조철봉은 눈물로 범벅이 된 얼굴을 두 손으로 훑고는 몸을 돌렸다. 문수와 여자는 서너 번 박수를 쳤지만 조철봉의 얼굴에는 관심도 갖지 않았다. 자리에 앉았을 때 여자가 먼저 손을 뻗쳐 조철봉의 허벅지에 올려놓았다.

"술 드려요?"

조철봉이 머리만 끄덕이자 여자는 잔에 양주를 채우더니 힐끔 시선을 주었다.

"우리 포장마차에서 한잔하실래요, 여기 끝나고?"

여자가 낮게 물었으므로 조철봉은 잠자코 머리만 끄덕였다.

"술은 제가 살게요."

조철봉의 허벅지 위에 놓인 손에 힘을 준 여자가 부드럽게 웃었다. 되었다. 그 빌어먹을 말수작보다 눈물의 위력이다.

조철봉과 여자가 포장마차에 나란히 앉았을 때는 밤 10시 반이 되어 갈 무렵이다. 문수와 그의 파트너였던 여자는 노래방 앞에서 헤어진 것이다. 소주와 안주를 시킨 조철봉은 지저분하지만 활기찬 포장마차 안을 둘러보았다. 이곳은 대형 천막을 치고 테이블이 20여 개나 놓여 있어 어지간한 식당보다 큰 데다 손님도 많았다.

"무슨 사연이 있으세요?"

여자가 부드럽게 물었으므로 조철봉은 시선을 들었다. 여자는 긴 머리를 뒤로 올려 묶어서 목이 길어 보였다. 화장기 없는 맨 얼굴의 피부는 윤기가 났고, 맑으면서 그늘진 눈이 똑바로 조철봉을 향해 있다.

"사연은 무슨."

조철봉이 쓴웃음을 지었다.

"가끔 그럴 때가 있지 뭐."

"그래두."

여자가 마침 가져온 술병을 들더니 조철봉의 잔에 술을 채웠다. 사연이 있느냐고 물었을 때 이때구나 하고 구구절절 거짓말을 늘어놓는 것은 6·25때부터 5·16때까지 써먹던 수단이다. 지금은 인터넷에 오만 가지 사연이 뜨고 있는 터라 어지간한 사연에 대해서는 눈도 깜빡 안한다는 것을 명심해야 한다. 여자의 잔에 술을 따라준 조철봉은 잔을 들었다. 포장마차에 같이 나왔다고 방심해서는 안 되는 것이다. 작업은 지금부터 시작되는 것이라고 봐야 한다. 한 모금 술을 삼킨 조철봉은 심호흡을 했다. 유문수는 노래방 단골이었고 노래방 주인이 여자들을 부를 때 대충 손님들의 수준을 말해 주었을 것이었다. 그러나 아직은 여자가 이혼녀라고만 했을 뿐 서로 이름도 모른다.

"술에 취해서 푹 자고 싶어요."

술잔을 든 여자가 그늘진 눈으로 조철봉을 보았다.

"그리고 영영 깨어나지 않았으면 좋겠어요."

조철봉은 여자의 눈에서 수많은 느낌을 읽었으나 말과 글로 표현할 수 없는 부분이 많았다. 그중 대별(大別)하면 외로움과 그리움 그리고 서러움 등이 될 것이다. 성욕은 2할쯤이나 될까? 다시 한 모금 소주를 삼킨 조철봉이 가라앉은 눈으로 여자를 보았다. 지금 이 순간은 윈스턴 처칠을 데려다 놓아도, 마르크스를 대신 옆에 앉혀도 다 소용없다. 몇 마디 말로 여자를 끌고나갈 허황된 생각은 버려야 하는 것이다. 모든 것은 느낌에 달렸다. 따라서 어깨에 힘을 풀고 여유를 찾아야 한다. 여자가 먼저 포장마차에 가자고 한 상황이니 조급할 필요가 없다. 조철봉이 대답 대신 잠자코 손을 뻗쳐 탁자 위에 놓인 여자의 손을 가볍게 쥐었다. 매니큐어를 바르지 않은 여자의 손톱은 잘 다듬어져 있었다. 그리고 얼굴형과 같이 알맞게 갸름하다.

"손이 따뜻하네."

손등을 쓸어본 조철봉이 부드럽게 말했다.

24

"몸도 따뜻하겠지."

혼잣소리처럼 말한 조철봉이 주머니에서 명함을 꺼내 여자에게 건네주었다. 옌타이 동방산업 사장으로 되어 있는 명함이다.

"난 조철봉이야."

이름도 신분도 밝히지 않은 상태에서 끝까지 나갈 수는 없는 노릇이다. 따라서 이쪽의 신분에 일단은 믿음성이 있어야 하는 것이다. 여자가 명함을 받아 쥐고 읽었을 때 조철봉이 부드럽게 말했다.

"따뜻한 물로 목욕을 하고 내일 아침에 개운한 기분으로 눈을 떠보지 않을래?"

그러고는 조철봉은 여자에게 부담을 주지 않으려고 시선을 내렸다. 이것이 최선이다. 이 여자에게는 이 방법이 최선이라고 생각된 것이다. 돈 때문에 노래방에 나왔어도 돈을 증오하며 감정의 기복이 심한 스타일이니 이제 운에 맡기는 수밖에 없다.

그때 여자가 시선을 들고 조철봉을 똑바로 보았다.

"제 아파트로 가요."

조철봉이 눈만 크게 떴을 때 여자가 희미하게 웃었다.

"집에는 여섯 살짜리 애가 하나 있어요, 지금은 자고 있겠지만."

"괜찮겠어?"

"기억에는 남겠죠, 어떤 아저씨가 엄마 방에 있는 장면이."

"아니, 내 말은 그쪽이."

"이사한 지 한 달도 안 되어서 옆집에 누가 사는지도 몰라요."

그러고는 여자가 남은 술을 한 모금에 삼키더니 어깨를 늘어뜨리며 더운 숨을 뱉었다.

"그냥 오늘은 혼자 있기가 싫네요."

"집에 술 있어?"

조철봉은 자리에서 일어섰다.

"나가서 술을 사면 되지 뭐."

포장마차를 나와 큰길에 섰을 때 조철봉이 주위를 둘러보더니 주머니에서 지갑을 꺼내었다. 그러고는 10만 원권 수표 6장을 정확하게 센 다음에 여자에게 내밀었다.

"저기 슈퍼에서 양주하고 안주 몇 개만 사가지고 가지."

여자가 수표에 시선만 준 채 손을 내밀지 않았으므로 조철봉의 목소리가 굵어졌다.

"그래. 10만 원 술값하고 50만 원은 나를 선택해준 당신 몫이야. 난 이래야 개운하게 따라갈 수 있어."

퍼뜩 시선을 든 여자가 아랫입술을 물었을 때 조철봉은 빙긋 웃었다. 만일 여자가 몸을 돌린다면 평생 빌어먹을 팔자가 될 것이다. 그리고 그런 여자하고는 뒤탈이 날 가능성이 많은 것이다. 그때 여자가 손을 뻗쳐 수표를 받았으므로 조철봉은 어깨를 늘어뜨렸다. 수표를 두 손으로 감싸 쥔 여자가 머리를 숙였다.

"고맙습니다."

그 순간 조철봉의 가슴이 더 세차게 뛰었다. 가장 바람직한 태도였기 때문이다. 여자의 아파트는 택시로 15분 거리밖에 되지 않았다. 20평형의 아파트 안으로 들어섰을 때 여자가 먼저 현관 옆의 방문을 열어보더니 조철봉을 향해 웃었다.

"자고 있어요."

조철봉은 여자의 어깨 너머로 방을 들여다보았다. 영일이 또래의 사내아이였다. 작은 침대에서 곤하게 자고 있는 아이를 보던 조철봉은 가슴이 답답해졌다. 영일이는 지금 제 엄마인 서경윤과 둘이 있을 것이었다. 애비하고는 오래 떨어져 있어서 아직 아빠라고도 부르지 않는다. 아직도 영일은 이종학을 아빠인 줄 아는 것이다. 소파에 앉았을 때 여자가 안방으로 들어가더니 금방 가운으로 갈아입고 나왔다.

"안주 만들게요."

슈퍼에서 사온 안주감으로 요리를 하려는 것이다.

"그동안 씻으세요. 갈아입으실 옷은 화장실 앞에다 놓을게요."

"그러지."

자리에서 일어선 조철봉이 휴대전화를 들고는 다이얼을 눌렀다. 곧 신호가 떨어지고 최갑중의 목소리가 울렸을 때 조철봉이 여자에게 물었다.

"여기가 몇 동 몇 호지?"

주방에 있던 여자가 몸을 돌리더니 서너 번 눈을 깜박이다가 대답했다.

"108동 305호예요."

머리를 끄덕인 조철봉이 갑중에게 말했다.

"나, 대림동 진선아파트 108동 305호에서 자고 갈 테니까 내일 아침 8시에 차를 보내라."

대답을 들은 조철봉은 전화를 끊었다. 매사는 불여튼튼이다. 언제나 만일의 경우에 대비해야 한다, 복상사할 가능성까지.

여자는 탁자 위에 알뜰하게 술상을 차렸는데 양주에 맞는 치즈에다 땅콩, 소시지도 놓였고 술집에서나 볼 수 있는 김말이 치즈도 만들었다. 탁자 앞쪽 바닥에 앉은 여자가 조철봉을 올려다보면서 밝게 웃었다.

"술안주 만드는 것이 즐거워요."

"혼자 오래 산 것 같은데."

"사 년."

손가락 네 개를 펴 보인 여자가 조철봉이 입고 있는 파자마를 눈으로 가리켰다.

"하지만 그 파자마는 백화점에서 세일할 때 그냥 산 거죠. 주인이 없었으니까 꺼림칙하게 여기실 건 없어요."

"전남편이 입었더라도 상관없어."

샤워를 마친 조철봉은 초록색 바탕에 붉은색 무늬가 있는 파자마를 입고 있었던 것이다. 양주를 서너 잔씩 마시고 났을 때 여자가 씻고 오겠다면서 일어나 화장실로 들어갔다. 마치 남편하고 있는 것처럼 자연스러운 행동이어서 조철봉은 느긋해졌다. 술잔을 내려놓은 조철봉은 자리에서 일어나 창가로 다가갔다. 화장실 옆을 지나던 조철봉은 샤워기의 물소리에 섞여 여자가 중얼거리고 있는 것처럼 느껴졌다. 주춤 발을 멈춘 조철봉이 화장실로 다가섰을 때 여자의 희미한 목소리가 들렸다.

"그럼 새벽 1시에 오는 거야, 알았지?"

그다음 순간, 조철봉의 인생에 있어서 이만큼 빨리 옷을 챙겨 입은 것은 처음일 것이다. 30초도 안 되어서 옷을 갈아입은 조철봉은 넥타이와 양말은 그냥 주머니에 쑤셔 넣었다. 그리고 방을 나가려던 조철봉은 문득 몸을 돌려 경대 위에 놓인 여자의 가방에서 지갑을 꺼냈다.

아까 주었던 10만 원짜리 수표와 명함을 재빠르게 빼낸 조철봉은 방을 나왔다. 단숨에 거실을 건널 때 화장실에서 샤워기 물소리와 함께 여자의 콧노래 소리가 들려오고 있었다. 현관문을 조심스럽게 열고 밖으로 나온 조철봉은 서늘한 밤공기를 가슴 가득히 들이마셨다. 엘리베이터를 타고 아파트의 현관에서 내린 조철봉은 쓴웃음을 지었다. 이것도 운수소관인 것이다. 화장실 앞을 지나지 않았더라면 새벽 한 시에 홀랑 벗고 방사를 치르다 봉변을 당했을 것이 틀림없다. 정문 앞에 주차하고 있는 택시에 오른 조철봉이 손목시계를 보았다. 밤 12시 10분이 되어가고 있었다.

"어디로 가실까요?"

운전사가 묻자 조철봉은 주저하지 않고 대답했다.

"방배동으로 갑시다."

서경윤은 다시 영일이와 함께 방배동의 50평형 아파트로 옮긴 것이다. 지난달에는 평수에 맞는 가구 일체도 들여놓았고 대형승용차 크로나 한 대도 보내주었다. 그러나 전화 연락만 몇 번 했을 뿐 얼굴을 본 지는 석 달도 더 되었다. 좌석에 등을 붙인 채 창밖을 보던 조철봉은 다시 쓴웃음을 지었다. 화장실에서 나온 여자는 자신이 사라진 것을 확인하자마자 가방을 뒤졌을 것이 틀림없다. 그러고는 수표 5장이 없어진 것을 알고 억장이 무너졌을 것이며 명함까지 가져갔으니 가슴을 주먹으로 쳤을 것이다. 새벽 1시에 쳐들어올 남자는 동거남이거나 전문 공갈 배임이 분명했다. 아마 잠깐 입었던 파자마의 주인일 것이다.

방배동의 아파트 앞에 도착했을 때는 새벽 1시였다. 서경윤에게 연락도 하지 않고 온 것이다. 조철봉은 곧장 엘리베이터를 타고 12층의 복도에 내렸다. 주머니에 들어 있던 아파트 열쇠를 1202호실 열쇠구멍에 넣었을 때 조철봉은 안에 고리가 채워져 있는 것을 알았다. 그래서 할 수 없이 벨을 눌렀다. 한참 만에 서경윤이 응답했다.

"누구세요?"

"나야."

홈 비디오폰을 통해 안에서 이쪽 얼굴을 볼 수 있도록 바짝 다가선 조철봉이 낮게 말했다. 그러자 안에서 딸깍 소리와 함께 전원이 끊기더니 조용해졌다. 등을 돌리고 선 조철봉은 10초쯤 지났을 때 담배를 꺼내 물었다. 라이터를 켜서 불을 붙이고 길게 한 모금 빨아들인 조철봉은 한숨과 함께 연기를 내뿜었다. 서경윤과 이혼한 것은 이종학과 간통을 했기 때문이다.

한 번도 진실한 모습을 보여주지 못했다면서 조철봉을 매도한 서경윤은 이종학의 품으로 떠난 후에도 경멸감을 감추지 않았던 것이다. 그러다가 이종학이 부도를 내고 교도소에 수감되었을 때부터 다시 조철봉에게 허물어져 왔다. 물론 조철봉의 음모에 의하여 이종학이 부도를 맞은 것이지만 서경윤은 물질에 굴복한 것이나 같다. 그리고 다시 담배 연기를 내뿜은 조철봉은 주머니에서 휴대전화를 꺼내 버튼을 눌렀다. 새벽 1시였지만 최갑중은 기다리고 있었다는 듯이 전화를 받았다.

"형님, 무슨 일입니까?"

"나, 지금 방배동에 있다."

계단 쪽으로 간 조철봉이 카메라의 렌즈를 피해 구석 쪽 계단에 쪼그리고 앉았다. 벨을 누른 지 이미 30초가 지나고 있었다.

"방배동이라니요? 아까는….."

"애들 데리고 당장 이리로 와."

"거기, 영일이 집으로 말입니까?"

"그래."

"그것이 집 안에 남자를 끌어들인 모양이다. 문을 안 열어줘서 집 앞에 있다."

"이런…."

갑중이 목소리를 높이더니 서둘렀다.

"30분만, 아니 20분만 기다리십시오, 형님."

전화기를 내려놓은 조철봉은 어깨를 늘어뜨렸다. 한쪽에서는 남자 때문에 도망쳐 나왔고 이쪽에서는 남자 때문에 들어가지 못하는 신세가 되었다. 뒤쪽의 현관에서는 쥐죽은 듯 소리도 나지 않았지만 서경윤은 홈 비디오폰으로 뚫어져라 현관 밖을 살피고 있을 것이다. 그리고 같이 있는 남자도 마찬가지일 것이다. 12층이라서 뛰어내리지도 못할 테니 이곳은 감옥이나 마찬가지가 되었다. 조철봉은 카메라의 초점 거리 안으로 담배 연기를 길게 내뿜었다. 20분 안으로 온다던 갑중은 정확히 18분 만에 나타났는데 사내 두 명을 대동했다. 그때까지도 계단 위에 쪼그리고 앉아 있던 조철봉을 보자 갑중의 치켜뜬 눈에 금방 물기가 고였다.

"어이구, 형님."

그러고는 이를 악물더니 아파트의 철문을 노려보았다.

"부수고 들어가십시다. 이 아파트 명의는 형님으로 되어 있으니까 가택 침입도 아닙니다."

갑중의 목소리가 복도에 울렸으므로 조철봉은 손을 들어 말을 막았다.

"언제든 문이 열리겠지. 그때까지 이곳에서 기다렸다가 놈을 잡아라."

"잡아서 주리를 틀까요? 아예 연장을 뽑아 버리지요."

"잡아서 집 안으로 다시 데려가. 그러고 나서 나한테 연락하도록."

그러자 갑중이 얼굴을 일그러뜨리며 웃었다.

"사내놈도 지금 열심히 전화질을 하고 있을 겁니다. 연줄을 다 동원해서 이곳을 탈출하려고 하겠지요."

갑중이 머리를 돌려 사내 하나를 보았다.

"애들한테 연락해서 열 명만 더 불러들여라. 아예 이놈의 아파트를 통째로 들어올릴 테니까."

그때 조철봉은 자리에서 일어섰다.

"난 쉬러 갈 테니까 연락해라."

조철봉이 집으로 돌아왔을 때는 새벽 2시 반이었다. 옷을 벗어던지고, 오늘 밤 일도 없이 샤워를 두 번째 하고 나서, 소파에 앉은 조철봉은 두 다리를 뻗고 눈을 감았다. 온몸이 땅으로 가라앉는 듯이 피곤했지만 머리는 맑아져서 온갖 생각이 명료하게 떠올랐다가 사라졌다. 자업자득이다. 서경윤이 문을 열어주지 않았을 때 맨 처음에 떠오른 단어였다. 그리고 다음에는 다행이라는 생각이 들었다. 믿지 않았던 만큼 상처가 작았다는 것을 가슴으로 느꼈기 때문이다. 서경윤만 믿지 않았던 것이 아니다. 역시 아파트에 살림을 차려준 유진경도 마찬가지였고 천사 같은 박희선도 예외가 아닌 것이다. 중국에 있는 3번 마담 박영희는 말할 것도 없다.

눈을 뜬 조철봉은 얼굴을 일그러뜨리며 소리 없이 웃었다. 이쪽이 믿지 않는 상황에서 상대의 진심을 바라는 놈은 멍청한 도둑놈이다. 영리한 도둑놈은 도망갈 자리를 봐두고 도둑질을 하는 법이다. 조철봉은 도망쳐 온 아파트 안을 꾸미지 않은 표정으로 둘러보았다. 시선이 창문을 스치고 지났을 때 문득 움직임을 멈춘 조철봉은 창문을 보았다. 닫힌 유리창에 낯선 사내의 얼굴이 떠 있었기 때문이다. 사내 얼굴의 전체적 분위기는 울상이었으나 눈썹이 곤두섰다. 외롭고, 슬프고, 뭔가 안간힘을 쓰는 표정이었다. 화난 표정은 아니다.

"그렇군."

유리창에 비친 자신의 얼굴을 보면서 조철봉은 머리를 끄덕였다.

"너는 뒈질 때 저 얼굴을 하고 가겠구나."

조철봉이 유리창을 향해 말을 이었다.

"바로 걸귀가 너를 두고 하는 말이다."

다음 날 아침 8시 반이 되었을 때 조철봉의 휴대전화가 울렸다. 침대에 누운 조철봉이 꾸물거리며 상반신을 일으켰을 때 벨 소리가 그치더니 이제는 아파트 전화가 울렸다. 조철봉이 전화기를 귀에 붙이자 예상했던 대로 최갑중이 소리쳐 말했다.

"형님, 그놈이 드디어 두 손을 들고 나왔습니다. 지금 아파트 안에 들어와 있습니다."

마치 고지를 함락시킨 중대장처럼 갑중의 기운찬 보고가 이어졌다.

"그놈은 영일이가 나가는 유치원 원장입니다. 지금 묶어 놓았습니다."

갑중은 원장을 아군 사령관의 전 부인과 밀통한 적군처럼 취급하고 있는 것이다. 조철봉이 아파트에 도착했을 때는 그로부터 한 시간 반쯤이 지난 오전 10시경이었는데 조금 의도적으로 꾸물거렸기 때문이다. 당장에 달려가고 싶은 충동을 억누르다가 오히려 늦은 것이다.

아파트 안으로 들어섰을 때 분위기는 살벌했다. 응접실에 둘러선 사내들은 10명도 더 되어 보였는데 모두 인상이 험악한 데다 바닥에 무릎을 꿇려 앉힌 사내는 손까지 뒤로 묶여 있었던 것이다. 사내들이 잠자코 길을 터 주었으므로 조철봉은 꿇린 사내 앞으로 다가가 섰다.

"형님, 이놈이."

옆에 선 갑중이 입을 열었다가 조철봉의 기색을 살피고는 입을 닫았다. 조철봉은 시선을 내려 사내를 보았다. 시선이 제일 먼저 향해진 곳은 사내의 코였는데 이것은 무의식적인 행동이었다. 원장의 코는 크지도 작지도 않았으므로 조철봉은 가슴을 폈다. 40대 중반쯤의 원장은 보통 체격인 데다 얼굴도 평범했다. 잔뜩 겁에 질려 있어서 조철봉의 시선을 제대로 받지도 못 하고 있는 것이다.

"영일이하고 애 엄마는 지금 안방에 있습니다."

갑중이 조심스럽게 말했을 때 조철봉은 심호흡을 했다. 저 정도의 코면 연장은 내 것보다 못할 것이라는 생각에 가슴이 한결 가벼워져 있는 것이다.

"풀어줘라."

소파에 앉은 조철봉이 말하자 갑중이 사또의 영을 받은 이방처럼 복창했다.

"풀어주라고 하신다."

사내 두 명이 달려들어 뒤로 묶인 나일론 줄을 풀어주었을 때 원장이 머리를 들고 조철봉을 보았다.

"솔직히 저는 아무 일도 없었습니다. 오해를 하신 것…."

"저 자식 바지를 벗겨."

조철봉이 가차 없이 말했을 때 이번에는 갑중의 복창을 기다리지도 않고 사내 서너 명이 달려들더니 원장의 팔다리를 움켜쥐었다.

"이, 이것 보시오."

대경실색을 한 원장이 발버둥을 쳤지만 건장한 사내들을 당할 리가 없다. 선 채로 순식간에 바지가 벗겨졌고 눈치 빠른 건달들이라 팬티까지 벗겨놓았다. 조철봉은 사내의 물건을 주의 깊게 보았다. 예상했던 대로 사내의 철봉은 빈약했다. 잔뜩 겁에 질린 터라 번데기처럼 오그라들어 있어서 엄지손가락 길이만큼도 안 되었다.

"그런 번데기로 뭘 어떻게 하겠다고."

조철봉이 당치도 않다는 얼굴로 말했다.

"부끄러운 줄 알아, 이 자식아."

"이것 보십시오."

얼굴이 하얗게 질린 사내가 발버둥을 치자 번데기가 흉하게 흔들렸다. 조철봉이 갑중을 돌아보았다.

"저 새끼 벌초를 해, 반항하면 번데기를 잘라버려도 된다."

"벌초만 하다니요?"

천부당만부당하다는 듯이 갑중이 목소리를 높였다가 곧 소리쳐 가위와 면도칼을 가져오라고 지시했다. 조철봉은 소파에 등을 붙이고는 힐끗 안방 쪽을 보았다. 방문 앞에 두 사내가 지키고 서 있었지만 서경윤은 나올 기색도 보이지 않았다. 그러나 밖의 소동은 다 듣고 있을 것이었다. 그때 사내들이 가위와 면도칼을 찾아오자 갑중이 소리쳤다.

"그 새끼 눕혀라. 백자지를 만들어야겠다."

사내들은 조철봉의 눈치를 보느라 입을 열지는 않았지만 신바람이
난 기색들이 역력했다. 구경하던 사내들까지 원장을 덮쳐눌렀는데 그
경황 중에도 조철봉을 위해 한쪽을 터놓았다. 며칠 전 TV에서 본 식사
장면에서 식탁의 3면에 가족이 가득 둘러앉고 한쪽을 비운 것과 똑같은
장면이다.

"이 새끼, 움직이면 번데기 잘라버릴 테여, 찍소리도 내지 마러."

갑중이 무시무시한 목소리로 경고를 하고는 손수 가위를 들었다. 그
러고는 험상궂게 생긴 사내 하나에게도 가위를 건네주었다.

"너도 잘라. 이 새끼가 움직이면 사정없이 번데기를 잘라버려도
된다."

최갑중의 목소리는 컸다. 안방에서 숨을 죽이고 있을 서경윤이 들으
라는 것이다. 조철봉은 사내 하나가 냉장고에서 꺼내준 오렌지주스 캔
을 들고는 소파에 기대앉아 벌초 장면을 보았다. 원장은 꼼짝도 하지 않
았으므로 벌초는 잘되었다.

"형님, 벌초한 곳에다 기념으로 문신을 해놓는 것이 어떻습니까? 금
방 할 수 있는데요. 바늘만 있으면 됩니다."

갑중이 떠들썩한 목소리로 말했을 때 사내들 중 빙긋 웃는 사람도 생
겨났다. 굳어졌던 분위기가 풀려가고 있는 것이다.

"그렇지. 그곳에다 서경윤이라고 박아라."

조철봉이 표정 없는 얼굴로 말을 받았다.

"그리고 일편단심도 써놓고, 밑에는 화살에 꽂힌 심장도 그려 넣어."

36

"야, 바늘 찾아와. 가스버너도 찾아오고."

갑중이 소리쳤을 때 안방의 문이 벌컥 열렸다가 닫혔다. 서경윤이 열었다가 지키고 있는 사내가 등으로 미는 바람에 닫힌 것이다. 서경윤이 문을 다시 한 뼘쯤 열고 소리쳤다.

"그만해. 내가 떠나면 될 거 아냐!"

그 순간 집 안이 조용해졌고 사내들은 모두 조철봉의 눈치를 보았다. 갑중도 가위를 든 채 움직임을 멈추고 있다. 조철봉이 자리에서 일어서자 긴장감은 더 높아졌다. 안방으로 다가간 조철봉이 문을 열었다. 서경윤은 방 가운데에 선 채 눈을 치켜뜨고 있었지만 조철봉과는 시선을 마주치지 않았다. 영일은 침대 위에 앉아 있다가 조철봉을 보더니 눈을 동그랗게 떴다. 긴장하고 있다가 낯익은 조철봉을 보자 반가운 모양이었다. 조철봉은 침대 끝에 영일과 나란히 앉아 경윤의 옆모습을 보았다.

"넌 짐승이야."

조철봉이 낮게 말했을 때 경윤이 흠칫 어깨를 추켜올렸다가 내렸다. 그러나 몸은 아직 돌리지 않았다. 안방 문은 다시 닫혀 방안에는 세 사람의 숨소리만 들렸다. 조철봉이 영일의 작은 손을 쥐고 말했다.

"천지신명에 맹세하건대 난 여자라고는 너밖에 없었다. 나는 그동안 한 번도 다른 여자하고 잠자리를 해본 적이 없다."

경윤이 모로 선 채 이쪽으로 얼굴만 돌렸으나 시선을 보내지 않았다. 그러나 조철봉은 경윤의 얼굴이 일그러져 있는 것을 보았다. 길게 숨을 뱉은 조철봉이 말을 이었다.

"여자 생각이 나면 네 몸을 떠올리며 자위를 했지. 비록 몸은 오랫동안 너를 떠나 있었지만 다른 여자의 손을 잡아본 적도 없다."

그러고는 조철봉이 쓴웃음을 지었다.

"어젯밤에도 일에 지쳐서 찾아온 거야. 그동안 중국에 사업을 벌여 놓아서 눈코 뜰 새 없이 바빴거든."

영일이 눈만 깜박이고 가만히 있었으므로 조철봉은 어깨를 당겨 안 았다. 아직 영일은 자신을 아빠라고 부르지 않은 것이다. 조철봉이 낮게 말을 이었다.

"내가 얼마만큼 배신감을 느끼고 있는지는 말하지 않겠다. 그저 처음 에는 미칠 것 같았다가 지금은 멍해져서 어떻게 할지 모르겠어."

그때 경윤이 털썩 방바닥에 무릎을 꿇더니 조철봉을 처음으로 보 았다.

"잘못했어요."

떨리는 목소리로 말한 경윤의 얼굴은 이미 눈물로 범벅이 되어 있었 다. 경윤이 간절하고도 애달픈 시선으로 조철봉을 보았다.

"날 죽여줘요. 난 엄마 자격도 없고 당신의 옆에 있을 가치도 없는 여 자예요. 날 쫓아내줘요, 아니…."

경윤이 초점 없는 시선으로 조철봉을 보았다. 눈물은 아직도 끊임없 이 흘러내리는 중이다.

"내가 나가겠어요. 내가 나가서 포장마차라도 해서 영일이를 키우겠 어요. 나는 당신의 도움을 받을 자격이 없어요."

정신없이 말한 경윤이 방바닥에 두 손을 짚고 어깨를 들썩이며 흐 느꼈다. 그것을 본 영일이도 울먹였으므로 조철봉은 영일을 힘주어 안 았다.

"다 내 잘못이야, 내가 집안에 너무 소홀했어."

길게 숨을 뱉은 조철봉이 자리에서 일어섰다.

"집 안으로 남자는 끌어들이지 마. 영일이도 있는데 교육상 좋지 않아."

부드럽게 말한 조철봉이 다시 한 번 땅이 꺼질듯 한숨을 뱉었다.

"어젯밤 일은 없었던 일로 치자. 다 영일이를 위해서야, 서로 노력하자고."

그러고는 방을 나왔을 때 뒤쪽에서 경윤의 애간장이 타는 듯한 울음소리가 울렸다. 조철봉이 안방 문을 뒤에서 닫았을 때 갑중이 정색하고 물었다. 아직도 원장은 드러누운 상태였지만 이미 아랫도리가 하얗다.

"형님, 이쪽도 작업 끝냈습니다."

그는 조철봉도 일을 끝내고 나온 줄 안다.

조철봉이 칭다오에 도착한 것은 그다음 날 오후였다. 시내 중심가에 위치한 사무실로 들어섰을 때 천리마무역 대표인 김성산이 기다리고 있다가 조철봉을 맞았다. 공항에 마중 나온 고동수로부터 성산이 며칠 전부터 칭다오에 와 있다는 것을 들은 터라 조철봉은 곧 사장실에서 단둘이 마주앉았다.

"베이징에 가라오케 사업장을 세웁시다."

성산이 곧장 본론을 꺼냈다.

"우리 자금이면 열 개는 세울 수 있지 않겠습니까?"

조철봉이 칭다오와 옌타이에 설립한 K-TV 사업장이 두 달째부터 흑자를 내고 있다는 것을 성산이 모를 리가 없다. 거기에다 인력 공급은 북한 측이 맡고 있으니 가장 확실한 사업이라고 생각했을 것이다. 성산의 시선을 받은 조철봉이 쓴웃음을 지었다.

"내가 김갑수한테서 처음에 듣기로는 자동차 사업에 관심을 갖고 계셨던 것 같던데요, 계획을 바꾸셨습니까?"

"당의 요직에 있던 인사가 다른 곳으로 옮겨가는 바람에."

성산도 쓴웃음을 짓고 말을 이었다.

"당분간은 곤란하게 되었습니다."

"가라오케는 지금 포화 상태입니다. 너도 나도 가라오케를 설립하는 상황이라."

정색한 조철봉이 성산을 보았다. 조석으로 변하는 기업 환경에 익숙해진 이쪽은 아무래도 성산보다는 적응력과 순발력에서 우위일 것이다. 토양이 좋아야 우수한 기업가가 배출된다는 것은 불변의 진리다. 의욕만 가지고는 어려운 것이다. 조철봉이 말을 이었다.

"이곳 칭다오에 국제백화점이 있습니다, 아시지요?"

"알고 있습니다."

"국제백화점이 한국의 성국상사와 중국의 기린그룹이 합자해서 세운 사업체라는 것도 아십니까?"

"그것도 압니다."

"그럼 기린그룹이 지금 성국상사의 지분을 인수해서 독자 경영을 하려고 하는 것도 아시겠군요."

그러자 성산이 입을 다물었다. 기린그룹은 삼합회의 자본으로 세워진 서류상의 회사인 것이다. 그동안 조철봉은 국제백화점의 영업 실적과 내부 상황에 대해서 조사를 했다. 왜냐하면 백화점 사업에 관심이 있었기 때문인데 국제백화점의 한국 측 지주인 성국상사가 흔들린다는 것은 조사 중에 밝혀진 사실이었다.

"성국상사는 자금난에 빠져 있습니다. 그래서 기린그룹이 싼 가격으로 지분을 인수하려고 하는데 우리가 적정 가격을 제시하면 성국상사는 받아들일 겁니다."

그러자 성산이 긴장한 얼굴로 천천히 머리를 끄덕였다.

"그렇다면 삼합회와 마찰이 일어나겠군."

혼잣소리였다. 삼합회는 중국 최대의 비밀조직인 것이다. 삼합회에 맞서서 온전하게 살아남은 개인은 물론 집단도 없다. 따라서 성국상사의 지분을 인수하려고 아무도 나서지 않는 것은 당연했다. 그때 조철봉이 다시 입을 열었다.

"국제백화점 매출은 가라오케 백 개분도 넘습니다. 우리가 국제백화점의 성국상사 지분을 인수하면 오십 개분의 실적을 올린 셈이 되겠지요."

"전쟁이 일어날지도 모르겠는데."

다시 혼잣소리로 말했던 성산이 굳어진 얼굴로 조철봉을 보았다.

"목숨을 걸고 나서야 할 사업이오."

"남북이 뭉쳐서 나서는 일 아닙니까?"

조철봉도 정색하고 성산의 시선을 맞받았다.

"우리도 중국 땅에 회를 하나 만듭시다. 그렇지, 남북이니 이합회라고 하든지."

입맛을 다신 성산이 눈을 가늘게 떴다.

"검토해 봅시다. 어쨌든 조 사장 생각은 기발합니다."

고동수의 꿈은 중국형 룸살롱인 K-TV를 늘려 체인화하는 것이었다.

급성장하는 중국경제에 비례하여 당연히 유흥 산업도 발달될 것이니만치 K-TV의 성장 가능성도 크리라고 믿었다. 현재 칭다오와 옌타이에도 K-TV가 난립해 있지만 CB K-TV라인은 모두 흑자를 내고 있는 것도 그의 의욕을 고무시켰다. 만일 동수가 김성산의 제의를 들었다면 쌍수를 들고 환영했을 것이다.

조철봉이 칭다오의 K-TV 1호점에 들렀을 때는 저녁 8시경이었다. 미리 연락을 하고 온 터라 K-TV 사업본부사장이 된 동수는 현관에서 기다리고 있다가 조철봉을 밀실로 안내했다.

"오늘은 너하고 둘이서 마시려고 왔다."

소파에 앉은 조철봉이 말하자 동수가 얼굴을 펴고 웃었다.

"영광입니다, 사장님. 마침 보고드릴 일도 있었습니다."

그들이 자리에 앉은 지 1분도 되지 않았을 때 술과 안주가 날라져왔고 2분 만에 마담의 안내로 아가씨들이 들어섰다. 그 순간 조철봉은 놀란 눈을 크게 떴다. 아가씨들은 모두 피부가 눈 같은 서양 아가씨들이었던 것이다. 그리고 두 명 모두가 미끈한 몸매의 미인이다. 동수는 아가씨들을 조철봉의 좌우에 앉게 하더니 웃음 띤 얼굴로 말했다.

"러시아 아가씨들입니다. 하바롭스크에서 공수해왔는데 지금 가게에 5명이 있습니다."

"미인이구나."

이유야 나중에 따지기로 하고 조철봉이 먼저 감탄부터 했다. 피부가 희면 살결이 거친 경우가 많은데도 여자들의 피부는 매끄러웠고 얼굴 윤곽도 아담했다. 동양인이 좋아하는 섬세한 용모인 것이다. 조철봉이 두 여자의 손을 하나씩 잡고는 만족한 듯 머리를 끄덕였다.

"이만하면 서울에서도 특급이다."

"최고급입니다, 사장님."

동수가 정색하고 조철봉을 보았다.

"아직 한 번도 이런 경험이 없는 데다 영어도 유창해서 중국인 고급 손님을 만족시키는 데는 최상입니다."

조철봉이 머리를 끄덕였다. 요즘 들어 K-TV에 들른 돈 많은 중국인 손님들이 한국 여자를 자주 찾는다는 말을 들었던 것이다. 한동안 경제력으로 자존심이 상해 있던 중국인들로서는 당연한 반응이었다. 고급 중국인 고객들이 원하는 것은 조선족 동포가 아닌 한국에서 공수해온 메이드인코리아였던 것이다. 따라서 한국 아가씨를 구하기 힘든 동수로서는 적당한 대역을 찾은 셈이 되었다. 동수가 말을 이었다.

"물론 팁은 3배를 받고 2차 비용은 2배로 하기로 했습니다. 그리고 가게에서는 20퍼센트만 떼는 조건입니다."

"몇 명이나 계약했나?"

"현재는 20명이 공수되어 각 가게로 나눠졌고 한 달 후에 1백 명 정도를 보유하게 될 것입니다."

"김갑수하고 상의했나?"

"갑수는 이 일과 관계가 없습니다."

그러고는 동수가 의미 있는 웃음을 띠었다.

"갑수는 이런 일에 경험이 없는 데다 너무 그쪽에만 의지하는 것이 장래에 도움이 될 것 같지가 않아서요."

"그렇지."

조철봉이 정색하고 머리를 끄덕였다.

"잘했다. 그리고 고급화 전략도 잘한 거다."

"감사합니다."

칭찬을 받은 동수가 어깨를 펴더니 서툰 영어로 여자들에게 말했다.

"내 빅보스시다, 인사드려."

그러자 오른쪽에 앉은 금발에 푸른 눈의 아가씨가 먼저 한국식으로 머리를 숙였다.

"저는 소냐입니다. 22살입니다."

왼쪽은 흑발에 눈동자도 숯같이 검었는데 흰 이를 드러내며 인사를 했다.

"나타샤입니다."

"으음, 난 조다."

지난 며칠간 노래방 여자로부터 서경윤으로 이어진 심야의 소동이 있고 난 후에 조철봉은 여자 생각도 나지 않았지만 다시 행복해졌다. 세상에 영원한 것은 없다. 꽃은 시들기 마련이며 정상에 오르면 내려와야 한다. 집착은 불행의 시발이 되는 것이다. 서경윤에게는 계속 생활비를 대줄 것이며 앞으로 들를 적에는 꼭 전화부터 하겠다. 조철봉은 양팔을 뻗쳐 소냐와 나타샤의 어깨를 감싸 안았다. 그러자 갑자기 눈앞에 눈 덮인 시베리아 벌판이 펼쳐졌다. 그림 같은 별장과 오마 샤리프의 얼굴도 떠올랐다. 닥터 지바고의 장면이다. 조철봉은 만족한 숨을 뱉었다. 길게 욕심을 부리면 추해지는 것이다. 제 분수를 알면 그 한계 내에서도 얼마든지 행복해질 수 있다.

"오늘 소냐하고 나타샤를 둘 다 데리고 나가겠다."

조철봉이 호기 있게 말했을 때 동수가 당연하다는 표정으로 머리를 숙여 보였다.

"예, 이미 이야기해 놓았습니다."

"나타샤, 너 닥터 지바고 알아?"

동수보다는 조금 나았지만 조철봉이 서툰 영어로 묻자 나타샤가 검은 눈을 동그랗게 떴다.

"지바고 박사가 누굽니까?"

"오마 샤리프 말이다."

"그런 사람 모릅니다."

정색한 나타샤가 머리까지 저었다.

"당신이 내 첫손님입니다."

헷갈리기는 했지만 어쨌든 말을 주고받았다는 것에 만족한 조철봉이 흐뭇한 시선으로 동수를 보았다.

"대화가 통하는군."

"사장님 영어 실력이 좋으십니다."

동수가 감탄한 표정으로 조철봉을 보았다. 중국 고급 손님의 요구를 만족시켜주기 위하여 그동안에 러시아에까지 손을 뻗친 동수의 의욕은 칭찬할 만했다. 물론 기존의 한국 거래선을 이용했겠지만 발 빠른 동작이었고 사업은 남보다 빨라야 성공하는 법이다. 잘된다는 사업에 뛰어드는 경우가 많은데 그때는 이미 늦었다고 봐야 한다. 조철봉은 소냐와 나타샤가 번갈아 따라주는 술을 마시면서 대화를 나누었다. 소냐는 22세로 대학을 올해 졸업했다는 것이었고 나타샤는 23세로 역시 대학을 졸업한 교사 출신이었다. 둘 다 닥터 지바고를 모르고 있는 것이 조금 유감이었지만 그만하면 훌륭한 수준이었고 고급 취향의 중국인 손님을 만족시킬 만했다.

조철봉이 K-TV를 나왔을 때는 밤 11시가 되어갈 무렵이다. 소냐와 나타샤는 얌전한 모습으로 조철봉의 뒤를 따라 나왔는데 동수도 수행했다. 조철봉을 호텔까지 모시려는 것이다. 그래서 경호원까지 실은 승용차 2대가 호텔 앞에 멈춰 섰을 때는 도어맨의 눈이 둥그레졌다. 언제부터인가 동수는 조철봉이 중국에 오면 경호원 3명을 수행시키고 있던 것이다. 경호원은 모두 조선족 동포였는데 김갑수의 조직과는 별개였다. 한국에서 조직 생활도 해본 동수여서 슬슬 독자 세력을 형성하고 있다는 것을 알 수 있었다. 러시아에서 여자들을 데려온 것과 같은 맥락으로 봐도 될 것이다. 어느 한쪽에 일방적으로 힘이 실리면 그 조직은 틀림없이 분열이 일어나게 되는 것이다. 동수는 방문 앞까지 조철봉을 수행하고는 문안으로 들어오지 않았다.

"사장님, 그럼 내일 아침에 연락드리겠습니다."

여자들에게 의미심장한 시선을 준 동수가 허리를 굽혀 인사를 했다.

방안에 셋만 남게 되었을 때 소냐와 나타샤는 더 활기를 띠었는데 저희들끼리 러시아어로 이야기를 주고받으며 웃기까지 했다. 조철봉이 저고리를 벗자 소냐가 다가와 받아들었고 넥타이는 나타샤가 풀었다.

"샤워하실 거죠?"

나타샤가 그렇게 물은 것 같았으므로 조철봉이 머리를 끄덕였다. 샤워라는 단어 하나가 끼어 있었던 것이다. 두 쌍의 눈이 반짝이고 있었지만 기가 죽을 조철봉은 아니다. 여자들 앞에서 알몸이 되었을 때 힐끗 아랫도리를 내려다본 조철봉은 가슴을 폈다. 믿음직한 철봉이 조금도 위축되지 않고 늘어져 있었던 것이다.

"오우, 원더풀!"

소녀가 눈을 둥그렇게 뜨고 감탄한 표정을 지었고 나타샤는 키득 웃었다. 소녀가 조금 방정맞은 스타일인 반면에 나타샤는 수줍음기가 있어 보였다. 조철봉은 알몸인 채 서서 여자들에게 말했다.

"컴 투게더, 샤워 오케이?"

고등수도 없는 터라 나오는 대로 말을 뱉었지만 여자들은 알아들었다.

"오케이."

먼저 소녀가 대답하고는 재킷을 벗으면서 나타샤에게 러시아어로 뭔가를 말했다. 그러자 나타샤도 블라우스의 단추를 풀기 시작했다. 여자들이 옷을 벗는 동안 조철봉은 욕실로 들어가 샤워기를 틀었다. 특실이어서 욕실이 컸지만 셋이 함께 하기에는 아무래도 불편해 보였으나 이왕 시작된 일이었다. 그때 욕실 문이 열리면서 소녀가 앞장을 섰고 이어서 나타샤가 따라 들어왔는데 모두 알몸이었다.

"으으음."

조철봉은 욕실에 가득 찬 것 같이 보이는 두 여자의 알몸을 본 순간 목구멍으로 신음을 뱉었다. 영화에서나 볼 수 있었던 미끈한 팔등신의 알몸이 둘이나 눈앞에 펼쳐져 있었던 것이다. 소녀는 아예 아랫도리도 가리지 않고 활짝 웃는 모습이었고 나타샤는 손바닥으로 위아래를 가리는 시늉을 했지만 보일 건 다 보였다.

"오우 원더풀!"

소냐가 다시 탄성을 뱉었다. 조철봉의 철봉이 어느 사이에 힘차게 일어서고 있었기 때문이다.

"컴, 컴."

손짓으로 여자들을 가깝게 부른 조철봉이 먼저 나타샤의 어깨를 감아 안았다. 샤워기의 물이 머리에서부터 쏟아지고 있었으므로 나타샤도 금방 물에 젖었다. 그때 소냐가 조철봉의 앞에 한쪽 무릎을 세우고 앉더니 철봉을 입안에 넣었다. 익숙한 동작이었다.

"굿."

앞에다 '베리' 자를 붙이려다가 말이 길면 무식이 탄로나는 것처럼 길면 꼬리가 잡힐 가능성이 있다고 생각한 조철봉이 다시 짧게 말했다.

"굿, 굿!"

'컴컴'하고 '굿굿'만 해댔으니 캄캄한데서 굿한다는 한국말도 될 것이다. 소냐가 철봉을 핥는 사이에 조철봉은 나타샤를 애무했다. 입술을 붙였더니 조금 망설이던 나타샤가 혀를 내밀어 주었으므로 조철봉은 젤리 같은 혀를 빨았다. 조철봉의 손이 숲을 헤치고 샘 끝에 닿자 나타샤는 두 다리를 오므렸다가 곧 펴더니 손가락을 받아들였다.

"비유리풀!"

잠시 후에 입술을 뗀 조철봉이 숨을 몰아쉬며 말했다. 영어는 이럴 때 배워야 귀에 쏙쏙 들어오고 술술 뱉어지는 법이다. 전에는 뷰티풀을 비유리풀이라고 하거나 워터를 워러라고 하는 놈들을 보면 사타구니를 차 올리고 싶었는데 지금은 아니다. 조철봉은 다시 나타샤에게 키스했다.

2 대 1의 섹스에 있어서 무엇보다도 중요한 사항은 절대로 서둘면 안

된다고 조철봉은 들었다. 이것은 교본이 있는 것도 아니어서 오직 구전(口傳)으로만 전해진 터라 와전된 부분도 많고 극히 주관적이다. 그러나 공통된 부분은 여유를 갖고 즐기라는 것이었다. 그래서 조철봉은 적당한 시기에 소냐를 일으켜 세우고는 셋이 욕실을 나왔다.

서로 몸을 닦아주면서 조철봉은 자신은 물론이고 나타샤까지 긴장이 풀려가고 있다는 것을 느낄 수 있었다. 물론 정신과 육체가 합일(合一)된 섹스는 아름답다. 사랑하는 사람과의 섹스는 신이 인간에게 내린 축복 중의 하나일 것이다. 그러나 성욕을 내뿜는 남녀 간의 교접을 무조건 '우웩' 하고 경멸한다는 것도 문제가 있다. 섹스만으로 본다면 사랑의 감정 없이도 그 이상으로 쾌락을 느낄 수가 있는 것이고 그것을 나무랄 수도 없는 것이다.

따라서 셋이 나란히 침대에 누웠을 때 조철봉은 이 순간을 즐기기로 마음먹었다. 승부욕도 버리고 마음을 비운 상태에서 두 여자와 즐기기로 작정한 것이다. 그때 소냐가 몸을 굴려 조철봉의 몸 위에 올라앉았으므로 방안에 긴장감이 감돌았다. 나타샤는 조철봉의 한쪽 팔에 안겨 모로 누워 있다가 돌연한 소냐의 행동에 놀란 듯 눈을 둥그렇게 떴다.

"미, 퍼스트."

소냐가 그렇게 말하더니 거침없이 조철봉의 철봉을 자신의 샘 안에 넣었다.

"아아아!"

턱을 치켜든 소냐가 탄성 같은 신음을 뱉더니 두 손으로 자신의 젖가슴을 위쪽으로 밀어 올렸다. 어디선가 본 듯한 장면이었으므로 조철봉은 여유 있게 웃었다. 그러고는 나타샤를 당겨 안고는 다시 키스했다.

나타샤의 몸은 뜨거웠다. 혀가 금방 뻗어 나와 조철봉의 혀를 감았다. 소냐의 움직임은 거칠었다. 처음에 샘 안은 습기만 차 있을 뿐이어서 딱딱하게 느껴졌는데 곧 젖어가면서 신음이 높아졌다. 그때 나타샤가 몸을 조금 떼더니 조철봉의 팔을 당겨 자신의 샘에 대었다.

애무해 달라는 표시였다. 조철봉의 손끝이 나타샤의 샘 안으로 비집고 들어갔을 때 나타샤도 옅게 신음을 뱉었다. 그때 소냐의 신음이 높아지더니 움직임이 더 격렬해지기 시작했다. 소냐에게 자극을 받은 듯 나타샤도 더욱 몸을 붙이고는 조철봉의 손끝을 더 깊게 받아들이려는 몸짓을 했다. 방안은 두 여자의 탄성과 신음으로 가득 차 있었다.

이윽고 소냐의 몸이 굳어지면서 샘이 갑자기 조여지는 느낌이 왔고 샘가에 붙은 수백 마리의 거머리가 철봉에 달라붙은 착각이 일어났으므로 조철봉은 이를 악물었다. 그러고는 한국경제를 생각했다. 유가가 십수 년 만의 최고치를 기록하고 있다지만 극복할 수 있을 것이다. 한국민은 위대한 민족인 것이다. 그 순간 소냐가 폭발했고 온몸을 오그리면서 조철봉의 몸 위에 엎어졌다. 조철봉은 하반기의 한국경제가 다시 회복되리라고 믿었다. 그러고는 몸을 비틀어 엎어진 소냐를 침대 위에 굴려 눕히고는 나타샤 위에 올랐다. 기다리고 있던 나타샤가 두 다리를 벌려 그를 맞아들였고 곧 탄성을 뱉으며 허리를 치켜들었다.

"굿?"

힘차게 허리를 움직이며 조철봉이 묻자 나타샤는 탄성과 함께 머리만을 끄덕였다.

"비유리풀."

다시 조철봉이 한 마디 했다. 그러고는 머리를 돌려 늘어진 소냐의 젖꼭지를 입안에 물고 애무했다. 나타샤의 샘은 뜨겁게 넘쳐나고 있었다. 정신만 똑바로 차리면 모든 샘은 다 다르다는 것을 알게 된다. 조철봉은 이제 환율을 생각하기 시작했다.

성국상사의 부회장 오현규는 마흔두 살의 2세 경영인이었으나 전문 경영인 못지않은 능력으로 중소기업 수준의 도매상이었던 성국상사를 한국에서 십 위권 안에 드는 백화점 체인으로 성장시켰다.

그러나 사업 다각화의 일환으로 건설업에 진출하여 아파트를 짓기 시작한 것이 오현규의 십여 년에 걸친 노력을 참담하게 허물어뜨리는 중이었다. 작년부터 자금 사정이 악화되기 시작해서 서울과 부산의 백화점 두 곳을 매각했지만 올해 입주할 예정이던 서울의 아파트가 20퍼센트도 못 되는 분양 실적을 올리는 바람에 지난달에는 그룹이 부도 일보직전 상태까지 되었던 것이다.

조철봉이 칭다오 홀리데이인호텔의 라운지로 들어섰을 때 오현규는 국제백화점의 사장 박영문과 함께 먼저 와 기다리고 있었다. 조철봉도 김성산과 동행이었으므로 서로 인사를 마친 그들은 마주보고 앉았다. 물론 성산은 합자회사인 국일상사의 사장 명함을 내놓고 조철봉은 부사장이다. 모두 초면이었지만 미리 약속도 하고 몇 번 전화로 이야기를 나눈 터라 먼저 조철봉이 본론을 꺼냈다.

"내막을 모두 알고 있는 상황이니까 솔직히 말씀드리지요, 기린그룹은 국제백화점의 오십 퍼센트 지분을 75억에 인수하겠다는 것 아닙니까?"

그러자 오현규와 박영문이 서로의 얼굴을 보았다. 사실인 것이다. 둘

중에 영문의 얼굴이 더 굳어졌는데 사주인 현규 앞에서 회사의 기밀이 드러난 때문이다. 그때 현규가 헛기침을 했다. 흰 얼굴에 안경을 끼었고 마른 체격이어서 전체적으로 예민하게 보이는 인상이었다.

"말도 안 되는 수작이지요, 지금의 영업실적으로 본다면 300억 가치가 있고 실제 지분율로 계산을 해도 250억이 되니까요."

"그렇습니다."

영문이 얼른 말을 받더니 목소리를 높였다.

"그건 그쪽의 주장이고 어림없는 수작입니다. 차라리 국제백화점을 독립시켜 현 상태를 유지하는 것이 낫습니다."

그때 성산이 가볍게 헛기침을 했다.

"이미 늦었지 않습니까?"

두 사내의 시선을 받은 성산이 희미하게 웃었다.

"성국상사에서 독립시키는 것이 말입니다. 그리고…."

이제는 성산의 눈빛이 강해졌다.

"기린그룹에서 이 기회를 놓칠세라 압력을 가해오고 있을 텐데요."

"아니."

영문이 나서려고 입을 열었을 때 성산이 손바닥을 펴서 막는 시늉을 하고는 말을 이었다.

"기린그룹이 삼합회 계열이라는 건 다 압니다. 그자들이 마음만 먹으면 지금 당장이라도 당신들을 납치해서 끝장을 낼 수가 있지요. 그건 당신들도 잘 알고 있을 겁니다."

그러고는 성산이 의자에 등을 붙이고 앉더니 쓴웃음을 지었다.

"아마 75억도 받지 못할 겁니다. 더 이상 이용가치가 없는 성국상사에 손을 떼려고 작심한 이상 아예 거저먹으려고 할 테니까요."

그때 현규의 흰 얼굴이 더 하얗게 굳어졌고 영문의 침 삼키는 소리가 들렸다. 성산이 낮은 목소리로 말을 이었다.

"우리도 위험한 사업에 뛰어드는 셈이 되는 겁니다. 삼합회는 총구를 우리한테 돌릴 테니까요. 이런 상황인데 당신들이 시치미를 떼고 가격 타령만 한다면 우리한테 덮어씌우고 도망치겠다는 수작이 아닙니까?"

조금 과격했지만 사실이었고 명연설이었다.

조철봉은 현규의 표정을 살폈다. 결정권은 현규에게 있었기 때문이다. 아마 이번 칭다오 방문을 끝으로 현규는 두 번 다시 중국 땅을 밟지 않게 될 것이었다. 그때 현규가 입을 열었다.

"그럼 국일상사 측은 얼마를 예상하고 계십니까?"

그러자 성산이 힐끔 조철봉을 보았다. 가격 흥정은 조철봉이 맡기로 했기 때문이다. 처음에 일시불로 지급한다는 조건으로 기린그룹과 같은 75억을 불렀다가 상황을 봐서 80억을 최고가로 하기로 성산과 미리 말을 맞춘 것이다. 조철봉이 입을 열었다.

"이렇게 두 분을 직접 만나 뵙고 나니까 더 자신감이 없어졌습니다."

성산이 놀란 듯 눈을 크게 떴지만 조철봉은 내처 말을 이었다.

"우리가 성국상사의 지분을 인수하게 된다면 틀림없이 기린그룹의 삼합회 조직과 마찰이 일어날 테니까 말입니다."

긴장한 현규와 영문이 눈만 껌벅였고 성산은 가볍게 입맛을 다셨다. 조철봉이 어깨를 늘어뜨리더니 길게 숨을 뱉었다.

"오늘 아침에는 어떤 놈이 호텔로 전화를 해왔더군요. 난데없이 저한 테 한국으로 돌아가라는 겁니다. 죽기 싫으면 돌아가라면서 전화를 끊더군요. 저도 뱃심이 꽤 있는 편이지만 기분이 좋지 않았습니다."

거짓말이다. 그리고 현규와 영문도 절반 정도나 믿을 것이다. 조철봉이 힐끔 성산에게 시선을 주고는 말을 이었다.

"이틀만 더 여유를 주십시오. 사장님하고 다시 상의를 하고 결정하겠습니다."

"그러십시다."

성산이 말을 받더니 소리 내어 한숨을 쉬었다.

"삼합회가 마음만 먹는다면 못 할 일이 없다는 소문도 있더만요. 그래서 그럽니다."

호흡을 맞춰준 성산이 시선을 주었을 때 현규가 먼저 자리에서 일어섰다. 기분이 상한 듯 이맛살이 찌푸려져 있다.

"그럼 실례하겠습니다."

"다시 연락드리지요."

일어서서 두 사내를 배웅한 그들은 다시 자리에 앉았다.

"조 사장, 왜 그러신 거요?"

성산이 정색하고 조철봉을 보았다.

"분위기로 봐서 우리가 계획한 가격으로 될 것 같던데."

"더 좋은 조건으로 하겠습니다."

"그것이 가능할까요? 기린그룹에서 75억을 들고 찾아가면 어쩌려고."

"기린그룹이 오늘 아침에 50억으로 낮췄답니다. 그것도 3년 분할 지불로 말씀이지요. 거저먹겠다는 것입니다."

"아니, 그 정보를 어디서 들었소?"

놀란 성산이 눈과 입을 쩍 벌렸다가 닫았다.

"그럼 미리 나한테 귀띔을 해주시지 않고."

"그래야 사장님이 아까 같은 열변을 토하실 수가 있지요. 알고 계셨다면 그렇게 하시지는 못 했을 것입니다."

"나아 참."

성산이 정색했다.

"아군까지 속여야 기밀작전이 성공한다는 전략이군. 그건 그렇고, 그 정보는 어디에서 들었습니까?"

"말씀드리지요."

조철봉도 정색하고 성산을 보았다.

"조금 전에 앞자리에 앉아 있던 박영문입니다."

"무시기?"

놀란 성산의 입에서 북한 말이 튀어나왔다.

"국제백화점 사장 박영문이?"

"예. 박영문을 매수했지요."

"어허."

"박영문이 정보를 주고 도와주는 한 염려하실 것 없습니다. 시간도 우리 편입니다."

"과연 한국인들의 장사 수단은 뛰어나, 인정해줘야 돼."

저녁에 칭다오의 CB 2호점의 밀실에서 다시 만났을 때 김성산이 다시 조철봉을 치켜세웠다.

"어느 사이에 박영문을 매수해 놓다니 말이오. 한국인들이 에스키모한테도 냉장고를 판다는 말이 맞군."

"돈을 먹이면 이글루에도 냉장고를 들여 놓을 수가 있지요."

말은 그리했지만 어쩐지 찜찜해진 조철봉이 소리쳐 지배인을 불러 술과 안주를 시켰다. 성산은 진심으로 말한 것이겠지만 도둑이 제 발 저리다는 식으로 이쪽은 비꼬는 것처럼 들린 것이다. 경제가 급성장한 구석에는 온갖 편법과 불법이 난무했던 것이 사실이다. 인맥과 학맥을 이용하고 처신을 요령 있게 하지 않으면 낙오한다고 믿어 왔다. 어쨌거나 장사는 수단이 좋아야 한다. 지금도 조철봉은 그렇게 믿고 있었지만 어쩐지 백지장 같은 성산을 대하면서 자꾸 거북해졌다. 지난번 서울에 갔을 때 기관원으로 보이는 사내에게서 주의를 들었기 때문만은 아니다. 그때 지배인의 안내로 여자들이 들어섰으므로 관심이 돌려졌다.

"어허, 미인들이군."

성산이 대번에 감탄하더니 얼굴을 환하게 폈다. 김갑수와 고동수는 2호점으로 와 있었지만 방으로 들어오지 않고 밖에서 준비만을 한 것이다. 그들이 선별해서 보낸 여자 두 명은 중국계였는데 둘 다 나긋나긋한 몸매가 드러나도록 중국 의상을 입었다. 미리 귀띔을 받았는지 망설이지도 않고 제각기 성산과 조철봉의 옆에 앉은 여자들이 술시중을 들었다.

"그래, 앞으로 어떡하실 계획입니까? 말해 주시오."

성산이 이제는 듣고 따르겠다는 자세로 나왔다. 그도 현실적으로 되어 있는 것이다. 체면보다는 실적이 우선이다. 여자의 허리를 한 손으로 감아 안은 조철봉이 성산을 보았다.

"박영문은 오현규를 설득해서 백화점 지분을 우리에게 넘길 것입니다.”

“어허.”

정색한 성산이 술잔을 내려놓더니 상체를 조철봉에게로 기울였다. 아직 반신반의하는 표정이다.

“그렇게 될까요?”

“될 겁니다. 명분도 실리도 있는 일이니까요.”

성산의 시선을 받은 조철봉이 말을 이었다.

“백화점 지분을 삼합회에 빼앗기지 않는다는 명분이 있는 데다 박영문은 실리를 챙기게 될 테니까요.”

“어떤 실리란 말이오?”

“오후에 박영문과 다시 조정을 했습니다.”

조철봉이 손가락 다섯 개를 펴보였다.

“50억을 기준으로 했습니다.”

“50억을 기준으로 했다니?”

“50억으로 우리에게 넘기면 박영문은 성과금으로 2억을 받습니다.”

“2억을 받다니?”

“우리가 2억을 준다는 말이지요. 따라서 우리는 인수대금이 52억이 들어가는 셈입니다.”

“아하.”

“하지만 40억으로 우리에게 넘기면 박영문은 50억 기준에서 차액 10억의 반을 먹습니다. 그러면 5억에다 기준 성과금 2억을 합쳐 7억을 먹게 되지요.”

“그, 그러면.”

"우리는 47억으로 인수하는 셈이고요."

"그렇구나."

"박영문이 가격을 깎을수록 제 몫이 많아집니다. 그러니 기를 쓰고 오현규를 설득할 것입니다."

이제는 눈만 껌벅이는 성산을 보자 조철봉의 가슴은 다시 찜찜해졌다. 또 치부를 보인 느낌이 든 것이다.

그날 밤 김성산은 대취했다. 양주를 물 컵에 따라 물마시듯 들이켰는데 결국은 쓰러져 김갑수가 떠메고 나가야 했다. 방에 혼자 남은 조철봉이 눈만 껌벅이고 있었으므로 고동수가 조심스럽게 말했다.

"사장님 파트너를 호텔에 데려다 놓겠습니다."

동수는 이 방면의 매너가 세련되었다. 호텔에 데려 가시겠습니까? 하고 묻는 것보다 데려다 놓겠다고 말하는 것은 자신의 희생을 각오한 배려라고 봐야 한다. 그래서 조철봉이 머리만 끄덕이자 동수는 여자에게 눈짓을 하더니 데리고 먼저 방을 나갔다.

12시가 다 되도록 옆에 앉아 있었지만 제대로 된 대화 한번 나누지 못한 여자였다. 그저 이름이 링링이라는 것과 나이가 스물셋이라는 것만 알 뿐이다.

조철봉이 링링과 함께 호텔방에 들어섰을 때는 12시 반이었다. 저고리를 벗어던진 조철봉이 소파에 무너지듯 앉자 링링은 다소곳한 표정으로 앞에 앉았다. 긴 머리는 어깨 위로 늘어뜨렸고 몸에 붙는 원피스를 입었는데 큰 키에 버들가지처럼 날씬한 체격이었다. 성산만큼 많이 마시지는 않았지만 조철봉의 몸도 술기운에 덮여 늘어져 있었다.

"링링, 난 그저 혼자 있기가 싫어서 널 데려온 거다."

조철봉이 가라앉은 목소리로 말했다. 물론 한국말이다. 링링이 눈만 깜박였으나 조철봉은 말을 이었다.

"솔직히 말해서 나는 사정이 끝나고 늘어질 때 한 번도 편안한 마음이 되지 않았단다. 그저 이기느냐 지느냐의 싸움이었어."

그러고는 조철봉이 쓴웃음을 지었다.

"여자를 만족시키고 나면 이긴 싸움이 되었고 성취감은 일어났다. 그뿐이야. 나는 성기의 마찰로 얻는 쾌감 따위는 대수롭지 않도록 단련해왔단다."

그때 링링이 자리에서 일어나 조철봉의 앞으로 다가왔다. 그러고는 무릎을 꿇고 앉아 조철봉을 빤히 올려다보았다. 마치 강아지가 주인의 말을 열심히 듣는 듯한 모습이다. 조철봉이 손을 뻗어 링링의 이마 위에 흐트러진 머리칼을 옆으로 쓸었다.

"인간들은 대개 간절하고도 절대적인 사랑을 원하지. 상대가 저만 바라보며 살기를 바라고."

이제는 링링도 손을 뻗어 조철봉의 뺨을 어루만졌다. 아직 얼굴에 표정은 없었으나 다 들어주겠다는 몸짓이었다.

"그런데 그렇게 원하면 원할수록 더 외로워지고 더 허점이 드러나고 더 불행해지는 거다. 이건 사기꾼 조철봉의 말씀이니까 잘 새겨듣도록."

링링의 손이 내려와 조철봉의 셔츠 단추를 풀기 시작했다. 조철봉이 내버려두자 링링은 차분한 손길로 조철봉의 셔츠를 벗기더니 곧 바지 혁대도 풀었다. 바지와 양말까지 벗겨 조철봉을 팬티 차림으로 만든 링링이 몸을 일으켰다. 그러고는 조철봉의 앞에 선 채로 원피스를 벗었다. 그러자 브래지어와 팬티 차림의 늘씬한 알몸이 드러났다. 링링은 조철봉의 시선을 잡은 채로 다시 브래지어와 팬티를 벗었다. 손바닥 하나로 덮을 만한 아담한 유방과 짙은 숲에 싸인 샘이 바로 눈앞에 드러났으므로 조철봉은 심호흡을 했다.

"그렇지, 넌 나를 즐겁게 해주고 싶은 것이구나. 화대를 받은 만큼 말이지."

머리를 끄덕인 조철봉이 손을 뻗어 링링의 허리를 부드럽게 쓸었다.

"나는 준 만큼만 받고 너는 받은 만큼만 주는 이런 관계가 오히려 더 정직하고 깨끗할는지도 모른다."

조철봉의 술기운은 조금 가셔져 있었다.

링링과 조철봉 사이에 대화는 한 번도 오가지 않았다. 이름과 나이만 고동수가 알려 주었을 뿐이다. 물론 링링은 조철봉이 어떤 사람인가는 가게에서 들었을 테지만 그것으로 끝이다. 링링이 다시 앞쪽에 무릎을 꿇고 앉았을 때 조철봉은 무엇을 하려는지 알 수 있었다. 예상했던 대로 링링이 팬티를 벗겨내더니 철봉을 두 손으로 쥐었다.

그러고는 철봉을 입안에 넣고는 혀끝으로 애무하기 시작했으므로 조철봉은 길게 숨을 뱉었다. 링링의 애무는 서툴렀던 것이다. 자주 치아에 철봉이 걸렸으며 입안에 넘치는 때문인지 찬바람이 쐬어졌다. 마침내 조철봉은 링링의 얼굴을 두 손으로 잡아 중노동을 그치도록 했다. 잠깐 동안이었는데도 링링의 코끝에는 땀방울이 솟았고 얼굴은 상기되어 있었던 것이다.

"링링, 나는 이런 서비스에 익숙하지가 않단다."

링링의 어깨를 잡아 일으킨 조철봉이 침대로 이끌었다. 눈치를 챈 링링이 침대까지의 짧은 거리를 가는데도 조철봉의 허리를 두 팔로 감싸안았다. 그러고는 얼굴에 안도의 기색이 떠올랐다. 링링을 침대 위에 눕힌 조철봉이 먼저 이마 위에 부드럽게 입술을 대었다.

비록 대화는 전혀 통하지 않았어도 이것이 경애와 존중, 최소한의 예의의 표시라는 것은 링링도 느낄 것이었다. 조철봉의 입술이 링링의 감은 눈 위에 붙여졌다가 콧등을 지나 목과 가슴으로 옮겨졌다. 입술은 피한 것이다. 링링은 조철봉의 입안에 젖꼭지가 물려졌을 때 숨소리가 높아졌다. 조철봉이 잠깐 입을 떼고는 링링에게 말했다.

"링링, 내가 왜 여자가 절정에 오르는 순간을 좋아하는지 아니?"

당연히 링링은 대답하지 않았고 조철봉은 다시 젖꼭지를 혀끝으로 굴렸다. 그러고는 한 손을 뻗어 링링의 샘을 건드렸다. 링링이 옅게 신음했다. 그러고는 두 다리를 벌려 조철봉의 손을 기다리는 몸짓을 했다.

그러나 조철봉은 얼른 다가가지 않았다. 허벅지 안쪽을 부드럽게 쓸다가 물러서기를 여러 번 하고 나자 링링은 하체를 비틀면서 신음이 높아졌다. 젖꼭지에서 입을 뗀 조철봉의 입술이 정성스럽게 아랫배를 훑고 내려왔을 때 링링은 부끄러움도 잊고 두 다리를 벌렸다. 조철봉이 다시 머리를 들고 말했다.

"그때가 가장 정직한 순간이라고 느껴지기 때문이란다."

그러고는 조철봉은 아직도 기다리고 있는 링링의 샘 끝에 입술을 붙였다. 링링의 샘은 선홍빛이었고 윤기가 났다. 조철봉의 혀가 샘 안에 조금 넣어졌을 때 링링의 입에서 옅은 비명 같은 신음이 뱉어졌다. 그러고는 허벅지로 조철봉의 머리를 힘껏 죄었다가 풀었다. 조철봉이 링링의 샘에 턱을 박고 말했다.

"그러기 위해서는 내가 별짓을 다 해야 하지. 동굴 속에 갇혀 있는 빈 라덴을 생각하기도 하고 요즘은 이라크 전쟁으로 경제가 불안해질 생각까지 해야 된단다."

코로 샘 끝이 문질러졌으므로 링링은 몸부림을 쳤다. 신음은 더 높아졌고 조철봉을 끌어 올리려고 두 손이 자꾸 어깨를 잡아당겼다. 조철봉은 다시 샘에 혀를 깊게 넣고 샘물을 개처럼 마셨다.

"링링, 나는 요즘 너무 외롭다."

다시 머리를 든 조철봉이 웅얼거렸다.

"사기만 치다 보니까 가끔은 내 자신마저도 남같이 느껴져. 이러니, 원."

그 순간 눈물이 쏟아졌으므로 조철봉은 이를 악물었다. 링링의 몸부림은 더 심해졌지만 조철봉의 눈물은 그치지 않았다.

"그래, 링링, 해주지."

상반신을 일으키면서 조철봉이 말했으나 링링은 아무것도 눈치채지 못했다.

다음 날 오전 11시가 되었을 때 국제백화점 사장 박영문은 시내 로얄 호텔 라운지에 모습을 나타냈다.

"이쪽으로 오시지요."

입구 쪽 좌석에 앉아 기다리던 사내가 서둘러 일어서더니 영문을 안쪽 밀실로 안내했다. 조철봉의 경호원인 북한 출신 이성용이다. 영문이 밀실로 들어서자 조철봉이 웃음 띤 얼굴로 맞았다.

"어서 오십시오, 박 사장님."

"기다리셨습니까?"

"아닙니다. 저도 방금 왔습니다."

건성으로 인사를 마친 그들은 마주보고 앉았는데 곧 분위기가 굳어졌다. 내용이 웃고 자시고 할 만큼 부드럽지 못한 것이다. 먼저 영문이 입을 열었다.

"기린그룹에서 이제는 위협적으로 나옵니다. 합의를 하지 않으면 무사히 돌아가지 못할 것이라고 부회장한테 전화를 했습니다."

영문이 길게 숨을 뱉었다.

"저한테는 더합니다. 아예 목숨이 붙어있지 못할 것이라고 합니다."

"조건은 어떻게 나옵니까?"

"더 나빠졌습니다. 계약금도 없이 5년 후부터 10년간 50억을 분할 상환한다는 조건입니다."

"지독하군."

"부회장은 겁이 나서 그대로 합의해주자고 합니다."

"그럼 우리한테 일시불 30억으로 넘기시지요. 부회장도 승낙하겠지요?"

"무사히 중국 땅만 벗어나게 해준다면 그 가격으로도 합의할 겁니다."

"그렇다면…."

정색한 조철봉이 영문을 보았다.

"우리 사장한테는 40억으로 합의한 것으로 하십시다. 무슨 말씀인지 아시지요?"

"예, 대충."

영문의 표정도 진지해졌다.

"어떻게 계산을 하실 겁니까?"

"사장한테 50억을 기준으로 40억에 합의한다면 박 사장께 차액 10억의 반을 드리기로 합의했다고 했습니다. 물론 50억이면 사례금 2억을 드리는 것이고."

"그, 그렇습니까?"

"우리가 30억에 합의했지만 40억을 받아낼 테니 10억이 공중에 뜨지요?"

"그렇게 되는군요."

"그 10억은 내 몫입니다."

"아아, 예."

"박 사장님은 50억에서 40억으로 합의시켜주셨으니 차액 10억에서 반인 5억하고 사례금 2억을 합해서 7억을 받는 셈이 되실 것이고."

"아아, 예."

"오 부회장은 돈 한 푼 받지 못할 것을 30억이라도 받게 되었으니 그쪽도 이득이고."

"그렇지요."

"따지고 보면 북한 측 김 사장도 47억을 투자해서 국제백화점 지분의 반을 갖게 되었으니 수십 배 남는 장사를 한 것이지."

"그렇고말고요."

"아니, 47억이 아냐."

정색한 조철봉이 정정했다.

"23억 5천을 투자한 셈이지. 지분의 25퍼센트를 차지하려고."

"그렇습니까?"

"내가 25퍼센트를 갖게 되거든요."

"아아."

그러면 조철봉은 47억의 공식 투자금에서 반을 내는 형국이 될 테니까 23억 5천이다. 그러나 영문과의 비밀 합의로 10억을 빼내게 되었으니 실제 투자금은 13억 5천이 되는 것이다. 조철봉이 은근한 시선으로 영문을 보았다.

"계약서를 2개 작성하시고 계약 시에는 박 사장님이 혼자 나오셔야 되겠지요?"

"그건 염려하실 것 없습니다."

영문이 머리를 끄덕였다.

"부회장은 겁이 나서 방 밖으로 나오지도 못 합니다."

"칭다오에서 바쁘시다는 말을 들었어요, 그래서."

집으로 들어선 조철봉에게 오히려 박영희가 먼저 변명을 했다. 옌타이의 바닷가에 지어놓은 아파트는 밝고 쾌적했다. 베란다에 서면 가슴이 탁 트이도록 넓은 바다가 눈앞으로 펼쳐져 있는 것이다. 큼직큼직한 규모의 아파트여서 한국 평수로 치면 100평도 넘을 것이었다. 조철봉의 옷을 받으면서 영희가 낮게 말했다.

"칭다오에서 K-TV에 가셨지요?"

"그럼, 그곳이 내 사업체인데."

조철봉의 가슴이 차츰 가벼워지면서 밝아졌다. 바가지는 부담을 주는 경우가 많지만 가끔 신선한 분위기를 만들기도 하는 것이다. 지금의 영희가 그렇다. 되레 제 편에서 미안한 듯하면서 슬그머니 지르는 속셈이 귀여워졌다. 그래서 몸을 돌려 영희를 보면서 말했다.

"칭다오 아가씨들 수준이 높더구먼."

"누가 옆에 앉았는데요?"

조철봉을 올려다보는 영희의 얼굴이 벌써 굳어져 있었다. 이번 일정에서는 영희에게 정보가 단절된 것이 분명했다. 김성산과 함께 있었으니 그것은 당연한 일일지도 모른다.

"글쎄, 이름은 기억이 안 나는데."

소냐와 나타샤, 그리고 링링이었지만 조철봉은 시치미를 떼었다.

"높은 분하고 같이 있어서 말이야. 여자한테 신경을 쓸 여유가 없었거든."

"씻으세요."

반신반의하는 표정이 된 영희가 손바닥을 펴고 조철봉의 가슴을 밀었다.

"사업하다 보면 여자하고 잘 수도 있지요 뭐."

세상에 이런 마누라만 있다면 전쟁도 일어나지 않을 것이다. 그러나 영희는 옌타이의 현지처 역할일 뿐이며 더 엄밀하게 말한다면 감시역이다. 조철봉이 씻고 나왔을 때 영희는 저녁상을 차려놓았다. 된장찌개에 김치도 담그고 조기에다 갈비찜도 있다.

"진수성찬이네."

식탁에 앉은 조철봉이 만족한 듯 얼굴을 펴고 웃었다. 오랜만에 집에서 대하는 저녁상인 것이다. 찬 하나하나에 영희의 정성이 배어 있는 것이 역력하게 보였으므로 조철봉의 가슴은 더 충만해졌다.

"영희 음식 솜씨는 한국에서 제일이다."

찬을 하나씩 집어 음미하듯 씹으면서 조철봉이 칭찬했다.

"내 인생에서 이렇게 내 입맛에 맞는 찬은 처음이야."

"거짓말!"

영희가 밝게 웃었다. 여자가 거짓말인 줄 알면서도 속고 넘어가는 말을 두 가지만 꼽으라면 음식 맛있다는 말과 예쁘다는 말일 것이다. 조철봉이 은근한 시선으로 영희를 보았다.

"잠자리 궁합까지 맞췄으니 영희하고는 천생연분인 것 같다."

"피이."

그러나 영희의 얼굴이 더 밝아졌다.

"정말 맞아요?"

그것이 제일 궁금한 듯 영희가 물었으므로 조철봉은 정색하고 끄덕였다.

"내가 경험은 별로 없지만 영희하고 섹스를 하고 나면 개운해. 피곤하지가 않고 오히려 기운이 난단 말이야. 그러니 궁합이 맞는 거지."

"어떻게 그렇게 되죠?"

영희는 시선을 내렸다. 더 묻기가 거북한 것이다. 조철봉이 국을 삼키고는 말을 이었다.

"몸과 감정이 일체가 되는 거지. 그래서 시간과 기교 따위가 무시된단 말이야."

그러나 그것은 거짓말이다. 오직 조철봉의 꿈일 따름이다. 그런 여자는 없다.

부부가 같은 지붕 밑에서 살다 보면 서로 익숙해져서 자신도 모르게 긴장감이 풀어진다. 쉽게 말하면 친해졌다고 거침없이 행동할 수도 있는 것이다. 변비로 고생하던 와이프가 모처럼 변기에 시커먼 덩어리를 떨어뜨리고는 기쁜 나머지 남편을 소리쳐 불러 그 증거물(?)을 보여준 경우가 있다. 아직 신혼인 터라 그 남편은 그것을 보며 함께 기뻐했지만 나중에 어떻게 될지는 아무도 모른다.

어쨌든 같은 여자라도 꽃가게 옆에 서 있는 경우와 분뇨차 뒤에 서 있는 분위기는 완연히 다른 것이다. 상황은 꽃가게와 분뇨차가 좌우하게 될 것이 분명하니까. 그것은 위대한 철학자의 시각도 마찬가지로 작용할 것이다. 따라서 조철봉은 표현을 하지는 않았지만 은은한 분위기를 선호했다. 아무리 같이 산다고 해도 적당하게 거리를 둔 관계를 좋아한 것이다.

물론 본인의 속이 컴컴한 때문이기도 하겠지만 그것이 서로를 위해서도 바람직한 관계라고 믿어 왔다. 그런 면에서 영희는 모범이 될 만했다. 집 안에서도 언제나 양말을 신거나 슬리퍼로 발을 가리는 것이 그렇고 제 알몸을 저보다 조철봉이 더 잘 아는데도 잘 드러내지 않았다.

집 안을 맨발로 휘젓고 다니다가 남편 앞에서 시커먼 발바닥을 척 내보이는 여자는 제아무리 남편은 물론이고 시댁 식구를 다 제가 먹여 살린다고 해도 조심해야 할 것이다. 아까 말한 똥 잘 싼 신혼 색시도 그렇다. 성품이 적극적이며 개척 성향이 강하고 공격적인 남자는 새로운 여자에게 호기심을 쏟게 된다. 꼭 그렇게 짚어 말하지 않아도 이성에 대한 관심은 당연한 것이다.

남녀의 관계에 있어서 이러한 관심을 주고받는 긴장 관계가 없어진다면 그야말로 생 자체가 무의미해질 것이다. 성적 충동이 소멸된 노인이 무감동한 표정으로 이성을 대하는 것을 볼 때만큼 슬픈 순간은 없다. 따라서 적당한 긴장 관계는 쓴 보약처럼 처음에는 껄끄럽지만 관계를 든든하게 이어주는 구실을 한다. 불을 끈 영희가 알몸 위에 가운만 걸치고 옆으로 파고들었을 때의 분위기 역시 신선했고 약간의 긴장감도 풍겨졌다. 수줍은 것 같으면서도 대담한 영희의 성품은 섹스를 할 때 어김없이 드러나는 것이다.

"많이 생각했어요."

조철봉의 가슴에 볼을 붙인 영희가 낮게 말했다. 가운은 어느새 띠가 풀어져서 젖가슴과 아랫배가 통째로 드러나 있다. 천장을 향하고 누운 조철봉이 잠자코 어깨를 당겨 안았을 때 영희가 말을 이었다.

"당신이 한 여자에게 정착하지 않고 자꾸 다른 여자를 찾는 이유를요."

그러자 조철봉이 천장을 본 채 쓴웃음을 지었다. 그러고는 영희의 어깨를 더 끌어안았다.

"이유를 찾았어?"

"그래요."

"뭔데?"

"겁이 나서죠. 상처를 크게 받을까 봐 아예 가슴을 열고 다가서지도 못 하는 것이죠."

또박또박 말한 영희가 눈을 깜박이는지 가슴이 간지러워졌다. 조철봉은 배를 들썩이며 코웃음을 쳤다.

"열고 자시고 할 가슴도 없다. 정착하고 자시고 할 것도 없고."

몸을 비튼 조철봉이 손을 뻗어 영희의 작은 밥공기만 한 젖가슴을 손바닥으로 감싸 쥐었다.

"다 상대적이야. 그러니 계산만 철저하면 그럭저럭 잘 지내게 돼."

길고 깊게 말할 필요가 없는 것이다. 분위기에 휩쓸려 속을 보였다가는 나중에 틀림없이 약점을 잡히게 된다.

성행위 시 즐기는 체위가 있는 반면에 싫어하는 체위도 있다. 몸의 구조상 이른바 질이 아래쪽에 위치한 여자하고는 후배위가 딱 맞으며 비대한 남자하고는 여자가 상위에, 반대의 경우에는 물론 남자가 상위에 있어야 생명에 지장이 없다.

그러나 구조상의 이유 외에 체위가 맞고 안 맞는 것은 다분히 감정적이며 선입견의 작용이 크다. 남자는 여자의 반응에 따라 성적 흥분이 가감되는 경우가 대부분이어서 소감도 마찬가지로 만들어지는 것이다.

예를 들자면 여자가 상위에 올라 행위를 치렀을 때 여자의 절정이 극에 달했다고 느낀 남자는 그 체위를 선호하게 된다. 그 반대의 경우를 상상해보면 이해가 더 빨리 될 것이다.

그만큼 남자의 성적 구조는 단순하다. 짧게 말하면 넣고 문질러 쏘는 3개 동작인데 문지르면서 느끼는 미세한 촉감을 음미한다는 말은 시뻘건 거짓말이다. 음미하면 할수록 대포의 발사 속도가 빨라진다는 것은 몽정을 시작한 15세 소년도 아는 것이다.

오죽하면 천하의 조철봉이도 진퇴의 동작 시에 한국의 정치에서부터 시작하여 동굴 속의 빈 라덴, 그리고 요즘 들어서는 이라크의 전쟁과 환율까지를 생각하며 촉감을 잊으려 하겠는가? 따라서 남자의 성적 기호는 여자가 지도한다고 말해야 맞는 말이 된다. 한마디로 남자는 낫싱(nothing)인 것이다. 여자를 즐겁게 해주기 위하여 이 땅에 태어났다. 한 번의 성행위에도 여러 번 오르가슴을 느낄 수 있도록 신은 여자를 배려해 주셨지만 남자의 탄창에 든 총알은 한 발뿐인 것이다.

물론 그것으로 여자는 산고를 치르게끔 창조되었으나 행위 자체만으로 본다면 남자는 인내와 지구력, 그리고 여자의 분위기에 맞춰야 하는 절대적인 사명감을 갖추고 임해야만 한다.

그런 면에서 보면 영희는 남자를 편하게 만드는 스타일이었다. 그것이 천성적이든 만들어낸 것이든 간에 크게 방정을 떨지도 움츠리지도 않았으며 언제나 수량이 풍부했다. 풍부한 수자원은 농민의 마음을 먼저 넉넉하게 만드는 효과가 있는 것이다. 영희와 정상위로 진퇴 운동을 하면서 조철봉은 오랜만에 긴장을 조금 풀고 만족감을 음미하는 중이었다.

두 팔로 조철봉의 목을 감아 안고 영희는 두 다리를 벌린 채 치켜들고 있었는데 발가락 끝이 안쪽으로 잔뜩 굽어졌다. 머리를 뒤쪽으로 많이 틀어야 보이는 부분이니만치 그것을 발견했을 때의 남자는 모르는 곳에 숨어서 선행하는 장면을 본 것처럼 대개 감동하게 된다. 영희는 얇지만 다급하게 신음을 뱉으면서 벌써 한 번의 오르가슴을 치렀다. 다른 여자들과 비교하면 평균보다 빨리 도달한 셈이었고 그것도 또한 조철봉을 넉넉하게 만들어주는 효과를 주었다.

"그냥 해줘요, 나 지금 또 하려고 해."

엉덩이를 추켜올려 조철봉의 몸을 받으면서 영희가 다급하게 재촉했다.

"나 죽겠어, 어서요."

이 세상에서 남자가 가장 듣기 좋아하는 말만 영희가 골라 하고 있는 것이다. 그리고 반응을 보아도 정말이다. 조철봉은 어깨를 부풀리고는 부담 없이 대포를 발사했다. 그러자 영희가 정말로 죽는 것처럼 신음을 뱉었다.

2. 도약

조철봉이 귀국한 다음 날 아침, 사무실로 출근한 지 얼마 되지 않았을 때 최갑중이 찾아왔다. 갑중은 단정한 양복 차림에 머리도 점잖게 빗어 넘겼고 귀고리는 떼어낸 지 오래되었다.

"사장님, 실버타운은 성공작입니다. 어제 결산해 보았더니 2백억 원이 남았습니다."

탁자 위에 서류를 펼쳐놓은 갑중의 얼굴에는 희색이 만면했다. 실버타운은 열흘 전에 성대한 입주식을 거행했는데 빈방이 하나도 남지 않고 모두 분양되었다. 150억 원 정도 공사비가 들었지만 분양 대금만 350억 원이 된 것이다. 갑중도 실버타운에 투자를 한 터라 몇 배가 남는 장사를 한 셈이 되었다. 머리를 끄덕인 조철봉도 얼굴을 펴고 웃었다.

"이제 자금 사정이 조금 나아지겠다."

"칭다오의 백화점까지 인수했으니 사장님은 이제 회장님이 되셨습니다."

"야, 동네 축구회 회장도 회장이다. 쓸데없는 소리 마라."

정색한 조철봉이 갑중을 보았다.

"국제백화점을 경영할 전문경영인을 찾아봐. 곧 기린그룹 측과 협상을 해야 되겠지만 성국상사의 몫은 모두 우리가 인계받았으니까 사장도 우리 측 인물로 보내야 된다."

"알겠습니다."

"서둘러."

"예, 사장님."

갑중이 서둘러 나갔을 때 조철봉은 인터폰을 눌러 유진경을 불렀다. 유진경은 베트남에 중고차 판매대리점을 세우는 일로 출장을 다녀온 지 얼마 되지 않는다. 방으로 들어선 유진경의 얼굴은 조금 상기되었다. 그동안 서로 중국과 베트남에 엇갈려 있는 통에 얼굴 본 지가 한 달도 더 넘었던 것이다. 그러나 진경은 예의 바르게 머리를 숙여 보이더니 조철봉의 앞에 섰다. 손에는 착실하게 보고 서류와 노트까지 들고 있었다.

"사장님께서 푸농 씨를 만나 보시고 결정을 하시는 일만 남았습니다."

소파에 마주보고 앉았을 때 진경이 서류를 내려놓으며 말했다. 진경은 호치민시에 가서 유력자인 딘 푸농을 만나고 온 것이다.

"1년에 5천 대 정도는 판매할 수 있다고 했습니다."

"능력이 있는 사람인가?"

"예, 그리고 정직한 분 같았습니다."

"그래?"

퍼뜩 시선을 든 조철봉이 진경을 보았다. 시선이 마주치자 진경은 두어 번 눈을 깜박였지만 피하지 않았다. 그것은 몸을 섞은 사이에서나 가능한 일일 것이다. 이윽고 조철봉이 천천히 머리를 끄덕였다.

"곧 내가 호치민시에 간다고 연락을 하도록."

"알겠습니다. 그쪽도 기다리고 있어서요, 될 수 있는 한 빨리 가시는 것이 나을 것 같습니다."

"오늘 저녁에 갈 테니까."

"네?"

진경이 시선을 내리더니 입가에 희미한 웃음기가 번졌다.

"저는 또."

"왜? 오늘은 일이 있어?"

"일이 있다니요?"

진경이 가볍게 눈을 흘기는 시늉을 했는데 교태란 것은 이런 것을 보고 말하는 것이다.

"그동안 연락 한 번 안 주시고."

"회사에다 자주 연락했지 않아?"

"집에 말이에요. 밤에 집에다 연락해 주셔야죠."

"그렇군."

조철봉이 진경의 상기된 표정을 보며 웃었다. 진심인 것처럼 느껴진 것이다.

진경은 거머리 같은 전태성을 떼어낸 후로 새로운 인생을 살아가는 중이었다. 세월이 지나면 익숙해지겠지만 지금은 매일 매일이 희망찬 나날이었고 행복했다. 30평형 아파트는 이제 아기자기한 가구들로 장식되었으며 언제나 먼지 한 점 보이지 않을 정도로 깨끗했다. 더구나 적성에 맞는 회사 일이 있는 데다 보수는 충분히 쓰고 저축을 할 정도로 넉넉했으니 가끔 침대에 누워 잠이 들기 전에 행복한 한숨을 뱉기도 했다. 이것은 모두 금전적인 문제가 해결된 때문이라고 생각한다면 오산이다.

진경은 그것을 잘 알고 있었다. 조철봉과의 만남이 인생을 바꿔놓은 것이다. 금전적인 문제나 또는 전태성과의 악연까지 모두 부수적인 것에 불과했다. 따라서 진경에게 조철봉은 은인 이상의 존재였다. 인생을 바꿔놓을 정도의 인연이면 운명과도 같은 존재라고 불러도 맞을 것이다. 진경은 시골에서 어머니를 모셔왔으므로 네 살 된 딸까지 세 식구가 살았다. 어머니로서도 식구가 모두 모인 지금의 분위기가 고맙지 않을 리가 없다. 그렇지만 어렵기도 해서 아파트로 들어서는 조철봉을 보고는 주춤거렸다.

"아이구, 어머님. 그동안 안녕하셨습니까?"

지난번 상경했을 때 아파트 근처의 식당에서 한번 만났을 뿐으로 조철봉이 어머니를 집에서 보는 것은 처음이다.

"어서 와요."

시선을 내린 어머니가 어색하게 말했지만 반기는 기색이 역력했다. 조철봉이 들고 온 과자봉투를 진경에게 넘겨주었다.

"애는 자나?"

"저녁 먹으면 일찍 자요."

진경이 2년쯤 같이 산 마누라처럼 대답했다. 오후 9시여서 조철봉에겐 이른 귀가 시간이었지만 진경의 어머니 눈치가 보여서 일찍 들어온 것이다. 진경의 어머니 솜씨가 분명한 시래기 된장국과 겉절이는 맛이 있었다. 거기에다 조철봉을 먹이려고 시골에서 담가왔다는 오가피주도 입맛에 맞았다 조철봉이 술을 반병쯤 마셨을 때 어머니는 어느 사이에 사라져 보이지 않았다.

"엄마한테 너무 신경쓰지 마세요."

진경도 오가피주를 두어 잔 마신 터라 눈가가 붉어져 있었다. 힐끔 건넌방에 시선을 주었던 진경이 얼굴을 펴고 웃었다.

"엄마가 나보다 더 신경을 써요. 오신다고 했더니 점심때부터 음식 준비를 했대요."

"음식이 내 입맛에 딱 맞는다."

술잔을 든 조철봉이 진경을 보았다.

"자고로 엄마만 한 딸이 없는 법이야. 넌 음식 솜씨부터 배워야 돼."

자고로 딸보다 엄마 치켜세워서 질투하는 딸이 있다면 친딸이 아니다. 진경이 다시 이를 드러내고 웃었다.

"우리 엄마도 고생을 너무 많이 하고 살아서 눈치가 훤해요."

"네가 앞으로 호강 좀 시켜드려."

"엄마가 바라는 건 한 가지뿐이에요."

진경이 시선을 내렸으므로 조철봉은 하품을 했다.

"그만 들어갈까?"

그러자 진경이 정신이 났다는 듯이 머리를 들고 벽시계를 보았다. 밤 11시 반이 되어가고 있었다.

"그래요, 먼저 들어가세요. 대충 치우고 갈게요."

자리에서 일어선 조철봉은 안방으로 들어섰다. 안방에는 옆쪽에 화장실까지 딸려 있어서 문만 닫으면 호텔방이 된다. 옷을 벗어던진 조철봉이 화장실에서 샤워를 하고 나왔을 때 어느새 침대 위에는 새 내복과 잠옷이 얌전히 놓여 있었다. 그것을 보자 조철봉의 가슴은 편안해졌다.

오랜만에 느끼는 감정이다.

침대에 누워 TV를 보던 조철봉은 방문이 열리고 진경이 들어서자 상반신을 일으켜 세웠다. 진경은 손에 국그릇을 받쳐 들고 있었는데 한약 냄새가 풍겼다.

"아니, 그게 뭐야?"

"오시면 드리려고 한약 준비해 두었어요, 인삼하고 녹용."

"무슨 한약."

"몸에 좋다니까 드세요."

침대 끝에 앉은 진경이 약 그릇을 내밀었다.

"특히 정력에 좋대요."

"난 걱정 없어."

"그래도 드세요."

조철봉이 그릇을 받아들자 진경이 눈 끝을 내리며 웃었다.

"많이 쓰시면 보충을 해야 된다고요."

"그게 무슨 말이야?"

그러면서도 조철봉은 약 그릇을 들고 벌컥대며 약을 삼켰다. 약맛은 썼고 진하기까지 해서 금방 위가 더부룩해졌다.

"어쨌든 마시긴 했는데."

빈 그릇을 내밀며 조철봉이 정색했다.

"이런 것 신경 안 써도 돼."

"한 제 지어 왔으니까 오실 때마다 드셔야 해요."

진경도 정색하더니 손끝으로 조철봉의 입가에 묻은 물기를 닦았다.

"그리고 회사에서는 절대로 공과 사를 혼동하지 않을 테니까 걱정하지 마시고요."

"누가 뭐라고 했어?"

"그것이 당신의 은혜에 대한 최소한의 예의라는 것쯤은 알고 있어요."

"거창하구나."

조철봉의 가슴은 더 편안해졌다. 진경의 말은 마치 가려운 데를 긁어주는 것처럼 느껴졌기 때문이다. 진경이 화장실에서 씻고 나오는 동안 조철봉은 깜박 잠이 들었다가 깨어났다. 그만큼 긴장이 풀렸고 마음이 편해져 있다는 증거일 것이다. 가운 차림의 진경은 침대 앞에 서더니 가운을 벗어 얌전히 탁자 위에 개어놓았다. 물론 가운을 벗자 알몸이 되어 있었는데 몸을 가리려는 아무런 동작도 하지 않았다. 시트를 들치고 조철봉의 가슴에 빈틈없이 안겼을 때 진경의 몸에서 옅은 비누 냄새가 맡아졌다.

"물론 질투심이 일어나지 않을 리는 없죠."

진경이 조철봉의 가슴에 볼을 붙이면서 말했다.

"하지만 당신을 편하게 만들어 드리는 것이 보답하는 것이라고 마음을 먹었어요. 그냥 가끔 이렇게 와 주시는 것만으로도 행복할 테니까요."

"그것 참."

"피곤하실 텐데 위에서 해드려요?"

이미 단단해진 철봉을 부드럽게 쓸면서 진경이 물었다. 시선을 내린 조철봉은 진경의 눈이 번들거리고 있는 것을 보았다. 성과 쾌락의 진면목을 알고 있는 여자의 눈빛이었다.

"아니. 오늘은 내가 위에서 하고 싶은데. 네가 말이 너무 많아서 그런가 보다."

그러자 진경이 키득 웃었다.

"좋아요. 그런데 이미 젖어 있으니까 애무는 생략해도 돼요."

"정말 왜 그러는 거야?"

"급해서 그래요."

진경이 조철봉의 어깨를 당겨 위로 올리려는 시늉을 하더니 곧 두 다리를 벌렸다.

"그냥 넣어줘요."

조철봉은 아래에 누운 진경의 얼굴을 내려다보았다. 그러자 진경이 조철봉의 철봉을 잡더니 자신의 샘에 붙였다. 그러나 그 이상은 하지 않았다.

"어서요."

눈을 크게 떴지만 진경의 눈에는 이미 초점이 잡혀 있지 않았다. 조철봉은 천천히 진경의 샘 안으로 들어섰다. 진경의 말대로 샘은 이미 가득 차 있었고 곧 거침없는 탄성이 방안에 울려 퍼졌다.

김성산이 칭다오의 홀리데이인 플라자에 들어섰을 때는 오후 2시 정각이었다. 37층의 클럽 라운지에는 이미 세 사내가 기다리고 있었는데 김성산 일행을 보더니 모두 자리에서 일어섰다. 성산도 김갑수와 두 명의 수행원을 대동한 것이다.

"제가 기린그룹의 칭다오 총경리로 있는 곽연입니다."

그중 나이든 사내가 먼저 명함을 꺼내 건네면서 정중하게 인사를 했다.

"제가 김성산이올시다."

성산의 중국어는 유창했다. 서로 명함을 건넨 그들이 원탁을 사이에 두고 둘러앉았을 때 종업원이 차를 가져왔다. 곽연 일행이 먼저 시킨 모양이었다. 오늘의 만남은 기린그룹 측에서 먼저 만나자는 제의를 해왔기 때문이다. 그것은 물론 국제백화점 경영에 관한 문제를 상의하자는 것으로 성산은 이미 지난주에 정부 당국에 명의 변경과 법적 수속을 다 마쳤다. 잠깐 어색한 정적이 지났을 때 먼저 곽연이 입을 열었다.

"한국의 성국상사 지분을 인수하셨더군요. 우선 축하드립니다."

"감사합니다. 이제 동업자가 되었으니 잘 부탁드립니다."

성산도 정중하게 대답했다. 그러자 곽연이 눈을 가늘게 뜨고 성산을 보았다.

"그런데 선생께선 잊으신 것이 있습니다. 우리와 성국상사의 계약 조건 중에 어느 한쪽이 지분을 양도할 때는 다른 쪽의 승인을 받아야 한다는 내용이 있는데요. 알고 계셨는지?"

"알고 있었습니다."

"그런데 성국상사는 그 조항을 지키지 않았습니다. 그래서 선생께서 인수하신 지분은 법적 가치가 없습니다."

"그렇습니까?"

정색한 성산이 머리를 끄덕였다.

"정부 당국에는 허가를 다 받았는데 기린그룹이 법적 가치가 없다고 하는군요. 그럼 법적으로 해봅시다."

그러고는 성산이 이를 드러내고 소리 없이 웃었다.

"법에는 법으로, 총에는 총으로."

"무슨 말씀이신지."

곽연의 눈빛도 매서워졌다.

"총에는 총이라니요?"

"우리가 인수한 지분이 법적 가치가 없다고 했지 않습니까?"

성산이 눈을 가늘게 뜨고 곽연을 보았다.

"그것은 곧 우리를 몰아내겠다는 협박으로 들렸는데, 맞지요?"

곽연은 눈만 부릅떴으므로 성산이 이제는 입술을 비틀고 웃었다.

"삼합회와 우리 북조선 특공대와 전쟁을 한판 해볼까요?"

그러고는 성산이 와락 눈을 부릅떴다.

"내가 지금이라도 명령 한 마디만 내리면 아랍의 자살 특공대는 비교도 안 될 특공대가 당장 1백 명은 모일 거요."

"아니, 이것 보시오."

곽연의 기세는 눈에 띄게 줄어들었다. 아이들이나 어른은 물론이고 국가 간의 싸움도 기세에 의해서 대부분 판가름이 난다. 성산의 시선을 받은 곽연이 마침내 이를 악물었다가 풀었다.

"나는 전쟁을 하자는 뜻으로 말한 것이 아니었소."

"그럼 뭐요?"

성산이 기세를 밀고 나갔다.

"법적 가치가 없다니? 그럼 우리는 앉아서 거금을 날린 셈이 되었단 말이오?"

그러고는 성산이 잇새로 말했다.

"안 되지. 만일 그렇게 된다면 국제백화점을 폭파시켜 버리겠어. 다 날려 버리겠다고. 그리고 나도 그 자리에서 폭탄을 터뜨려 자살할 거요."

곽연은 다시 입을 다물었고 성산도 이쯤 하면 되겠다는 생각을 했다.

곽연 일행과 헤어진 김성산은 먼저 호텔을 나왔다. 현관 앞에 대기하고 있는 차에 올랐을 때 눈치만 보던 김갑수가 입을 열었다.

"대표 동지, 요원들을 비상 대기시켜 놓도록 하겠습니다."

갑수도 중국어를 하는 터라 주고받은 내용을 다 알고 있었던 것이다. 의자에 등을 붙인 성산이 머리를 끄덕였다.

"백화점 사장도 우리 몫이니까 그것까지 밀고 나가야겠지. 분란이 일어나면 저희들도 손해라는 것을 깨달아야 될 거다."

"우리가 헛말하는 사람들이 아니라는 것을 알겠지요."

"제놈들은 좋은 차 사고 호강하려고 그러지만 우린 생존이 걸린 문제야."

눈을 부릅뜬 성산이 갑수가 삼합회 요원이나 되는 것처럼 노려보았다.

"까불면 아예 씨를 말려 버릴 테다. 조선인의 기질을 보여줄 테니까."

"조 사장이 이번 주 안으로 백화점 사장으로 선정된 인물을 보낸다고 했습니다."

성산이 머리만 끄덕였을 때 갑수가 쓴웃음을 지으며 말했다.

"대표 동지, 조 사장의 수단이 놀랍습니다."

퍼뜩 성산이 시선을 들자 갑수는 말을 이었다.

"47억에 국제백화점의 지분 절반을 인수했지 않습니까? 백화점 사장을 매수할 줄은 생각지도 못 했습니다."

"그렇지, 수단이 놀랍지."

성산이 얼굴을 찌푸리며 따라 웃었다.

"나도 가끔 깜짝깜짝 놀란다. 수단이 교묘하고 방법이 무궁무진한 것 같단 말이야. 남조선이 수출을 그렇게 잘하는 것도 다 그런 재주가 있기 때문인 것 같다."

"그렇습니다."

"안 되는 게 없지, 돈이면 다 통하고."

"그렇지요."

"그래서 부패한 관리들도 많아지고 말이야. 편법이 활개를 치면 자연스럽게 부패되는 법이지."

갑수가 대답 대신 침만 삼켰을 때 성산이 다시 쓴웃음을 지었다.

"조철봉이 그 편법과 탈법의 대표적인 유형이지. 그자는 남조선 사회가 만들어낸 별종이다."

"그, 그렇습니까?"

"적발되지 않는 사기꾼은 뛰어난 수완가로 통한다. 조철봉이 그 경우야."

그러고는 성산이 정색하고 갑수를 보았다.

"내 추측이지만 조철봉은 아마 나를 속이고 국제백화점 사장 박영문과 비밀 계약을 했을지도 모른다. 예를 들어서 인수 대금을 35억에서 40억으로 늘려서 나에게 말하고는 5억을 조철봉이 중간에서 가로챘을 수도 있지."

놀란 갑수가 눈만 치켜떴을 때 성산이 빙그레 웃었다.

"만일 그러지 않았다면 그자는 그저 사기꾼이고 수완가일 뿐이야."

"만일 그랬다면 무엇입니까?"

긴장한 갑수가 물었을 때 성산은 눈을 가늘게 떴다.

"철저한 놈이지. 따라서 존경할 만한 놈이고 배울 점이 많은 놈이기도 하다."

"그렇게 배신을 했는데 말씀입니까?"

"사업은 전쟁이야."

정색한 성산이 갑수를 보았다.

"그리고 모두가 적이다, 설령 동업자라 할지라도."

그러고는 성산이 다시 의자에 등을 붙였다.

"나는 조 사장한테 많이 배우고 있어, 당분간은 그자가 내 사부다."

성산이 입을 다물었으므로 갑수는 입안에 고인 침을 삼키고는 앞쪽을 보았다. 그러나 혼란해진 머릿속은 아직 정리가 되지 않았다. 조철봉의 웃는 얼굴이 떠올랐지만 아직 어떤 감정도 일어나지 않는 것이다.

아파트 앞에 선 조철봉은 손목시계를 보았다. 저녁 8시 반이 되어가고 있었다. 퇴근시간이 되었으므로 주차장에는 승용차가 연달아 들어오는 중이었고 놀이터는 텅 비었다. 가족이 저녁 식탁 주위로 둘러앉는 시간인 것이다. 머리를 든 조철봉은 오른쪽 두 번째 동인 108동의 층수를 아래층부터 눈으로 세어 올라갔다.

12층에서 시선이 멈췄고 왼쪽이 1202호였다. 1202호에도 불이 환하게 켜져 있었는데 응접실의 커튼이 걷혀 있고, 안쪽에서 여러 가지 색이 번쩍이는 것은 TV 때문일 것이다. 심호흡을 한 조철봉은 놀이터로 다가가 안쪽의 벤치에 앉았다. 그러고는 벤치 위에 커다란 비닐백을 내려놓고서 다시 1202호를 올려다보았다. 비닐백에는 문구점에서 사온 장난감

자동차가 들어 있었다. 리모컨으로 작동하고 시속 50킬로까지 달릴 수 있다는 경주용 자동차였다.

가을 날씨여서 저녁 바람은 선선했지만 조철봉은 어깨를 움츠렸다. 서경윤이 유치원 원장하고 놀아난 후로 오늘 처음 찾아온 것이다. 그러나 통장으로 생활비는 넉넉하게 보내주었고 지난주에는 최갑중을 시켜 영일의 옷을 가방으로 가득 보냈다. 주머니에서 담배를 꺼낸 조철봉은 불을 붙여 물었다. 길게 연기를 내뿜으면서 무릎 위에 두 팔을 얹고는 앞쪽의 시소와 미끄럼틀을 물끄러미 보았다.

이미 주위는 어두워져 있어서 놀이터 안쪽에 깊게 박혀 있는 조철봉을 아무도 알아채지 못할 것이었다. 다시 연기를 내뿜은 조철봉은 그 자세에서 시선만 들고 1202호를 올려다보았다. 그 순간 가슴이 서늘해져 오면서 목까지 메었으므로 조철봉은 헛기침을 했다. 이것은 외로움이다. 이 세상에 수많은 인연이 얽혀 있지만 결국은 혼자라는 느낌이 가끔 이렇게 드는 것이다.

그리고 이것은 누구 탓도 아니라는 것도 겪어봐서 안다. 따지고 보면 다 스스로가 원인을 제공했고 벽을 쌓았기 때문이다. 주머니에서 전화기를 꺼낸 조철봉은 그러나 내려다보기만 한 채 한동안 가만있었다. 서경윤이 또다시 남자를 집 안에 들여놓을 리는 없지만 미리 전화를 하고 가기로 한 것이다. 이윽고 전화기를 다시 주머니에 넣은 조철봉은 벤치에서 일어섰다.

조철봉이 역삼동의 포장마차 안으로 들어섰을 때는 밤 10시 무렵이었다.

"어머나!"

조철봉의 모습을 본 순간 포장마차 주인은 짧게 외치더니 눈을 크게 떴다. 안에는 손님이 남녀 한 쌍뿐이었다.

"소주 한 병 주시오. 안주는 아무거나."

털썩 구석자리에 앉은 조철봉이 말하자 그때서야 정신이 난 듯 주인이 움직였다.

일 년쯤 전에 조철봉이 유혹했던 여자였다. 대뜸 돈을 내보이며 유혹을 했다가 마침내 같이 가기로 합의를 했는데 여자가 짐을 맡기는 동안 조철봉은 도망질을 해버렸던 것이다. 여자는 돈만 주고 조철봉이 사라져 버렸으므로 황당했을 것이다. 술과 안주가 놓였고 조철봉이 반병쯤 혼자 마시는 동안 손님이 나갔기 때문에 포장마차 안에는 둘이 남았다.

여자는 열심히 뭔가를 썰거나 젓는 척했지만 긴장하고 있는 것이 분위기로 역력하게 느껴졌다. 소주 한 병을 다 마실 때까지 조철봉은 시선도 주지 않았으며 여자 또한 입을 열지 않았다. 그러나 둘 사이에는 무수한 말이 오간 것처럼 분위기가 익어 있었다. 이윽고 빈 잔을 움켜쥔 조철봉이 시선을 들었을 때 여자도 마주보았다.

"나 당신하고 자고 싶어, 어때?"

불쑥 조철봉이 말했을 때 여자는 시선을 내리더니 머리를 끄덕였다.

"치울게요."

여자의 목소리도 담담했다.

오늘은 여자가 횟집에다 포장마차 짐을 맡기는 동안 조철봉은 차분하게 서서 기다렸다. 그러고는 여자와 함께 사당동의 연립주택 앞에서 택시에서 내렸다.

"중학 2학년짜리 딸아이가 하나 있는데."

골목에 선 여자가 처음으로 신상 이야기를 꺼냈으므로 조철봉은 머리만 끄덕였다. 여자의 이름이 전영미라는 것만 들었던 것이다.

"지금은 제 아빠하고 살죠, 새엄마하고 같이."

"그럼 이혼했군."

"내가 어느 정도 기반이 잡히면 딸애를 데려와 키울 작정이죠."

계단을 올라 2층의 문에 키를 꽂으면서 여자가 힐끗 조철봉을 보았다.

"그쪽은 와이프한테 배신당했다고 했죠? 와이프가 남의 자식을 낳았다고 했던가요?"

"그렇지. 내 재산을 다 빼돌려서 미국으로 도망갔다고 했지."

"그래요. 감동적이었죠."

집 안에 들어선 여자가 불을 켰다. 20평형 연립주택 안은 깨끗하게 정돈되었고 엷은 향내까지 맡아졌다. 집 안을 보면 여자의 성품까지를 짐작할 수가 있는 법이다.

"마음 놓고 벗으세요, 여긴 누가 들락거리지 않으니까."

안방으로 가면서 여자가 가볍게 말했다.

"밤중에 남자가 문 열라고 두드리는 경우도 없어요."

"영화를 많이 본 모양이군."

조철봉의 가슴은 차츰 안정되어 갔다. 서경윤의 아파트 앞에서 한 시간 동안 앉아 있다가 돌아오는 길에 포장마차를 찾아갔던 것이다. 포장마차가 골목길에 그대로 있는 것을 보았을 때 마치 옛집을 본 것처럼 반가웠다.

"씻으세요."

안방에서 나온 여자는 셔츠에 헐렁한 치마로 갈아입고 있었는데 새로운 분위기로 느껴졌다.

짧은 머리에 눈은 가는 편이었지만 위쪽으로 조금 올라갔고 입술은 야무지게 달렸다. 반소매 셔츠여서 건강한 팔이 드러났고 맨살의 종아리도 단단하게 보였다.

"그동안 전 술상을 차릴게요."

"갈아입을 옷 있어?"

그러자 주방으로 가던 여자가 머리만 돌려 조철봉을 보았다. 가는 눈이 웃음으로 더 가늘어졌다.

"있을 것 같아요?"

"없구면."

"그냥 팬티 차림으로 있어도 돼요. 어차피 다 벗을 건데 뭐."

"허 이 여자가 참."

조철봉의 기분은 나쁘지 않았다. 그것은 자신이 이 집에 들어온 첫 남자손님이라는 뜻이나 같은 것이다. 샤워를 마친 조철봉이 여자 말대로 셔츠와 팬티 차림으로 나왔을 때 응접실의 탁자에는 이미 술상이 차려져 있었다. 술은 소주에다 안주는 포장마차에서 가져온 모양인 곰장어와 닭똥집이었고 어묵 국물도 있다.

"음. 그럴듯하군."

탁자 앞에 앉은 조철봉이 만족한 듯 얼굴을 펴고 웃었다.

"오늘 밤은 멋있을 것 같은 예감이 드는데."

"오늘, 무슨 일 있었죠?"

여자가 앞쪽에 앉으며 불쑥 물었으므로 조철봉은 시선을 들었다.

"아니, 별로."

"심란하게 보이던데요."

"난 가끔 그래. 여자 앞에서는 더 자주."

"흥."

쓴웃음을 짓던 여자가 정색하더니 조철봉을 보았다.

"난 그거 별로예요. 전남편은 날더러 목석이라고 했어요."

"목석이라."

흥미를 느낀 조철봉이 눈을 좁혀 뜨고 여자를 보았다.

"그렇다면 성감이 약하다는 말인가?"

"한 번도 오르가슴을 느껴보지 못했다면 믿겠어요?"

자신의 잔에 술을 채운 여자가 씁쓸하게 웃었다.

"그래서 결국은 전남편도 포기하고 바람을 피우게 됐지만."

"그럼 영미 씨는."

조철봉이 처음으로 여자의 이름을 불렀다.

"지금까지 한 번도 성충동을 느낀 적도 없단 말이야?"

"충동이야 있죠."

정색한 영미가 한 모금에 술을 삼키더니 조철봉을 똑바로 보았다.

"하지만 막상 시작되면 몸이 굳어지고 거기가 열리지 않아요."

"이것, 흥미롭군."

조철봉은 술잔을 내려놓았다.

"노력은 해 보았겠지?"

"그럼요."

"어떻게?"

"전남편은 애무를 길게 해줬어요. 내가 달아오를 때까지 해준다고 한 시간도 더 넘게 별짓을 다 했어요.”

“어떻게?”

그러자 영미가 눈을 흘겼다.

“그걸 다 말해야 돼요?”

“말해야 도움이 될 거야. 사실대로 다 이야기해봐.”

“부끄럽게.”

“지금 부끄럽고 자시고 할 때가 아냐.”

그 순간 조철봉이 앉은 채로 팬티를 끌어 내렸으므로 철봉이 통째로 다 드러났다. 철봉이 대포처럼 영미를 겨눈 모양이 된 것이다.

“어머나.”

놀란 영미가 눈을 크게 떴지만 철봉에서 시선을 떼지는 않았다.

“굉장하네.”

혼잣소리처럼 말한 영미의 두 눈가가 붉게 상기되었다.

“난 남자 것을 이렇게 똑바로 보는 건 처음이야.”

“이 대포가 네 샘 속으로 들어간다는 생각을 해봐.”

“아플 것 같아.”

“네 샘에 물이 차 있으면 하나도 아프지 않아.”

“가만있어도 그렇게 흔들거리는 건가?”

철봉에 시선을 준 영미가 그렇게 다시 혼잣소리처럼 묻자 조철봉이 씩 웃었다.

“힘이 뻗쳐서 그러는 거야.”

“무서워.”

“이리 와서 만져봐.”

조철봉이 손을 뻗쳐 영미의 어깨를 당겼다.

"백문이 불여일견이다."

영미가 선선히 자리에서 일어나 조철봉의 옆쪽 소파에 붙어 앉았다. 조철봉이 영미의 손을 잡아 자신의 철봉에 붙였다.

"갖고 놀아봐."

"어떻게?"

조철봉은 갈라진 목소리로 묻는 영미의 얼굴에 긴장과 호기심이 반반씩 섞여 있는 것을 보았다.

"네 마음대로, 뽑지만 말고."

그러자 영미가 그 경황 중에서도 큭 하고 웃었다. 조철봉은 손을 뻗어 영미의 어깨를 당겨 안았다.

"나도 네 샘을 만지게 해줘야지."

"아프게 하지 마."

미리 겁부터 내었지만 영미가 두 다리를 벌려 주었으므로 조철봉은 스커트를 젖히고는 팬티를 끌어내렸다. 그러자 건강한 허벅지 사이에 낀 짙은 숲이 통째로 드러났다. 숲의 복판에 박힌 붉은색 샘은 마치 처녀림 속의 샘 같았다.

"아름답군."

조철봉이 진심으로 탄성을 뱉었다. 영미의 샘은 마치 익어서 터지기 직전의 석류 같았던 것이다. 선홍빛 골짜기는 양쪽으로 갈라졌고 안쪽은 더 붉었다. 그때 철봉을 쥐고 있던 영미의 손에 힘이 실렸다. 부끄러움에 대한 반사 작용일 것이다.

아직도 영미의 긴장은 풀리지 않았다. 전남편이 별짓을 다 했어도 느끼지 못했다는 말이 떠올랐으므로 조철봉의 혀는 더욱 끈질기게 파고들었다. 지금의 조철봉에게는 정복욕보다도 승부욕이 더 비중을 차지하고 있는 것이다.

여자를 절정에 오르게 하는 것으로 만족감을 느껴왔던 조철봉이다. 샘 안은 이미 조철봉의 타액으로 가득 차 끈적였지만 영미의 반응은 아직도 밋밋했다. 오직 두 손으로 조철봉의 머리를 부드럽게 쓰다듬고 있을 뿐으로 자극을 받는 것 같지가 않았다. 이윽고 조철봉이 얼굴을 들었을 때 위에서 내려다보는 영미의 시선과 마주쳤다.

"이젠 그냥 해도 돼, 살살."

영미가 민망한 표정을 지으며 말했다. 아마 전남편한테도 이랬을 것이다.

"그냥 해줘."

조철봉은 더 이상 애무가 필요 없다는 것을 깨달았다. 지근거리에서 관찰한 영미의 샘은 그 누구보다도 충실했고 여유가 있었던 것이다. 그렇다면 삽입하고 나서 연구해야 될 순서였다.

"좋아, 그렇게 하지."

조철봉이 몸을 일으켜 세우자 영미도 따라 일어섰다.

"여긴 불편하니까 침대로 가."

안방의 침대로 다가간 영미가 먼저 불부터 끄기는 했지만 옷을 훌훌 벗어버린 것만 해도 장족의 발전을 했다고 봐야 될 것이다. 금방 알몸이 된 둘이 침대에 누웠을 때 영미가 두 팔을 벌려 조철봉을 위로 끌어올렸다.

"난 남자는 전남편 하나만 겪었어."

"그래? 그 거짓말 사실이냐?"

영미의 다리를 벌리면서 조철봉이 건성으로 물었다.

"결혼 전에도 없었어?"

"그래, 처녀를 그 사람한테 주었으니까."

"그놈 나쁜 놈이군. 처녀까지 해치우고 바람을 피우다니."

그러면서 조철봉은 천천히 영미의 샘 안으로 진입했다. 긴장한 영미가 두 팔로 금방이라도 밀어낼 듯이 조철봉의 어깨를 움켜쥐고 있더니 철봉이 거의 다 들어갔을 때 옅게 신음을 뱉더니 말했다.

"너무 커."

"아픈 거야?"

"아니, 아직."

"네 전남편보다 커?"

"응. 훨씬."

"그런데도 안 아파?"

"응."

"그럼 된 거다."

조철봉은 천천히 진퇴 운동을 시작했다. 질은 미묘한 촉감을 느끼는 부분이 위쪽에 치우쳐 있었으므로 각도까지 조절하고 시작은 부드럽게 했다. 영미는 이제 조철봉의 목을 두 팔로 감아 안은 채 두 다리를 구부려 발바닥으로 침대를 짚은 자세였는데 허리로 받아들이는 동작도 취하지 않는다.

그러나 그 동작으로 5분쯤이 지났을 때 조철봉은 영미의 샘에 물이 차오르는 느낌을 받았다. 지금까지는 자신의 타액이 윤활유 작용을 했고 거의 소모되는 것 같았는데 철봉이 미끈거리기 시작한 것이다. 거기에다 영미의 반응이 조금 뜨거워졌다. 숨과 함께 뱉어내던 옅은 신음에 감정이 더 섞였고 목을 안은 두 팔에 잠깐씩 힘이 가해지기 시작했던 것이다. 조철봉은 입술 끝을 비틀며 웃었다. 이제 짐작이 간 것이다.

그러나 자세를 변경하지 않고 다시 3분쯤이 지났을 때 영미의 반응은 확연히 달라졌다. 신음이 더 굵고 높아졌으며 가끔씩 허리를 들어올리기도 하는 것이다. 조철봉은 영미의 두 다리를 들어 어깨 위에 걸쳤다. 이제 시작이다.

두 다리를 걸친 자세에서 삽입하면 강도는 더 충실해진다. 조철봉이 깊게 진입했을 때 영미가 처음으로 마음껏 신음을 뱉었다. 억눌린 신음이 아니라 턱을 젖힌 자세에서 뱉어내는 신음이었다. 아랑곳하지 않고 더욱 강도를 높였다. 이미 땀으로 범벅이 된 살이 부딪치는 소리가 크게 울렸고 영미의 신음은 더 거침이 없어졌다.

조철봉은 이제 영미의 샘이 넘쳐나고 있는 것을 알았다. 힐끗 탁자의 벽에 걸린 시계에 시선을 준 조철봉은 행위를 시작한 지 10분이 되어가는 것을 알았다. 영미는 5분쯤이 되었을 때 달아오르기 시작했고 8분이 되었을 때는 정상인의 여자와 똑같이 반응했다. 그리고 지금은 절정을 향하여 치닫고 있는 중이다.

"아, 나 죽어, 나 죽어."

영미가 아우성을 치면서 조철봉의 목을 당겨 안았다가 엉덩이를 끌어당기면서 몸부림을 쳤다. 그러고는 허리를 잔뜩 치켜들었다가 박자가 맞지 않아서 철봉이 오히려 빠질 뻔했다. 그때 조철봉이 철봉을 빼고는 영미의 몸을 뒤집었다. 눈치를 챈 영미가 침대 위에 무릎을 꿇고 엎드렸지만 서툴렀다.

"어때? 좋아?"

영미의 등에 몸을 붙인 조철봉이 앞쪽의 젖가슴을 안으며 물었다.

"목석이 아닌데 그래?"

"나 죽겠어, 빨리."

영미가 엉덩이를 들썩이며 소리쳤다.

"나 처음이야, 이렇게."

"다리를 벌리고 상반신을 붙여."

조철봉이 말했지만 영미는 아직 엉거주춤했다. 영미의 자세를 만든 조철봉이 다시 뒤에서 진입했을 때 이제는 방안이 터져 나갈 것 같은 신음이 울렸다. 지금 영미는 마음껏 엉덩이를 휘두르고 있는 것이다. 조철봉은 규칙적인 진퇴 운동을 하면서 영미가 곧 절정에 오르리라는 것을 알았다. 영미의 말을 그대로 믿는다면 생애 첫 절정이 될 것이다. 영미의 어깨를 움켜쥔 조철봉의 움직임에 차츰 힘이 실리기 시작했다.

"아, 아, 아!"

시트를 움켜쥔 영미가 침대에 얼굴을 문지르면서 절규하듯 소리쳤다. 그리고 조철봉이 다시 힘차게 진입한 순간 영미의 질이 수축되면서 온몸이 굳어졌다.

숨이 막혀버린 듯 영미는 온몸을 굳힌 채 떨고 있을 뿐이었고 질만이 아직도 힘차게 수축 작용을 반복하고 있는 것이다. 건강한 샘이었다. 조철봉은 그 자세 그대로 2분을 더 기다렸다가 침대 위에 영미를 바로 눕혔다. 사지를 벌린 채 영미가 시체처럼 누웠을 때 조철봉이 다시 위에 엎드렸다.

"난 아직 안 끝났어. 다시 할 테니까."

영미를 내려다보면서 조철봉이 차분하게 말했다.

"이번에는 더 좋을 거야, 해줄까?"

앓는 소리를 내며 가쁜 숨만 뱉던 영미가 잠깐 눈을 떴다가 다시 감았다. 그러나 조철봉이 다리를 벌렸을 때 거부하지 않았다. 조철봉은 다시 영미의 샘 안으로 이번에는 거침없이 진입했다. 영미의 샘은 익숙하게 철봉을 받아들였으며 자극에 놀란 영미가 퍼뜩 눈을 떴다. 아직 초점은 잡혀 있지 않았지만 영미가 헐떡이며 말했다.

"나 죽을 것 같아."

"또 해줘?"

"응."

영미가 손을 뻗쳐 조철봉의 목을 힘겹게 감아 안았다.

"죽어도 좋아, 해줘."

조철봉은 이제 마음 놓고 움직이기 시작했다. 영미의 전남편은 조루였다. 놈은 대부분 3분 미만에 끝을 냈기 때문에 영미를 그 꼴로 만든 것이다.

서경윤의 전남편 이종학이 출감한 것은 구속된 지 일 년 만이었으니 형량을 다 채우고 나온 것이다. 부정수표단속법 위반에다 사기죄까지 걸친 터라 어쩔 수 없이 형을 살아야만 되었는데 그것은 모두 조철봉의 조작이었다. 종학이 발행한 어음을 회수해서 회전시켜버린 것이다. 물론 사채업자를 끼고서 한 짓이라 종학은 물론이고 서경윤도 배후에 조철봉이 있는 줄은 생각도 하지 못했을 것이었다.

종학이 출감한 다음 날 저녁 여덟 시가 되었을 때 조철봉은 신촌의 동교호텔 라운지로 들어섰다. 이층 라운지는 언제나처럼 텅 비어 있었지만 구석자리에 앉은 손님이 한 명 보였다. 바로 이종학이다. 이종학은 단정한 양복 차림이었으나 궁티가 온몸에서 풍겨났다. 다가오는 조철봉을 맞아 자리에서 일어서긴 했어도 눈에는 경계심이 가득했다. 조철봉은 종학과는 처음 자리를 함께하는 것이다.

"자, 앉으십시다."

악수는 손에 무기가 없다는 표시로 잡기 시작했다는 말도 있다. 하지만 손을 잡아당겨 칼로 찌를 수도 있었을 테니 화해와 공존의 표시로 인정되기까지는 오랜 세월이 필요했을 것이다. 마주보고 앉았을 때 조철봉은 다시 종학에게서 풍겨 나오는 궁한 기운을 느꼈다. 사람은 제가 아무리 치장을 하고 시치미를 떼도 궁한 구석은 드러나기 마련이다.

허세를 부리면 부릴수록 더 초라하게 보이는 작자도 있다. 조철봉은 지그시 종학을 보았다. 이놈은 서경윤과 간통을 한 사이였던 것이다. 그래서 결국 경윤은 자신을 배신하고 종학과 결합을 했다. 경윤은 진실이 없대나 뭐래나 하고 기세등등하게 이유를 대었지만 종학이 교도소에 들어가게 되었을 때 마음이 또 바뀌었다. 물론 이쪽의 농간에 의한 것이었지만 다시 재결합을 했고 종학과는 합의 이혼을 했던 것이다. 그런 상황에서 이렇게 만났으니 타이틀 매치에서 각각 일승일패를 한 두 노장이 대좌한 꼴과 비슷했다. 하지만 열쇠를 쥔 쪽은 이쪽이다. 조철봉이 가슴을 폈다.

"고생 많으셨지요?"

"저야 뭐."

종학은 아직도 개가 낯선 손님을 보았을 때의 눈빛을 하고 있었다. 출감했어도 갈 곳이 없는 종학은 어젯밤에 안양시에 살고 있는 어머니한테서 묵고 온 길이다. 출감한 종학을 맞은 것은 어머니뿐이었다는 것도 조철봉은 알고 있었다. 조철봉이 눈을 가늘게 뜨고 서경윤과 간통했던 사내를 보았다. 궁티는 여전했지만 순박한 표정이었다. 그리고 자세히 들여다보았을 때 조금 겁에 질려 있는 것도 느껴졌다. 안양시의 어머니 집에 조철봉이 전화를 걸어 만나자고 하자 종학은 한참이나 주저했었다.

"무슨 일입니까?"

마침내 종학이 눈을 똑바로 뜨고 조철봉을 보았다. 서경윤이야 어떻든 간에 종학은 조철봉에게 조금은 부담을 느끼고 있었을 것이었다. 남의 아내를 빼앗아 간 놈이 우월감만을 느낀다면 그놈은 인간도 아니다. 오랑우탄이다.

"서경윤을 사랑하시오?"

이쪽에서 되레 그렇게 물었을 때 종학은 먼저 침부터 삼켰다. 퀭한 눈이 더 깊어진 것 같았다.

"그건 갑자기 왜 물으십니까?"

"우린 한 번씩 서경윤한테서 이혼을 당한 입장이야."

정색한 조철봉이 말을 이었다.

"구멍 동서지간이고, 물론 내가 형님뻘이 되지."

"이것 보십시오."

"젠장, 잠자코 들어."

어깨를 부풀린 조철봉이 종학을 노려보았다.

"우리한테 공통분모는 서경윤이고 섹스 때 서경윤이 질러대는 앓는 소리에 익숙해져 있단 말이야. 체면 차리지 말자고."

조철봉의 기세가 거칠었기 때문인지 종학은 눈만 크게 떴다. 그때서야 종업원이 다가왔으므로 조철봉은 종학에게 묻지도 않고 커피를 시켰다. 조철봉이 말을 이었다.

"그래서 당신한테 상의할 일이 있어."

"뭡니까?"

바로 앉은 종학이 묻자 조철봉은 정색했다.

"아까 물었지? 서경윤을 아직도 생각하고 있느냐고? 어때?"

"난 이미 이혼을 했습니다."

"나도 했지."

입술을 비튼 조철봉이 종학을 보았다.

"당신이 교도소에 들어간 후에 내가 도와주었어. 어쨌든 내 자식을 기르고 있으니까."

"들었습니다."

"영일이 그 자식은 나한테 아빠라고 부른 적이 없어. 내가 자주 들르지를 못 해서 그런 모양인데."

"…."

"당신이 영일이를 친아들같이 돌봐주었더구먼. 영일이는 당신을 아빠라고 불렀지?"

"그런데 무슨 용건이신지."

다시 답답해진 종학이 조심스러운 시선으로 조철봉을 보았다. 그러자 조철봉이 이맛살을 찌푸렸다.

"서경윤이는 남자 없으면 못 사는 여자야. 내가 며칠 들르지 못한 사이에 영일이가 다니는 유치원 원장하고 놀아나다가 나한테 발각이 되었지."

놀란 종학이 눈을 둥그렇게 떴지만 조철봉은 빙긋 웃었다.

"현장에서 그놈을 잡아서 백자지를 만들었지. 하지만 서경윤이는 내버려 두었어. 그리고 지금도 매달 생활비를 충분히 보내고 있지."

"…"

"이봐, 그래도 서경윤에 대한 미련이 있나?"

"도대체 의도가 뭐요?"

마침내 종학도 눈을 치켜뜨고 조철봉을 보았는데 입술 끝이 경련을 일으키고 있었다.

"나한테 뭘 원하는 거요?"

종학이 갈라진 목소리로 물었을 때 조철봉은 의자에 등을 붙이고는 눈을 가늘게 떴다.

"그래도 서경윤이를 사랑하나, 그걸 알고 싶단 말이야."

"…"

"솔직하게 말해줘. 당신한테 나만큼 가까운 사람이 어디 있겠어?"

"경윤이는 마음이 약합니다."

얼굴을 굳힌 종학이 조철봉을 노려보았다. 그러고는 말을 이었다.

"당신이 또 외롭게 만든 거요. 그건 모두 당신 책임이오."

"얼씨구."

조철봉이 입술을 비틀며 웃었다.

"여기 부처님이 계시네."

"난 경윤이가 이혼을 요구한 것도 이해를 합니다. 그리고 지금도 경윤이를 사랑하고 있어요."

"유치원 원장은 연장이 이만 했어."

조철봉이 새끼손가락을 내어보였다. 정색한 얼굴이었으므로 종학도 정색하고 새끼손가락을 보았다. 입맛을 다신 조철봉이 말을 이었다.

"그놈 연장을 보니까 갑자기 마음이 놓이는 거 있지? 난 그런 놈이야."

"그 이야기는 그만합시다."

종학이 정색하고 말했을 때 조철봉이 불쑥 물었다.

"경윤이하고 다시 결합하고 싶은 생각은 없나? 있다면 내가 밀어 줄 테니까. 난 그 말 하려고 당신을 부른 거야."

그 순간 종학은 몸을 굳히고 조철봉을 보았는데 눈도 깜박이지 않았다. 종학의 시선을 받은 조철봉이 희미하게 웃었다.

"서로 터놓고 지내자고. 내가 한 살 위니깐 나한테 형님이라고 불러도 돼."

종학은 아직 입만 꾹 다문 채였고 조철봉의 말이 이어졌다.

"나는 경윤에 대한 소유 의식을 버릴 테니까 자네도 뭔가 하나쯤 희생하도록 해봐. 그래서 셋이 공존해 나가자고."

"무슨 말씀이신지."

종학이 혼잣소리처럼 말했을 때 조철봉의 목소리가 높아졌다.

"내가 자네 재기를 도와주겠어. 그리고 경윤과 다시 결합하도록 분위기도 만들어 주겠어. 이것은 모두 가능한 일이니까 자네는 받아들이기만 하면 돼."

"나한테 왜 이럽니까?"

안간힘을 쓰듯이 종학이 묻자 조철봉은 탁자 위로 상반신을 굽혔다. 다시 조철봉의 얼굴은 굳어져 있었다.

"첫째는 서경윤이를 행복하게 만들어 주려는 거야. 경제적인 기반을 갖춘 자네가 옆에 있어 주면 경윤이는 안정이 될 거야. 따라서 내 아들의 정서에도 도움이 되겠지."

종학이 눈만 크게 떴을 때 조철봉은 말을 이었다.

"둘째는 서경윤이한테 휘둘렸던 내 상처를 치료해야겠어. 그래서 자네도 어느 정도 희생을 해야 되겠는데."

"내가 희생을 해야 된다고요?"

"그래."

조철봉이 단호한 표정으로 종학을 보았다.

"자네도 나한테 진 빚을 갚아야 되겠지?"

"뭡니까?"

"한 달에 한 번쯤은 나하고 서경윤의 시간이 있어야 되겠어."

순간 얼굴이 하얗게 굳어진 종학이 상체를 뒤로 젖혔으므로 조철봉은 눈을 부릅떴다.

"내가 먼저 소유 의식을 버린다고 했지 않아, 이 자식아. 너도 그쯤 희생을 하지 못한단 말이냐?"

"아니, 그것은."

"경윤이 내 아내였을 때 너는 몰래 간통을 했지만 나는 당당하게 만나고 싶다는 거다. 그것만 조금 다를 뿐이야."

조철봉이 손바닥으로 가볍게 탁자를 쳤다.

"유치원 원장의 새끼고추가 출입하는 것보다는 낫지 않겠어? 고리타분한 고정 관념 따위는 집어치우라고."

그러고는 조철봉이 눈을 부릅떴다.

"경윤이를 설득하는 것은 나한테 맡기란 말이야. 넌 가만있으면 돼."

종학은 숨도 쉬는 것 같지가 않았으나 조철봉은 내처 말했다.

"승낙한다면 너한테 사업체 하나를 맡겨 주마. 믿기지 않는다면 내일 다시 나를 만나 확인해 보도록."

조철봉이 주머니에서 봉투 하나를 꺼내 종학에게 내밀었다.

"1억 원이다. 우선 이것을 받아 필요한 곳에 쓰도록 해."

종학이 봉투에 시선만 주었으므로 조철봉은 이맛살을 찌푸렸다.

"어머니가 위암 수술을 하셔야 할 것 아닌가? 아파트도 곧 경매가 될 테니 어머니를 안정시켜 드려야지."

조철봉이 봉투를 종학의 앞에 내려놓고는 길게 숨을 뱉었다.

"난 서경윤을 그냥 잡아놓을 수도 있어. 한 달에 한 번씩 들르더라도 말이야. 넌 그것을 알아야 돼."

자리에서 일어선 조철봉이 가라앉은 시선으로 종학을 내려다보았다.

"자존심 때문에 망설인다면 넌 이 험한 세상을 살아나갈 자격이 없는 놈이다. 받아들이겠다면 내일 이 시간에 이곳으로 나와."

다음 날 저녁 8시 정각에 조철봉이 최갑중과 함께 동교호텔 라운지로 들어섰을 때 이종학은 먼저 와 기다리고 있었다. 자리에 앉은 조철봉이 간단히 갑중을 소개하고 나서 종학을 보았다.

"어때, 결정했나?"

"했습니다."

종학이 선선히 머리를 끄덕였지만 얼굴은 핼쑥했다.

"말씀대로 하겠습니다."

"잘했어."

머리를 끄덕인 조철봉이 갑중에게로 시선을 돌렸다.

"서류 내놓아라."

그러자 갑중이 들고 온 봉투에서 서류를 꺼내어 탁자 위에 놓았다.

"이건 현금 5억에 대한 차용증입니다. 서명만 하시면 되고요."

갑중이 다른 서류를 옆에 펼쳤다.

"약속을 이행할 경우에는 차용금을 상환하지 않아도 된다는 내용이니까 여기에도 서명하시지요."

그리고 갑중이 또 다른 서류를 나란히 놓았다.

"이것은 약속에 관한 내용입니다. 어제 말씀을 나누셨을 테니까 읽어 보시고 서명하시지요."

당황한 종학이 펼쳐진 서류를 휘 둘러 보고만 있을 때 조철봉이 입을 열었다.

"다 형식이야. 하지만 서류는 분명하게 해놓는 것이 낫지."

그러자 갑중이 말을 받았다.

"한 달에 한 번 남의 부인을 만나도록 해줘야 한다는 각서가 세상에 드러난다면 난리가 날 겁니다. 그러니까 사전에 서로 평화적으로 해결하셔야지요."

갑중이 웃지도 않고 말했으나 조철봉은 쓴웃음을 지었고 종학은 시선만 내렸다. 다 읽어본 종학이 서명을 하자 갑중은 봉투를 내밀었다.

"5억입니다. 어제 1억은 제외하고라도 이 돈이면 지난번 사업체를 다시 일으키실 수 있을 것입니다."

"모자라면 내가 더 낼 테니까."

말을 이었던 조철봉이 흘끗 갑중을 보더니 덧붙였다.

"물론 그때도 각서를 받아야겠지."

"잘 쓰겠습니다."

두 손으로 봉투를 받은 종학이 심호흡을 하고는 조철봉을 보았다.

"형님 심정을 조금 이해할 것 같습니다."

"그렇다니 고맙고."

정색한 조철봉이 말을 이었다.

"오늘부터 서경윤한테 들르도록 해. 이런 이야기는 절대로 하지 말고. 그러면 역효과가 날 테니까."

"알겠습니다."

"지금 외로워하고 있어. 나에 대한 불만도 쌓였을 것이고. 지금이 기회야."

"예, 형님."

종학의 입에서 자연스럽게 형님 호칭이 또 나오자 갑중의 시선이 스치고 지나갔다. 조철봉이 종학을 똑바로 보았다.

"다시 옛날로 돌아가는 거야. 나는 진실성이 없는 놈이고 넌 순수해. 그러면 먹히게 되어 있다고."

그때 갑중이 입맛을 다셨으나 열중한 조철봉은 손까지 흔들었다.

"다만 다른 점은 네가 내 사주를 받고 움직인다는 것이지. 그것뿐이야.”

종학이 홀린 듯한 얼굴로 먼저 라운지를 나갔을 때 갑중이 조철봉을 보았다. 잔뜩 뒤틀린 표정이었다. 시선을 들었던 조철봉이 갑중을 보더니 쓴웃음을 지었다.

“입 닥치고 있어. 아무 말 말란 말이다.”

갑중이 다시 입맛만 다셨을 때 조철봉은 어깨를 늘어뜨렸다.

“한 달에 한 번? 내가 그럴 것 같으냐?”

조철봉이 혼잣소리처럼 말을 이었다.

“그년을 그냥 두기에는 불쌍하고, 그놈한테 그냥 주기에는 아까워서 그랬다, 왜?”

그날 밤 조철봉은 아무도 찾지 않고 아파트로 돌아왔다. 아파트에는 냉장고에 음료수만 쌓여서 조금 썰렁한 느낌이 들었지만 깨끗하게 정돈되었고 통풍도 잘 시켜놓았다. 샤워를 마친 조철봉이 새 가운으로 갈아입고 소파에 앉았을 때는 밤 11시 반이다.

오늘은 술도 한 잔 마시지 않아서 머리가 맑은 데다 기분도 홀가분했다. 이종학과 서경윤을 정리했기 때문일 것이다. 이쪽은 정리라고 표현했지만 그들 둘의 인연은 새로 시작되었다. 맺은 놈이 푼다고 결국 어긋나게 했던 둘의 관계를 조철봉이 다시 풀어준 것이다. 조철봉은 TV도 켜지 않은 채 소파에 깊숙이 몸을 묻고는 앞쪽의 벽을 보았다.

그 순간 달리는 차창 밖으로 가로등이 스쳐 지나는 것처럼 여자들의 얼굴이 연달아서 떠올랐다가 사라졌다. 물론 그중에는 영영 떠난 여자도 있었고 지금도 인연이 닿는 사이도 있다. 조철봉은 눈을 감았다. 언젠가는 기름이 떨어지거나 엔진 고장으로, 또는 사고로 달리던 차가 멈출 때가 올 것이다.

그러나 그동안은 끊이지 않고 가로등이 이어지겠지. 간혹 가로등 밑에서 멈춰 쉴 때도 있겠지만 어차피 혼자서 달려야 할 운명이다. 여자는 가장 현실적이며 구체적으로, 그리고 빨리 접촉할 수 있는 희망이었다. 꿈이라고 표현해도 될 것이다. 사업에 대한 꿈보다 여자는 더 가깝게 있어서 우선 본능과 성취감을 쉽게 채워줄 수가 있었다.

비아그라까지 만들어진 21세기에 이르렀으니 아마 죽는 날까지 여자는 잠이 들기 전에 꿈으로 존재하게 될 것이다. 아름다운 여자를 차지한다는 꿈, 그 여자가 모든 것을 바칠 듯이 울며 매달리는 꿈, 이쪽은 상처를 하나도 받지 않고 실컷 즐기고 떠나는 꿈, 그런데도 여자가 목을 매고 기다리는 꿈. 물론 눈을 뜨고 나다닐 때 그렇게 바란다면 미친놈 취급을 받을 테니 시치미를 뚝 떼고 있어야만 할 것이다. 어쨌든 그 꿈이 삶의 동력이 되고 있으므로.

사랑이라, 조철봉은 눈을 떴다. 나는 너무 쉽게들 사용하는 그 어려운 말은 모를 뿐만이 아니라 언급해본 적도 없다. 가끔 사용했다면 여자 측 분위기를 위해 영양가도 없는 양념처럼 써먹었을 뿐이다. 그래서 날 피해 의식에 사로잡힌 겁쟁이라고 해도 상관없다. 사람마다 성기 구조가 다르듯이 이성에게 바라는 감정이 모두 같지는 않을 테니까. 난 이렇게 살 것이다.

어깨를 부풀린 조철봉은 길게 숨을 뱉었다. 갑자기 술 생각이 났지만 오늘은 그냥 견디기로 마음을 먹었다. 고통이나 외로움을 술로 해결하는 것만큼 비겁한 처사는 없다. 고통이 클수록, 외로움에 사무칠수록 맨정신으로 버텨야만 한다.

그래야 면역력이 강해지고 하찮은 기회에도 감사하게 되는 것이다. 전화벨이 울렸으므로 조철봉은 퍼뜩 시선을 들었다. 밤 12시가 되어 있었던 것이다. 탁자 위에 놓인 전화기를 집어 귀에 붙였을 때 곧 나긋한 여자의 목소리가 울렸다.

"저예요."

그 한마디로 어떻게 구분을 하겠는가? 아파트 전화번호를 알며, 현재 인연을 맺고 있는 여자들이 다시 가로등처럼 머릿속을 스치고 지나갔다. 유진경, 박희선, 박영희… 그때 다시 목소리가 이어졌다.

"주무시고 계셨어요?"

실버타운의 대표 이사가 된 박희선이다. 조철봉은 심호흡을 했다.

"아니, 마침 희선이 생각하고 있던 중이야."

마치 희선이 앞에 있는 것처럼 조철봉은 정색했다.

"이것, 우연이군. 희선이 생각을 하고 있었는데 전화가 오다니."

그 순간 갑자기 가슴이 메었으므로 조철봉은 헛기침을 했다.

"저녁은요?"

희선이 부드럽게 물었을 때 조철봉의 가슴은 이제 끓기 시작했다.

"택시 타고 이리로 와."

조철봉이 서두르듯 말했다.

"네가 옆에 있으면 좋겠다."

"아이참, 지금이 몇 시라고."

"한 시간이면 도착할 거야."

"알았어요. 그럼."

그러고는 전화가 끊겼을 때 조철봉의 눈빛은 생기를 되찾았다. 희선은 실버타운과 고아원의 관리에 의욕적이었다. 어렸을 때부터의 꿈이 실현되었다는 것이다.

희선이 도착했을 때는 조철봉의 말대로 딱 한 시간 후인 새벽 1시경 이었다.

"무슨 일 없죠?"

안으로 들어선 희선이 먼저 조철봉의 눈치부터 보았다. 이 시간에 아파트에 혼자서, 더구나 멀쩡한 상태로 있는 것이 조철봉에게는 드문 일인 것이다.

"회사 일이 바빴을 뿐이야."

조철봉이 희선의 팔을 끌어 소파의 옆자리에 앉혔다. 희선에게서 상큼한 향내가 바깥 공기에 섞여 맡아졌다.

그동안 중국과 서울을 번갈아 오가며 바쁘게 보내기는 했지만 밤에 희선을 찾지 못할 만큼은 아니었다. 희선은 말하자면 가장 안정된 상대였다. 속은 어떤지 몰라도 조철봉의 말은 그대로 다 믿었으며 찾지 않아도 투기는 물론이고 짜증도 부리지 않는다.

그렇다고 희선이 한눈을 파는 것도 아니니 오늘 밤의 조철봉에게는 딱 맞는 파트너가 될 것이었다. 조철봉이 어깨를 끌어당겨 볼에 입술을 대었을 때 희선이 두 손으로 가슴을 밀었다.

"그게 필요했군요?"

그러나 희선의 얼굴에는 웃음기가 배어 있었다.

"당신은 바람 같아."

두 손을 조철봉의 가슴에 붙인 채 희선이 혼잣소리처럼 말했다. 조철봉을 올려다보는 눈동자가 조금 흐려진 것 같이 느껴졌다.

"가끔씩 스쳐가는 바람, 잡을 수도 없고 흔적도 남지 않는."

"난 너밖에 없어."

조철봉이 희선의 허리를 당겨 안고는 이마에다 입술을 붙였다.

"희선이 네가 내 유일한 여자야."

"정말?"

"난 섹스한 지도 오래되었어. 그때 너하고 한 후로 여자를 가깝게 대할 기회가 없었으니까."

"그렇게 바빴어요?"

"그래, 너무 오랫동안 섹스를 안 해서 오늘 제대로 되는지도 모르겠다."

"그만해요."

다시 희선이 조철봉의 가슴을 밀었지만 입술이 부딪쳤을 때 곧 팔을 들어 목을 감아 안았다. 희선의 침에서 달콤한 과즙 맛이 느껴졌고 냄새는 껌 냄새가 맡아졌다. 순진한 희선이었지만 오는 도중에 오늘밤의 일을 예상하고 미리 껌을 씹었다는 것이 조철봉을 더 달아오르게 만들었다.

"가만."

겨우 입술을 뗀 희선이 몸을 비틀더니 자리에서 일어섰다.

"씻고 올게요."

"안 씻어도 돼."

"그래도."

희선의 달아오른 얼굴에 수줍은 웃음기가 번졌다.

"오랜만에 하니까 나도 깨끗하게 씻고 하고 싶어서 그래요."

"밤마다 네 생각을 했어."

"거짓말."

눈을 흘긴 희선이 몸을 돌렸으므로 조철봉은 소파에 다시 등을 붙였다. 그러자 저절로 길게 숨이 뱉어졌다. 섹스에서 지금이 가장 설레는 순간이다. 이 기다림의 순간은 만금을 줘도 안 바꾼다.

조철봉이 호치민시에 도착했을 때는 오후 3시경이었다. 이번 출장은 베트남에서 중고차 판매책임을 맡게 될 딘 푸농을 만나 시장 조사를 하려는 것이었다. 공항으로 마중 나온 푸농은 50대의 밝은 인상이었는데 깍듯이 예의를 갖춰 조철봉을 맞았다. 조철봉은 최갑중을 동행시켰지만 둘 다 베트남은 처음이다.

"저녁에 모시러 오겠습니다."

컨티넨탈호텔의 방까지 조철봉을 안내 한 푸농이 말하자 마키가 한국어로 통역했다. 마키는 한국인의 피가 섞인 29세의 사내로 한국인 아버지는 성이 박씨라는 것만 알 뿐 소식도 없고 찾지도 않았다고 했다. 마키의 한국어는 그가 독학으로 배운 것이다. 푸농이 마키를 남겨두고 떠났으므로 조철봉의 방에는 갑중까지 셋이 소파에 둘러앉았다. 조철봉이 베트남인의 외모와는 다르게 흰 피부에다 뚜렷한 윤곽을 지닌 마키를 보았다. 그는 공항에서부터 마키에게 호기심을 느끼고 있었던 것이다.

"아버님이 한국에 계신다면 내가 찾아줄까? 이름만 알면 요즘은 찾기 쉬울 거야."

112

"싫습니다."

마키가 웃음 띤 얼굴로 간단히 머리를 저었다.

"우리가 도와달라고 하는 것 같이 보일 겁니다. 그분도 한국에 가족이 있을 텐데 입장도 곤란해질 것이고요."

조철봉은 마키가 아버지를 그분이라고 부른 것이 한국어 공부가 서툴렀기 때문은 아니라고 느껴졌다.

"아버님은 군인이셨나?"

이번에는 갑중이 묻자 마키는 다시 머리를 저었다.

"아닙니다. 용역회사 간부였다고 합니다. 운송회사였습니다."

"그럼 더 찾기 쉽겠군."

"호의는 고맙지만 사양하겠습니다."

갑중도 사연이 있다고 느꼈는지 더 이상 묻지 않았다. 베트남의 한국인 2세에 대한 이야기는 가끔 언론에 보도되었기 때문에 알고는 있었지만 관심을 갖지는 않았던 것이다. 그때 마키가 입을 열었다.

"이 호텔에도 지금 한국인 수십 명이 투숙하고 있지요. 모두 베트남 여자들하고 결혼하려고 온 것입니다."

조철봉과 갑중이 눈만 껌벅였고 마키가 얼굴을 펴고 웃었다.

"30년 전의 상황이 되풀이되어서는 안 되겠죠. 저희 어머니도 이곳에서 결혼을 하셨거든요."

머리를 끄덕인 조철봉이 자리에서 일어섰다. 마키가 한국인에 대해서 불만을 품고 있다는 것을 알 수 있었던 것이다. 그것은 자신과 어머니를 버린 아버지에 대한 불만에서부터 싹텄을 것이었다.

"쉴 테니까 저녁때 로비에서 만나지."

조철봉이 말하자 마키가 머리를 숙여 보이고는 방을 나갔다.

"자기 아버지한테 불만이 있는 것 같군요."

갑중이 혼잣소리처럼 말했다.

"그렇다고 찾지도 않겠다니, 나 같으면 찾아가 멱살이라도 쥘 텐데."

"무슨 사연이 있겠지."

조철봉이 건성으로 말하자 갑중도 제 방으로 돌아갔다. 아마 마키는 혼혈이었기 때문에 베트남에서 자라면서도 서러움을 당했을 것이었다. 아버지한테서까지 버림을 받았으니 고통이 이중으로 된 셈이었다.

옷을 갈아입은 조철봉이 아래층 로비로 내려갔을 때 마키가 말한 대로 7, 8명의 한국인이 모여 앉아 있는 것이 보였다. 조철봉이 그들과 가까운 테이블에 앉았을 때 누군가가 말했다.

"마음에 드시면 일단은 결혼해 보세요, 그래서 우선 영계 맛을 보시라고요. 데리고 살다가 싫증나면 바꿔 드리겠습니다."

그렇게 말한 사내는 40대 중반쯤에 비대한 체격이었는데 거침없이 큰 소리로 말을 이었다.

"애들이 순진해서 좋습니다. 절대로 후회하지 않으실 겁니다."

사내 주위에 둘러앉은 남자들은 대부분 단정하게 넥타이를 맨 양복 차림이었고 두어 명은 웃었지만 하나같이 긴장한 표정들이었다. 조철봉은 그들이 오히려 더 순진하게 보였다. 40대 뚱쟁이의 말을 경청하는 자세를 봐도 그렇다.

그때 갑중이 로비로 들어서더니 조철봉의 옆자리에 앉았으므로 비대한 체격의 사내가 힐끗 이쪽을 보았다. 그러더니 자리에서 일어나 조철봉의 옆으로 다가와 섰다.

"관광 오셨습니까?"

갑중이 눈을 치켜떴을 때 조철봉이 서둘러 대답했다.

"예, 그렇습니다."

"저는 한국 사람을 대번에 알아보지요."

금니를 내보이며 웃은 사내가 옆쪽 자리에 털썩 앉더니 은근한 시선으로 조철봉과 갑중을 번갈아 보았다.

"저는 결혼 중개업을 하고 있지만 관광 가이드 역할도 합니다. 그리고 한국 식당도 운영하고 있지요."

사내가 명함을 꺼내더니 조철봉과 갑중에게 건네주었다. 명함에 찍힌 사내의 이름은 이용배였다.

"명함 한 장 주시겠습니까?"

사내가 물었을 때 갑중이 어깨를 부풀렸다. 그러자 조철봉이 웃음 띤 얼굴로 머리를 저었다.

"우린 명함 없습니다."

"상관없습니다."

그러고는 사내가 정색하고 조철봉을 보았다.

"오늘 밤에 한번 노시겠습니까? 제가 싸고 일류들만 있는 곳으로 안내를 하지요."

힐끗 옆쪽에 시선을 준 사내의 목소리가 낮아졌다.

"영계가 있습니다. 나이만 말씀해 주시면 얼마든지 조달이 됩니다. 가격은 알고 계시지요?"

"혹시 결혼 상대를 데리고 노는 건 아닙니까?"

"만나서 그냥 놀고 가셔도 됩니다. 먼저 한번 보시지요. 제 사무실에 오시면 1백 명까지 만나보게 해드립니다."

"얼맙니까?"

"사무실에서 고르는 애들은 결혼하려는 애들이니까 조금 가격이 높습니다. 2백 불이지요."

다시 조철봉의 눈치를 살핀 사내가 서둘러 말을 이었다.

"룸살롱에 가시면 1백 불입니다. 제가 최고급 룸살롱을 안내해 드리지요."

"오늘 저녁은 약속이 있으니까 다음에 연락드리지요."

"방 번호가 어떻게 되십니까?"

"그것도 나중에."

그러자 사내의 얼굴이 순식간에 찌푸려졌으므로 조철봉이 쓴웃음을 지었다.

"자, 그럼 자리를 비켜 주시지요."

마침내 갑중이 갈라진 목소리로 말했을 때 사내는 구겨진 얼굴로 일어섰다. 그러고는 어깨를 흔들며 옆자리로 돌아갔는데 태도가 불량했다.

"저놈은 한국인과 베트남인 양쪽에 사기를 치고 있는 겁니다."

눈을 치켜뜬 갑중이 사내 쪽을 흘겨보았다.

"저런 놈한테 당하는 한국 놈들도 푼수고요."

그때 로비로 마키가 들어서더니 곧장 그들에게로 다가왔다. 아직 시간이 남았는데 먼저 온 모양이었다.

"여기 계셨습니까?"

마키가 공손하게 머리를 숙이고는 옆에 앉았을 때 조철봉은 옆쪽 테이블의 이용배가 당황한 듯 눈을 크게 뜨는 것을 보았다.

"마키, 저 사람을 아나?"

턱으로 이용배를 가리킨 조철봉이 묻자 마키의 얼굴이 일그러졌다.

"사기꾼입니다."

퍼뜩 시선을 든 조철봉이 마키를 보았고 갑중의 얼굴도 굳어졌다. 그러나 마키는 더 이상 입을 열지 않았다.

그날 저녁, 시내의 중국 식당으로 조철봉을 초대한 푸눙은 시종 밝은 표정이었다.

비록 마키를 통해서였지만 푸눙과 이야기를 주고받으면서 조철봉의 기분도 밝아졌다. 공직 생활을 하다가 사업가로 변신했다는 푸눙이 전혀 자신에 대한 선전을 하지 않는 것도 마음에 들었다.

대개 사업상으로 만나게 되면 동서양을 막론하고 자신의 경력과 재력, 인간관계까지 자랑하는 것이 보통이다. 식사를 거의 마쳤을 때 푸눙이 웃음 띤 얼굴로 말했다.

"요즘 한국인 관광객이 많이 오는 편이지요. 그런데 유적지나 관광 명소를 찾는 사람은 드문 것 같습니다."

그러자 갑중과 시선을 마주친 조철봉이 쓴웃음을 지었다.

"그렇더군요. 저도 호텔에서 한국인 가이드에게서 안내해 주겠다는 제의를 받았습니다."

마키가 통역하기를 기다렸다가 조철봉이 다시 말을 이었다.

"2백 불이면 결혼할 여자를 소개시켜 줄 테니까 데리고 놀라고 하더군요. 1백 명까지 만나보게 해주겠다는 겁니다."

마키의 말을 들은 푸농이 정색하고 머리를 끄덕였지만 입을 열지는 않았다.

"그중에는 순진한 아가씨도 있을 텐데 피해를 막아야 되지 않겠습니까?"

조철봉이 묻자 푸농이 마키를 향해 말했다.

"순진한 한국 남자들도 있겠지요. 그렇지만 다른 한편으로는 그 중개 업자를 필요로 하는 베트남인과 한국인들도 있다는 것입니다."

열심히 통역을 한 마키가 손등으로 이마의 땀을 닦았다. 그때 푸농의 말이 이어졌다.

"모든 결과에는 양면성이 있습니다. 따라서 우리는 대국을 위하여 어느 한쪽을 감수해야만 할 때도 있습니다. 특히 정책은 흑백 논리로 결정하기가 어렵지요."

마키의 통역이 끝났을 때 조철봉과 갑중의 시선이 다시 마주쳤다. 머리를 든 조철봉이 얼굴을 펴고 웃었다.

"이해가 됩니다, 푸농 씨. 당신과 같이 사업을 하게 되어서 기쁩니다."

호텔로 돌아왔을 때는 밤 10시 반이 되어가고 있었다. 호텔까지 배웅해준 푸농이 돌아갔을 때 현관에 선 조철봉이 마키에게 물었다.

"마키, 푸농 씨의 전직이 무엇인지 아나?"

"당의 고위 간부였다고 합니다."

마키가 조심스럽게 말을 이었다.

"저도 그 이상은 모릅니다."

"넌 푸농 씨의 회사에서 일하고 있나?"

"아닙니다. 이번 사장님의 방문에 대비해서 임시로 고용된 것입니다."

"그렇다면 우리 회사에 들어오지 않겠나? 물론 베트남 지사에 말이야."

그러자 마키가 놀란 듯 눈을 크게 뜨고는 어깨를 부풀렸다.

"그렇게 해 주신다면."

말을 그친 마키가 시선을 내렸다.

"열심히 일하겠습니다."

"좋아. 그럼 이력서를 써 내도록."

조철봉이 몸을 돌렸을 때였다. 저녁 무렵에 로비에 몰려 앉아 있던 사내들이 우르르 엘리베이터에서 몰려 나왔다. 모두 정장 차림이었고 바쁜 듯한 기색이었다. 그들의 뒷모습을 보던 조철봉이 마키에게 물었다.

"마키, 저녁에 로비에서 만난 한국인 말인데, 네가 사기꾼이라고 했던 놈 말이야."

조철봉이 정색하고 마키를 보았다.

"마키, 넌 그놈을 어떻게 알지?"

그러자 마키가 심호흡을 했다.

"제 여동생이 그놈 사무실에 갔다가 당했지요."

조철봉과 갑중이 눈만 크게 떴을 때 마키가 쓴웃음을 지었다.

"제 여동생은 한국 사람과 결혼하고 싶었다는군요. 물론 제 여동생의 아버지는 저하고 다릅니다. 베트남 사람이지요."

마키의 여동생 수엔은 스물두 살로 고등학교를 졸업하고 단추 만드는 공장에 다녔다고 했다. 수엔은 어머니를 닮아 미모에 키도 컸고 오빠인 마키한테서 틈틈이 한국어를 배워 한국어로 일상적인 의사소통이 가능했다는 것이다. 베트남이 개방된 후에 불어닥친 한류 열풍은 수엔의 가슴을 들뜨게 했을 것이었다. 오빠에게 한국인 아버지를 찾아보라고 조르기도 했고 한국계 회사에 취업하려고 노력도 해보았지만 그것도 불가능해지자 수엔은 한국인과 결혼하여 한국에 가서 살기로 결심을 했다. 그러고는 이용배를 찾아갔다가 몸만 버리고는 나흘 만에 돌아왔다는 것이다.

"그 애는 제 발로 이용배를 찾아간 것이라 신고할 수도 없었습니다."

로비의 의자에 앉은 마키가 얼굴을 일그러뜨리며 말했다.

"더구나 상대한 남자 4명한테서 50불씩 2백 불을 받았더군요. 이용배는 수엔이 써준 영수증까지 갖고 있었습니다."

조철봉과 갑중의 시선이 마주쳤다. 이용배가 제의한 2백 불짜리일 것이다. 그렇다면 이용배는 4명한테서 8백 불을 받아 수엔에게 2백 불만 준 것이다. 머리를 끄덕였던 조철봉이 생각났다는 듯이 마키에게 말했다.

"참, 이력서를 써올 적에 부친의 이름과 나이 등 인적 사항을 어머니한테 물어서라도 써넣도록, 이력서에는 꼭 필요한 내용이니까 말이야."

자리에서 일어선 조철봉은 마키와 헤어져 엘리베이터에 올랐다. 갑중이 잠자코 따라 들어섰을 때 조철봉이 혼잣소리처럼 말했다.

"마키가 한국인에게 거부감을 가질 만하다. 어머니는 배신당하고 여동생은 사기를 당해 몸을 버렸으니 말이야."

갑중은 입맛만 다셨고 조철봉이 말을 이었다.

"내일 마키가 이력서를 써오면 즉시 서울로 연락해서 마키 아버지를 찾아봐. 그 인간이 뭐하고 있는지 알아보자.”

“알겠습니다.”

갑중이 시큰둥한 표정으로 대답했다.

“형님이 이력서 써내라고 하실 때부터 짐작하고 있었습니다.”

다음 날 조철봉은 호텔로 찾아온 푸눙과 함께 시내의 사무실로 갔다. 푸눙은 중심가의 사무실 아래층에 2백 평이 넘는 전시장까지 준비해 놓았고 영업 사원도 20여 명이나 채용한 상태였다. 판매 준비는 완료된 것이다. 사무실로 돌아와 앉았을 때 조철봉이 머리를 끄덕였다.

“훌륭합니다. 그럼 차만 들여오면 되겠군요.”

“그렇습니다.”

푸눙이 웃음 띤 얼굴로 조철봉을 보았다.

“보셨다시피 판매 준비는 완벽하게 되어 있습니다. 벌써 구매자가 3백여 명이나 확보되었고 하루 평균 15명의 계약이 되는 중입니다.”

그러면 계획대로 한 달 평균 5백 대의 판매가 가능하다는 말이었다. 이윽고 조철봉이 정색하고 푸눙을 보았다.

“좋습니다. 그럼 D/A 조건으로 선적해드리겠습니다.”

“고맙습니다, 조 사장님.”

푸눙이 마키를 향해 열렬하게 말했다.

“약속은 꼭 지킵니다. 두고 보십시오.”

D/A(Documents against acceptance) 조건이란 인수도, 인수서류도의 의미이다. 즉 화환어음 거래에서 지급인이 어음을 인수함과 동시에 선적서류가 인도되는 조건으로 다시 말하면 외상거래인 것이다. 따라서 조철

봉은 현금을 들여 중고차를 매입해서 외상으로 수출하는 셈이었다.

조철봉이 정색하고 푸눙을 보았다.

"어음 기간은 90일로 하겠습니다."

3개월 후에는 지급해야 한다는 말이다.

그날 밤 푸눙은 조철봉과 갑중을 룸살롱으로 초대했다. 현관의 장식부터 대리석이 깔린 로비, 화려한 룸의 구조까지 기를 쓰고 한국의 룸살롱을 모방해서 그럴듯했지만 종업원의 태도에서 금방 차이가 났다. 한국의 일급 룸살롱 종업원은 마담에서 웨이터에 이르기까지 옷차림은 물론이고 매너가 세련되었다. 정중하면서도 건방지지 않고 친절하면서도 가볍지 않다. 목청을 높이지 않으며 바람을 일으키면서 걷지도 않는다.

곁눈질도 하지 않는 것은 물론이고 빤히 보지도 않는다. 옷은 5년 이상 입어온 것처럼 몸에 맞으며 머리는 단정하고 깨끗한 구두는 기본이다. 한국 전자제품의 기술력과 상품 가치가 세계 제일인 품목이 여러 개 있지만 한국의 룸살롱 수준이야말로 단연 세계 제일인 것이다. 그 어떤 나라도, 유대인은 물론이고 화교 상인도 한국의 룸살롱 수준을 따라갈 수가 없다.

물론 이것은 한국 내에서만 국한된 경우이며 수출용 룸살롱은 아닌 것이 문제이긴 하다. 제아무리 호화로운 장식과 설계, 종업원 교육을 시킨다 해도 외국에서 한국의 룸살롱 수준을 따라잡지 못하는 이유가 무엇이겠는가? 그것은 제일 중요한 요소가 빠졌기 때문이다. 바로 손님이다. 수요가 있어야 장사가 되는 것이다. 한국의 룸살롱 수준은 벤처 열풍이 불었을 때 다시 한 번 비약적인 발전을 했다.

20대, 30대의 벤처 사장들이 일주일에 한두 번, 많게는 서너 번씩 룸살롱을 찾아 하룻밤에 수백만 원, 때로는 천만 원대까지 술값을 뿌리면서 황금기를 맞았던 것이다. 외국에서는 하룻밤에 술값으로 3천 불에서 1만 불 정도를 뿌리는 사업가가 드물다. 외국에서는 방학을 이용하여 수백만 원대의 외제 명품 가방과 옷을 사려고 룸살롱에 취업하는 여대생도 없다.

따라서 수요는 공급 체계를 발전시킨다. 날로 발전해온 룸살롱 공급 체계는 단연 한국을 최고급 룸살롱 소유국으로 발전시킨 것이다. 푸농이 안내해 간 룸살롱의 사장도 한국인이었다. 이곳은 마키가 따라오지 않았으므로 셋이서 방에 들어가 앉았을 때 사장이 웃음 띤 얼굴로 조철봉과 갑중을 번갈아 보았다.

"어린애로 하시지요? 물론 스무 살 미만입니다."

사장의 시선이 조철봉에게로 옮겨졌다. 누가 주빈인지를 아는 것이다.

"아직 한 번도 손을 타지 않은 애가 있습니다. 열여덟이지요."

그러자 조철봉이 머리를 저었다.

"이것 봐요. 자꾸 영계 따지지 마시오, 거부감이 일어나니까."

"알겠습니다."

정색한 사장이 힐끗 푸농의 눈치를 보더니 베트남어로 대화를 주고받았다.

그리고는 사장이 나갔을 때 갑중이 낮게 말했다.

"아무래도 이 곳 손님은 다 한국인인 것 같습니다. 베트남 사람들이 이곳에 올 리가 없지요."

"그렇겠군."

조철봉이 머리를 끄덕였다.

"그리고 여자들 공급도 원활하지 못하겠다. 수요가 아직 많지가 않을 테니까 말이야."

"한국인끼리 줄줄이 동서가 되는 거지요 뭐."

그때 방문이 열리더니 사장과 마담이 들어섰고 뒤를 여자 여섯 명이 따랐으므로 방안이 환해졌다.

"이쪽은 마담입니다. 한국인 2세니까 통역으로 이용하시지요."

사장이 소개하자 마담은 생긋 웃었다.

덧니가 귀염성 있게 내보였고 뽀얀 살결에 몸매도 날씬했다. 그리고 뒤쪽의 여섯 명도 모두 빼어난 미인들이다. 조철봉은 심호흡을 했다.

"저는 김안나입니다."

자신을 소개한 마담은 여섯 명의 아가씨들을 둘씩 나누더니 세 사람의 좌우에 앉게 했는데 미리 정해놓고 온 것 같았다. 일사불란하게 아가씨들이 셋의 좌우에 앉았을 때 방문이 열리면서 종업원들이 술과 안주를 들고 들어섰다. 조철봉은 좌우에 앉은 아가씨들을 한 명씩 찬찬히 훑어보았다.

왼쪽 아가씨는 시선이 마주쳤을 때 수줍은 듯 웃음을 띠었다. 긴 생머리가 어깨 밑으로 늘어진 데다 흰색 원피스 밑으로 보이는 맨다리가 늘씬했다. 오른쪽 아가씨는 그냥 새침한 옆얼굴만 보이고 있었어도 가장 미인이었다. 얼굴의 옆쪽 윤곽이 그림 같았고 안주를 나누는 손가락도 매끈했다.

"형님, 수준급인데요."

갑중이 환해진 얼굴로 조철봉을 보았다. 그의 양쪽에 앉은 아가씨들 또한 말 그대로 서울의 일급 룸살롱에 보내도 특급 판정을 받을 만했던 것이다. 조철봉이 마담을 보았다.

"푸눙 씨가 이곳에 자주 오나?"

"가끔요."

힐끔 푸눙에게 시선을 준 마담이 말을 이었다.

"한국 친구들이 많으시거든요."

"그런가?"

그때 푸눙이 베트남어로 마담에게 말했고 둘은 통통 튀는 억양으로 대화를 나눴다. 술은 한국산 양주였는데 이제는 외국의 룸살롱은 대부분 한국산을 내놓는다. 그것은 한국인 손님이 많기 때문이라기보다 국산 양주의 수준이 그만큼 향상되었기 때문일 것이다.

"드세요."

왼쪽의 아가씨가 한국어로 말하는 바람에 조철봉은 눈을 크게 떴다. 잔을 내밀고 있던 아가씨가 시선이 마주치자 생긋 웃었다.

"이름이 뭐야?"

술잔을 받은 조철봉이 묻자 아가씨는 마담을 보았고 마담이 대신 대답했다.

"걘 리나예요. 옆쪽 애는 수지고요."

"룸살롱용 이름이군."

"이름 만들어준 지 사흘밖에 되지 않았어요. 둘 다 진짜 처녀예요."

"아니, 그럼 나는?"

그 말을 들은 갑중이 정색하고 묻자 마담이 생긋 웃었다.

"오늘은 푸농 사장님의 특별 부탁으로 두 분 파트너는 모두 처녀입니다."

"이거 역사적인 날이군."

들뜬 갑중이 눈을 치켜떴을 때 조철봉은 시선을 돌렸다. 또다시 비위가 틀렸기 때문이다. 지금까지 한 번도 처녀, 비처녀를 가린 적이 없었고 따지고 보면 서경윤과도 처녀가 아닌 상태에서 만나 결혼을 했다.

처녀성이란 것은 여자 스스로가 그것의 가치를 부여하는 것으로 끝내야 되는 것이다. 처녀막을 파열시킨 것을 큰 업적이나 되는 것처럼 떠들었던 놈들치고 여자관계가 잘 풀리는 놈을 못 보았다. 제 마누라 처녀성을 의심했던 놈들치고 가정생활이 평탄한 놈이 없는 것과 같은 맥락이 될 것이다.

그런저런 이치로 보아서 조철봉은 꼭 사랑하는 남자에게 처녀막을 꼬막 까주는 것처럼 바쳐야만 한다는 사고에도 진저리를 내는 입장이었다. 한 걸음 더 나아가 본능이 움직일 때 자연스럽게 교접을 하고 여자는 당당하게 돌아서야 한다고 생각했다.

눈을 가늘게 든 조철봉이 양쪽에 앉은 리나와 수지를 번갈아 보았다. 하긴 한 번도 첫 꼬막을 까먹지는 못 했다. 그러나 싫다, 더욱이 돈을 내고 하기는.

룸살롱에서 나와 호텔방에 들어섰을 때는 열두 시가 다 되어 있었다. 푸농은 호텔방 앞까지 조철봉을 배웅했는데 마담인 김안나에다 리나와 수지까지 여자가 셋이 따라 나왔다. 그것은 조철봉이 안나가 통역으로 나와 주기를 부탁했기 때문이다. 갑중은 통역도 필요 없다는 듯이 아가

126

씨 둘과 함께 제 방으로 먼저 들어갔지만 호기를 부리면서도 긴장감이
엿보였다. 한꺼번에 꼬막 두 개를 따먹을 작정을 하니 긴장이 되었을 것
이다.

방에 들어선 리나와 수지는 소파에 나란히 앉았고 안나가 냉장고를
열어 마실 것을 꺼낸다든지 방안의 불을 켠다든지 하면서 혼자 왔다 갔
다 했다.

조철봉이 안쪽 침실에서 옷을 갈아입고 나왔을 때 리나와 수지는 그
대로 얌전히 앉아 있었지만 안나는 누군가에게 베트남어로 전화를 하
는 중이었다. 옆쪽 소파에 조철봉이 앉자 안나가 전화기를 내려놓았다.
안나는 31세로 십 년 전에 한국인 아버지를 만나 서울에서 팔 년을 살다
가 2년 전에 돌아왔다고 했다.

"얘들한테 이야기 잘 해놓았어요."

안나가 옆쪽에 앉은 리나와 수지를 눈으로 가리키며 말했다.

"계산은 푸농 사장님이 다 하셨거든요. 그러니까 사장님은 그냥."

"난 너한테 관심이 있는데."

조철봉이 정색하고 안나를 보았다.

"괜찮다면 얘들 보내고 네가 남아 있으면 어때? 얘들 눈치가 보인다
면 같이 나갔다가 네가 혼자 돌아오든지."

"안 돼요."

안나의 눈동자가 흔들렸다.

"얘들한테 손도 안 대시면 푸농 사장님한테 실례가 되거든요. 그리고
얘들도 충격이 클 것이고."

"했다고 하면 되지 않아? 그러면 오히려 얘들은 더 좋아할 텐데."

"애들은 순진해서 금방 표시가 나요. 푸농 사장님이 이것저것 물어볼 텐데."

"도대체 너하고 푸농 씨하고는 무슨 관계야?"

정색한 조철봉이 안나를 보았다.

"이건 보통 손님하고 마담하고의 관계가 아닌 것 같구먼그래. 애들까지 푸농 씨가 관리한다는 거야?"

"이건 비밀인데."

안나가 눈을 크게 뜨더니 침을 삼켰다.

"사장님한테는 말하지 말라고 했는데."

"입 다물고 있을 테니까 말해."

"푸농 사장님이 우리 룸살롱 주인입니다. 최 사장은 월급 사장이고요."

"그렇군."

조철봉이 천천히 머리를 끄덕였다.

"푸농 사장은 사업체를 몇 개나 소유하고 있지?"

"룸살롱이 세 개, 노래방이 다섯 개, 그리고 한국 식당이 두 개, 거기에다 여행사도 있어요."

"모두 한국하고 관련된 사업체로군."

"그렇지요."

그러고는 안나가 베트남어로 리나와 수지에게 말했다. 그러자 둘은 자리에서 일어나 안쪽의 침실로 들어갔다.

"뭐라고 한 거야?"

"씻고 편안 옷으로 갈아입으라고 했어요. 저도 있어 드릴 테니까 그냥 애들 데리고 주무세요."

안나가 웃음 띤 얼굴로 말했다.

"사장님 같은 분은 처음 만났어요. 처녀에다가 저런 미인들을 그냥 돌려보내려고 하시다니."

"대신 네가 있어야 한다고 했지 않아?"

"저도 남아 드린다니까요?"

그러고는 안나가 흰 이를 드러내고 웃었다.

"사장님 힘이 남아 있다면 일이 될지도 모르죠."

안나의 눈빛은 강했고 한동안 내려가지 않았다.

조철봉의 목표는 안나였지만 어쩌다 보니 여자 셋을 데리고 있게 된 셈이었는데 왠지 긴장이 되거나 초조해지지도 않았다. 그것은 첫째로 영계라고 선전해대는 리나와 수지에 대해서 성욕이 일어나지 않았기 때문일 것이다.

리나와 수지가 똑같이 헐렁하면서도 몸매가 그대로 드러나는 가운 차림으로 다시 나타났을 때도 조철봉은 소파에 느슨하게 앉아 별 감동 없는 시선으로 그들을 보았다. 샤워까지 하고 나온 두 영계는 맨얼굴에 맨발이었고 더 어려 보였다. 나이가 제대로 보인다는 말이 맞을 것이다. 리나는 18세, 수지는 19세였으니 한국에서 이 행태가 발각이 되었다가 는 패가망신을 면치 못할 것이다.

"어때요, 이쁘죠?"

리나와 수지가 앞쪽에 나란히 앉았을 때 안나가 웃음 띤 얼굴로 물었다. 눈을 조금 가늘게 뜬 것이 떠보는 듯한 시선이다.

"둘을 같이 데리고 침대로 가시든지 하나씩 부르시든지 마음대로 하세요. 우리는 여기서 기다리고 있을 테니까요."

"누구한테 배급 받나?"

입맛을 다신 조철봉이 정색하고 안나를 보았다. 지난번 중국에서 러시아 여자 두 명하고 섹스를 한 적이 있었지만 지금과는 경우가 다른 것이다.

"시간도 늦었으니까 애들한테 먼저 침실로 들어가 자라고 해."

조철봉이 결심한 듯 눈짓으로 리나와 수지를 가리키며 말했다.

"경험 없는 애들하고의 섹스는 몸만 축나게 할 뿐이라고. 나는 물개 수놈처럼 해댈 생각은 없어."

한동안 조철봉을 바라보던 안나가 베트남어로 말하자 두 아가씨는 다시 순순히 일어나 침실로 들어갔다. 조금도 찌푸리거나 당황하지도 않는 태도여서 조철봉의 가슴은 무거워졌다. 둘이 되었을 때 안나가 불쑥 물었다.

"저하고 먼저 하시겠어요?"

"억지로 서비스할 생각이라면 안 해도 돼, 나도 썩 내키지 않으니까."

"조금 흥분이 돼요."

안나가 셔츠 단추를 풀면서 조철봉을 정색하고 보았다.

"제가 기술은 없지만 섹스 맛은 조금 알거든요, 그럼 됐죠?"

"기술?"

쓴웃음을 지은 조철봉이 지그시 안나의 드러나는 몸매를 바라보며 말했다.

"넌 섹스에 기술이 필요하다고 생각하는 모양이군. 그렇지 않아."

셔츠를 벗은 안나가 브래지어를 풀자 아담한 젖가슴이 드러났다. 콩

알만 한 유두가 브래지어에 눌려 있다가 서서히 일어서는 것이 선명하게 보였다. 조철봉이 앉은 채로 바지와 팬티를 함께 벗어 내렸다. 그러자 우람한 철봉이 우뚝 솟아올랐다. 검붉은 철봉이 건들대며 일어섰으므로 스커트를 내리던 안나가 눈을 둥그렇게 떴다.

"어마, 좋네요."

조철봉의 경험에 의하면 성관계에서 시각적인 효과는 가장 먼저 일어나는 점화제 역할을 한다. 시각, 청각, 촉각, 미각, 후각의 오감 중에서 특별하게 오징어 맛을 즐긴다는 부류를 빼면 네 가지가 남을 것이고 화장실 안이냐, 또는 상여 나가는 소리가 들리느냐 등의 괴로운 선택을 할 경우가 아니라면 이 두 가지도 뒤로 미룰 수가 있을 것이다. 그러면 섹스 때 중요한 감각으로 시각과 촉각이 남는다. 물론 뇌에서 분출되는 성욕은 기본이다.

안나는 건들대는 철봉을 봄으로써 시각적인 효과는 충분히 이루어졌다. 스커트와 팬티를 서둘러 벗어 내린 안나의 몸은 약간 통통했지만 그것이 오히려 더 성적 매력이 풍겼다.

"어떻게 해요?"

안나가 알몸으로 선 채 그렇게 물은 것은 의도적이다. 알몸을 눈앞에 펼쳐놓고 그렇게 물었을 때, 설령 부도를 맞고 지명수배가 되었다고 하더라도 일단은 만사 제쳐 놓아야 정상적인 남자인 것이다. 조철봉은 씩 웃었다. 안나 또한 시각 효과를 의식하고 있는 것이다.

"어떤 자세를 좋아하니?"

조철봉이 철봉을 건들대며 묻는 것도 그런 맥락으로 봐도 될 것이다.

"전 정상위가 편해서 좋아요. 남자가 위에 있는 것 말이죠."

"네가 위에서 하는 건 어색한가?"

"그게 잘 컨트롤이 안 되더라고요."

"후배위는 어때? 내가 뒤에서 하는 것 말이야."

"그것도 좋아요. 하지만 섞어서 하는 게 더 나아요."

조철봉이 머리를 끄덕였다. 섹스에서 촉감으로 만지고 빠는 것만이 전희가 아닌 것이다. 조철봉의 경험에 의하면 눈으로 보면서 말만으로도 얼마든지 샘물을 솟아나게 해왔다.

"이리 와."

조철봉이 손을 뻗치자 안나가 살랑살랑 다가와 품에 안겼다. 젖가슴이 철렁거렸고 약간 볼록한 아랫배가 더욱 육감적이었다. 이미 조철봉도 알몸이 되어 있는 터라 안나는 소파에 앉아 있는 조철봉의 무릎 위에 앉은 셈이었다. 그래서 자연히 철봉이 아랫배에 닿게 되었는데 안나가 키득 웃었다.

"이거 어떻게 해요? 지금 넣어요?"

남자의 생리 구조상 이런 상황에서 당장에 넣고 싶지 않은 남자가 있다면 간첩이거나 우주인이다. 그러나 조철봉은 베트남에서의 첫 섹스를 나름대로 의미 있게 치르기로 마음먹었다. 그냥 넣고 발사하고 싶은 생각이 굴뚝같았지만 안나가 절정에 오르는 그 순간을 보며 남자로서의 성취감을 만끽하고 싶었던 것이다. 그냥 넣고 싸는 것은 짐승의 수컷이 할일이다. 만물의 영장인 인류의 남자는 여성 인류가 절정에 오르도록 할 책임이 있는 것이다.

조철봉은 먼저 손가락의 힘을 풀고 안나의 어깨에서부터 온몸을 가볍게 애무했다. 너무 가벼우면 간지러울 뿐이지 적당한 힘이 가해져야 하는 것이다. 특히 성감대인 젖꼭지나 무릎, 겨드랑이, 허벅지 안쪽과 샘에 대해서는 각별하게 강도에 신경을 써야만 한다. 조철봉의 손끝이 젖가슴의 젖꼭지를 가볍게 문질렀을 때 안나는 옅게 신음했다. 이미 숨 결은 더웠고 거칠어져 있었으며 두 팔은 조철봉의 목을 휘어감은 상태 다. 젖꼭지를 살금살금 문지르다 조철봉이 입안에 넣자 안나가 몸을 비 틀었다.

"아아, 좋아요. 어서."

이런 상황에서 여자의 말을 곧이곧대로 듣는 남자가 있다면 직장에 서 진급하는 데 상당히 어려움을 겪을 것이고 장사를 한다면 별로 이득 을 내지 못하는 스타일이다. 직장 생활이건 사업이건 모두 경쟁의 바탕 이 있어야 조직과 사회가 발전하며, 경쟁은 곧 협상과 주변 환경에 대한 전문 지식을 기본으로 갖춰야 제대로 되는 것이다. '어서 해줘요' 할 때 덥석 하는 것은 그만큼 사물에 대한 기본 지식을 갖추지 못했다는 것과 도 같다. 조철봉의 혀는 끈질기게 안나의 젖꼭지를 공략했다. 이럴 때 혀를 자주 굴리는 것은 혀만 아플 뿐이라는 것을 조철봉은 잘 안다. 가 끔 안나가 혀가 부딪쳐 주기를 간절히 기다릴 때 한 번씩 아주 감질이 나게 젖꼭지를 굴려줘야 더욱 효과적인 것이다. 마침내 안나가 조철봉 의 목을 감은 두 팔을 더욱 세게 조였다. 그러고는 소리치듯 말했다.

"아아, 죽겠어."

섹스의 과정을 단계적으로 분류해 보면 전통적인 보고서를 올리는 방식과 비슷하다. 요즘은 튀려고 또는 인터넷 세상으로 변했다고 먼저 결론부터 때려 충격을 주거나 주의를 집중시킨 다음 개요, 서론, 대책 등을 나열하는 경우도 있지만 대개 서론, 결론, 대책 등의 순서로 진행

된다. 즉 서론은 상황을 펼치는 단계이며 섹스에서는 분위기 조성과 전희의 과정이다. 그다음이 본격적인 결론의 과정으로 삽입과 절정에 이르기까지를 뜻하며 대책은 도망갈 대책이라면 과한 표현이고 사정하고 나서의 분위기 수습이 될 것이다.

따라서 튄다고 결론부터 때리는 방법은 섹스에 한하여 대단히 위험한 발상이다. 지금 안나는 서론의 끝부분에 와 있는 것으로 보였지만 조철봉은 서두르지 않았다. 여기에서부터 의지와 인내, 극기심을 발동시켜야 상대는 물론이고 자신도 쾌락의 극치에 도달할 수가 있는 것이다. 애무에도 극기가 필요하다. 조철봉은 안나를 소파 위에 눕힌 다음 혀끝으로 상반신을 훑어 내려갔다. 안나는 이미 전희만으로 기진한 상태여서 연방 신음을 토해내고 있었지만 애무를 음미하고 있는 것이 분명했다.

"어서 해줘요. 미치겠어."

몸부림을 치면서도 조철봉의 혀가 아랫배를 내려와 숲에 이르렀을 때 시키지 않았는데도 다리를 짝 벌렸다.

조철봉은 혀끝으로 안나의 샘 끝을 살짝 건드렸다. 그냥 정신없이 파묻고 퍼마시고 싶었지만 갈증을 참고 혀만 축인 것이다. 그러고는 감질이 나도록 2초에 한 번꼴로 샘을 건드렸다. 참는 만큼 되돌아오는 반응이 더 강해지는 것이다. 이것이 바로 섹스에 인내가 필요하다는 이유다. 그러나 그것의 한계는 스스로가 판단해야만 된다. 샘물을 떠먹은 지 5분쯤 지났을 때 안나의 몸은 마침내 극락으로 솟아올랐다. 안쪽 침실에서 두 영계가 분명히 듣고 있을 것임에도 불구하고 응접실이 떠나갈 듯한 신음을 토해내더니 온몸을 굳히고는 절정에 오른 것이다.

조철봉은 안나의 몸을 두 팔로 감아 안고는 여운을 즐기도록 혀와 손가락으로 애무를 계속했다. 안나의 몸은 이미 땀으로 흠뻑 젖어 있어서 불빛을 받아 번들거렸으며 입에서는 옅은 신음을 끊임없이 뱉어내고 있다. 조철봉은 안나의 몸이 다시 끓어오르기를 기다렸다. 여성의 성 구조는 오묘하다. 남성의 지극한 노력으로 계속해서 폭발할 수가 있는 것이다. 조철봉의 혀끝이 젖꼭지를 애무했을 때 안나의 몸은 다시 생기를 되찾고 반응했다. 늘어져 있던 두 다리가 구부러지더니 조철봉의 하반신을 조였고 입으로는 헐떡이며 말을 뱉어냈다.

"나, 죽여줘."

조철봉은 안나가 좋아한다는 정상위 자세로 상반신을 세웠다. 섹스의 과정에서 조철봉은 절정에 오르는 상대방을 보며 성취감과 함께 희열을 맛보아왔다. 그러나 접촉의 단계에서 오는 쾌감은 스스로 두 부분으로 나눠서 구분을 했다. 그 첫 번째가 처음 철봉을 넣을 때이며 두 번째는 대포를 발사할 때인 것이다. 따라서 철봉을 넣을 때의 쾌감을 더욱 만끽하려고 사전 운동이 더 정성스럽고 치밀해지는 것이다. 조철봉이 철봉을 안나의 샘 끝에 댔을 때 안나는 몸이 굳어지도록 긴장했다. 그리고 다음 순간 철봉이 아주 천천히 진입해 들어오자 수만 개의 신경 가닥가닥이 그것을 받아 느끼며 환호했고 조철봉도 그 반응을 함께 받으며 행복했다. 결론부터 뚝딱 때려서 넣는 방법으로는 도저히 맛볼 수가 없는 희열인 것이다.

김성산이 호치민시에 도착한 것은 다음 날 오후 6시경이었으니 연락을 받은 지 반나절 만이었다. 7, 8명의 수행원을 대동한 김성산은 같은 호텔에 여장을 풀자마자 조철봉의 방에서 마주앉았다.

"무슨 일입니까?"

김성산이 그렇게 물은 것은 조철봉이 사업관계로 상의할 일이 있다고만 했기 때문이다. 소파에는 김성산과 보좌관인 한재호, 그리고 조철봉과 최갑중이 둘러앉았다. 조철봉이 입을 열었다.

"내가 베트남에 중고차 판매 대리점 계약을 했는데 아무래도 대리인이 미덥지가 않습니다."

그러고는 조철봉이 푸농에 대한 이야기를 끝냈을 때 김성산은 쓴웃음을 지었다.

"아무래도 의심스럽습니다. 첫째 한국인 상대로 사업을 그렇게 벌여놓고 있으면서도 그것을 비밀로 한 것도 그렇고."

"계약은 했지만 중고차를 외상으로 보내지는 않았으니 아직 문제가 생긴 것은 아닙니다."

김성산의 시선을 받은 조철봉이 말을 이었다.

"그래서 내가 이 기회에 베트남에 아예 사업체를 설립할까 합니다만 물론 김 대표께서 동의하신다면 동업으로 말입니다."

"어떤 사업체 말씀이오?"

짐작하고 있었다는 듯이 김성산은 정색한 표정으로 물었다.

"버스와 화물차를 들여와서 운송회사를 설립하는 것이 장래성이 있을 것 같습니다."

"그렇군, 한국에서 중고 버스와 화물차를 들여와서 말이지요?"

"시장 조사부터 철저히 해야겠지만 대리인을 통해 사업을 하지는 않겠습니다."

"그럼 나도 참여하겠습니다."

김성산이 거침없이 말하더니 눈을 좁혀 뜨고 조철봉을 보았다.

"내가 베트남의 정부 고위층은 조금 압니다. 푸농의 영향력이 얼마나 크건 간에 그건 나한테 맡겨 주시고."

김성산은 조철봉이 베트남으로 자신을 부른 이유를 알고 있는 것이다. 외상으로 중고차를 수출하기로 계약을 했다가 파기시키게 되면 푸농은 어떤 방법으로 보복을 할지도 모르는 것이다.

그날 저녁, 조철봉은 마키의 안내로 갑중과 함께 시내의 한국 식당으로 들어섰다.

"어서 오십시오."

한국인 주인이 반갑게 그들을 맞았는데 마키가 잘 안다는 것이었다. 식사를 주문하고 났을 때 마키가 조심스러운 표정으로 조철봉을 보았다.

"이곳이 2세 아이들이 모이는 곳이지요. 물론 모두 30살이 넘어서 어른들이 되었지만요."

베트남 전쟁이 끝나고 미군이 철수한 것은 1974년이니 거의 30년 전인 것이다. 조철봉의 시선을 받은 마키가 말을 이었다.

"대부분은 희망을 버렸지만 아직도 미련을 갖고 있는 애들이 이곳 사장님을 통해서 한국에다 연락을 하고 있지요."

"2세가 몇 명이나 되나?"

조철봉이 묻자 마키가 머리를 기울였다.

"제가 알기로는 수백 명입니다. 하지만 이제 다 포기했고 이곳에 자주 오는 애들은 몇십 명뿐입니다."

그때 쟁반에 음식을 받쳐 들고 오던 주인이 마키의 말을 듣고는 목소리를 높였다.

"야, 시끄럽다. 손님 입맛 떨어지신다."

주인이 머리를 든 조철봉을 향해서는 빙긋 웃었다.

"그냥 재미로 들으십시오. 제 부모가 버린 자식들을 상관도 없는 남이 누가 나서주겠습니까? 전쟁 치르면 다 일어나는 일이지요."

식탁에 음식을 내려놓은 주인이 덧붙였다.

"그러니 차라리 듣지 않으시는 것이 낫습니다."

저녁 식사에 곁들여 한국에서 공수해 온 소주를 세 병째 마시고 났을 때 조철봉이 손짓으로 주방 앞에 서 있는 주인을 불렀다. 주인은 50대쯤으로 보였는데 둥근 얼굴에 머리가 거의 벗겨졌지만 혈색은 좋았다. 주인에게 앞쪽 자리를 권한 조철봉이 술잔을 내밀었다.

"마키한테서 좋은 일 많이 하신다고 들었습니다."

"나 혼자만이라도 흥분을 해줘야지요."

대뜸 말을 받은 주인이 술잔을 들고 빙긋 웃었다.

"그래야 애들한테 조금 한국 놈 체면이 설 것 아닙니까?"

"지금도 부모 찾는 2세들이 많습니까?"

"모두 아버지를 찾습니다. 애비가 와서 씨를 뿌리고 간 것이니까."

한 모금에 소주를 삼킨 주인이 조철봉에게 잔을 건넸다.

"그런데 그 애비가 모두 한국에 처자식이 있단 말씀이야. 간혹 가족이 이해를 하고 받아들이는 경우도 있지만 모른 척하는 것이 신상에 이롭지."

주인이 흘끗 식당 구석에 서 있는 여종업원에게 시선을 주었다.

"저 애는 제 아비를 찾았는데 가족이 반대해서 국적도 취득하지 못하고 돌아왔습니다. 오히려 찾지 못했을 때가 더 나았지. 그때는 희망이라도 있었으니까."

조철봉이 여종업원을 보았다. 가는 몸매에 얼굴색이 창백한 여자였는데 조철봉의 시선을 받더니 서둘러 외면했다. 주인이 말을 이었다.

"도대체 국적이 뭐가 대단하다고 절차가 그렇게 까다로운지 모르겠단 말이야. 아버지가 한국인이고 그 자식이라는 것이 확인만 되면 국적을 주면 되지 않소? 가족의 동의를 받아서 호적에 올리는 지랄을 떨어야 하도록 만들었으니 말이야."

"그 말씀도 일리가 있지만."

잠자코 있던 갑중이 나섰다.

"그건 정부 쪽에서도 할 말이 무지 많을 겁니다. 절차가 간단해지면 이놈 저놈이 아비라면서 돈을 받고 국적을 받아주는 사기꾼들이 생겨날 테니까요, 그래서."

갑중이 헛기침을 했다.

"내가 베트남의 2세라면 한국 신문에다 광고를 내겠습니다. 우리 어머니한테 씨를 뿌린 놈이 김 아무개이고 내가 그 자식이오, 하고. 그리고 사진이 있다면 사진까지 신문에 내는 겁니다."

주인이 눈만 끔벅였고 갑중의 말이 이어졌다.

"아예 매장을 시켜버리는 것이지요. 제 자식을 수십 년 동안 내팽개치고 모른 척하는 놈은 얼굴을 들고 나다니지 못하게 하는 겁니다."

"신문광고를 낼 돈이 있어야지."

정색하고 듣던 주인이 어깨를 늘어뜨렸다.

"그리고 어디 그렇게까지 할 수가 있습니까? 그렇게 되면 막판인데."

"내가 아마 베트남에 사업체를 설립하게 될 겁니다."

조철봉이 입을 열자 주인이 긴장한 듯 몸을 굳혔다.

"어떤 사업체 말씀입니까?"

"확정되었을 때 말씀드리지요."

정색한 조철봉이 말을 이었다.

"그때에는 우선적으로 베트남 2세들을 채용하겠습니다. 여기 있는 마키가 연락을 맡을 겁니다."

"그렇게 해 주신다면."

주인이 머리를 끄덕여 보였지만 크게 감동한 것 같지는 않았다. 아마 여러 사람이 이런 식으로 말을 해놓고는 소식을 끊었을 것이었다. 식당을 나왔을 때는 밤 10시가 되어가고 있었다.

"어디 가서 한잔 더 하실까요?"

갑중이 조철봉의 눈치를 보며 물었다. 갑자기 술 생각이 나는 모양이었다.

"딘 푸농이 전직 당 간부였다는 건 맞습니다. 당에서 문화 사업에 관계된 일을 했더군."

다음 날 아침에 호텔 식당에서 뷔페식 식사를 하며 김성산이 말했다. 포크를 내려놓은 성산이 웃음 띤 얼굴로 조철봉을 보았다.

"하지만 부패 혐의를 받고 체포되었다가 당에서 쫓겨나는 것으로 마무리가 되었습니다. 그러고는 사업가로 변신한 것이지."

"그렇군요."

조철봉이 커다랗게 머리를 끄덕였다. 푸농의 전력을 알게 된 것보다 성산의 빠른 정보에 놀란 것이다. 이것은 정부 고위층과 인연이 없으면 얻지 못하는 정보였다. 성산이 말을 이었다.

"푸농은 한국인 사기꾼인 브로커와 결탁해서 한국인 남자 1백여 명을 베트남 여자와 결혼시킨 사건으로 조사를 받고 있습니다. 모두 한국인이 한 짓이라고 미루고 있는 중이오."

"어떻게 했다는 겁니까?"

"룸살롱 종업원들을 한국인 결혼 신청자에게 소개시켜 주고 수수료를 양쪽에서 받았소. 푸농은 순진한 베트남 여자들을 모아 공급하는 역할을 한 겁니다. 사건의 주동 인물이지."

그러고는 성산이 빙긋 웃었다.

"푸농이 로비를 할 작정이겠지만 아마 어려울 겁니다. 내가 고위층으로부터 곧 구속시키겠다는 언질을 받았단 말입니다."

"그렇군요."

이것으로 목안에 박힌 가시처럼 꺼림칙한 존재였던 푸농은 성산의 하루 행보로 해결이 되었다. 조철봉의 시선을 받은 성산이 말을 이었다.

"그리고 고위층으로부터 운송 사업에 대한 적극적인 협조를 약속받았습니다. 베트남에 꼭 필요한 사업이라는 겁니다."

"그렇다면 시장 조사가 끝나는 대로 결정을 하십시다."

"반씩 투자하는 겁니다."

성산이 웃음 띤 얼굴로 말을 이었다.

"나는 이미 결정을 했소. 베트남 사업에 투자를 하는 것으로 말이오."

“푸농이 구속된다면 푸농의 사업체는 문을 닫게 될 겁니다.”

정색한 조철봉이 성산을 보았다.

“대량으로 실업자가 발생할 것이고, 그렇지 않습니까?”

“푸농의 사업체까지 인수하자는 말입니까?”

얼굴을 굳힌 성산이 조철봉과 시선을 마주쳤다. 그러더니 천천히 머리를 끄덕였다.

“그렇군. 우리가 건전한 방법으로 관리를 하는 것이 베트남을 위해서도 도움이 되겠군.”

“어차피 유흥 사업은 존재해야 될 테니까요.”

향락 사업이라고 말할 뻔했던 조철봉은 겨우 유흥으로 말을 바꿨다. 성산이 거부감을 느낄 것 같았기 때문이다.

“어쨌든 조 사장의 수단은 놀랍소. 어느 사이에 베트남까지 개척해서 나를 끌어 들이다니.”

성산이 밝은 표정으로 말했다.

“우리가 뭉치면 천하무적이오. 그렇지 않습니까?”

“대표님 덕분입니다.”

조철봉의 표정도 밝아졌다.

“제가 베트남에 혼자 있었다면 아마 푸농한테 당하게 되었을 테니까요.”

그것은 사실이다. 같은 공산주의 맥을 지녔던 북한과 베트남의 인연이 없었다면, 그리고 성산의 경륜과 인간관계가 없었다면 조철봉은 쫓겨났을 것이다.

식사를 마치고 방으로 돌아온 조철봉이 막 소파에 앉았을 때 전화벨이 울렸다. 조철봉이 전화기를 귀에 붙이자 수화기에서 굵은 사내의 목소리가 흘러나왔다.

"조 사장님? 저 이용배올시다. 기억나십니까?"

조철봉이 라운지로 내려갔을 때 이용배는 얼굴을 활짝 펴고 반겼다. 그가 방 번호를 알아내는 것은 일도 아니었을 것이다.

"바쁘실 텐데 만나주셔서 고맙습니다."

앞쪽에 앉은 조철봉에게 용배가 정중하게 인사부터 했다. 오늘은 한국인들이 보이지 않았고 용배 혼자였다.

"무슨 일입니까?"

조철봉이 묻자 용배는 금방 정색했다. 얼굴 표정의 변화가 빠르다.

"제가 듣기로는 사장님께서 베트남에 사업체를 설립하실 예정이라던데요. 맞습니까?"

"그래서요?"

"제가 베트남에서 거주한 지 올해로 10년째가 됩니다. 그래서 사장님께 드릴 말씀이."

"뭡니까?"

"아직은 베트남의 조건이 성숙되지 않았습니다. 그래서 조언을 해드리려고."

조철봉이 잠자코 용배를 보았다. 사기꾼이라고 다 긍정적이며 낙관적인 미래를 펼쳐 보이는 것이 아니다. 한 단계 더 발전해서 오히려 가로막고 부정적으로 표현하여 상대방에게 신뢰감을 심어주려는 작전도 있는 것이다. 조철봉의 표정을 살핀 용배가 말을 이었다.

"같은 한국인이라 말씀을 드리는 겁니다만 특히 합작투자는 삼가시는 것이 낫습니다. 실패한 사례가 수도 없이 많거든요."

"그래요?"

"아직 기업에 대한 마인드가 형성되지 않은 겁니다."

근래에 너나없이 마인드라는 표현을 잘 쓴다. 그래서 외상값 시비를 할 때도 마인드라는 단어가 튀어나오고 토론장에 나온 장관이나 교수들도 마찬가지다. 조철봉의 시선을 받은 용배가 말을 이었다.

"제가 푸눙 씨를 조금 알지요. 사장님은 푸눙 씨와 합작하실 계획 아니십니까?"

푸눙이 자주 호텔에 들렀으니 용배가 알아내는 것은 쉬운 일이었을 것이다. 그러나 조철봉은 푸눙의 이름이 거론되자 정색했다. 푸눙에 대한 용배의 평가가 궁금했던 것이다.

"그것이 어쨌단 말입니까?"

"푸눙 씨는 한국인 여러 명하고 사업을 했지요. 하지만."

주위를 둘러보는 시늉을 한 용배가 목소리를 낮췄다.

"모두 뒤가 좋지 않았습니다. 그중 한 사람은 부도가 나서 회사를 정리했다고 들었습니다."

"그래요?"

놀란 듯 조철봉이 눈을 크게 뜨자 용배의 말에 생기가 돌았다.

"같은 한국인이니까 말씀드리는 겁니다. 푸눙은 영향력이 막강해서 돈을 떼이면 하소연할 수도 없습니다."

조철봉의 굳어진 표정을 살핀 용배가 입맛을 다셨다.

"일이 어디까지 진행되었는지 모르지만 재고해 보시지요. 제가 선의로 말씀드리는 것이니까 오해하지 마십시오.”

“알겠습니다.”

머리를 끄덕인 조철봉이 용배를 보았다.

“호의 고맙습니다.”

“천만에요. 동포로서 당연한 일이지요.”

“그런데 사업은 잘 되십니까?”

그렇게 묻자 용배의 눈동자가 조금 흔들렸다. 용배는 마키와 조철봉의 관계도 알고 있는 것이다.

“솔직히 뚜쟁이 노릇을 하는 겁니다만.”

쓴웃음을 지은 용배가 힐끗 조철봉을 보았다.

“필요악이지요. 제가 아니라면 다른 사람이 나섰을 테니까요. 따라서 얼마나 성실하고 정직하게 해주느냐가 관건입니다.”

이만하면 상당한 수준이다. 조철봉은 다시 천천히 머리를 끄덕였다.

이용배와 딘 푸농은 경쟁관계인 것이다. 여행사와 룸살롱 등 한국인을 상대로 같은 업종의 일을 하는 터라 서로 손님을 뺏고 뺏겨 왔는지도 모른다.

그날 밤 조철봉은 김성산과 함께 용배가 경영하는 룸살롱에 들어섰다. 푸농이 오후에 찾아와 다시 초대를 했지만 선약이 있다면서 용배에게 간 것이다.

미리 연락을 받은 터라 용배는 제 말마따나 특급 아가씨들을 대기시켜 놓고 있었는데 푸농의 가게보다 나으면 나았지 못하지는 않았다. 가게의 시설도 훌륭했고 마담은 한국어가 유창한 베트남인이었다. 용배도 푸농처럼 각각의 옆에 아가씨를 둘씩 앉히려고 했지만 조철봉은 한 명씩을 골랐다.

모두 빼어난 미인들이었기는 하나 둘씩 셋씩 앉히는 것은 팁값을 받게 하려는 의도보다도 용배의 능력을 과시하려는 처사로만 보였기 때문이다. 그러나 성산은 여자들의 미모에 감탄사를 연발했다. 그로서는 베트남에서 룸살롱을 처음 와본 것이다.

"이정도 수준이면 중국보다 낫소."

옆에 앉은 아가씨를 훑어본 성산이 조철봉에게 말했다.

"남방계 미인을 내가 처음 만나는구나."

성산의 옆에 앉은 아가씨는 검은 눈동자에 갸름한 얼굴형에 늘씬했고 조금 볕에 탄 듯한 피부는 윤기가 났다. 조철봉의 옆에 앉은 아가씨도 비슷한 체형에 아오자이 차림도 같았다. 용배가 각별하게 신경을 썼을 것이었다. 둘의 기색을 살핀 용배가 만족한 표정으로 방을 나갔을 때 성산이 마담에게 물었다.

"이 집에는 아가씨가 몇 명이나 있나?"

"백 명쯤 있습니다."

하니라는 이름의 마담이 대답했다. 물론 하니는 가게용 이름일 것이다.

"하지만 손님이 많으면 2백 명도 모을 수가 있지요."

"그렇군, 대기하는 아가씨들이 있단 말이지?"

이미 조철봉으로부터 용배에 대한 이야기를 들은 터라 성산이 태연하게 머리를 끄덕였다.

"물론 손님들은 모두 한국인이겠지?"

"그렇습니다."

"하루에 손님들이 몇 명이나 오나?"

"휴가철에는 방 15개가 다 찹니다. 지금은 반쯤 찼습니다."

성산이 힐끔 조철봉을 보았다. 중국의 K-TV는 이제 중국인 손님이 3할 이상이 되었다. 그러나 베트남은 아직 모두가 한국인인 것이다. 조철봉이 혼잣소리처럼 말했다.

"모두 열심히 사는 것이지요. 이곳으로 오는 사람들이나 사업하는 사람들이나 말씀입니다."

성산의 시선을 받은 조철봉이 빙긋 웃었다.

"그리고 돈이 한국인들 사이에서만 오가고 있다면 그런대로 넘어갈 만합니다."

그러자 성산이 빙긋 웃었다.

"그것은 북남이 포함되는 거요?"

"그래야겠지요."

"다른 곳으로 빠져나가면 안 되겠군."

눈을 가늘게 뜬 성산이 조철봉을 보았다.

"더구나 사기를 당해서 말씀이오."

푸농을 말하는 것이다. 그날 밤, 가게 견학의 명분으로 들렀지만 조철봉과 성산은 취하도록 마셨다. 베트남에서의 사업이 시작되는 것이다. 남북한 합작 사업으로 먼저 버스회사와 함께 화물수송 회사를 설립할 예정이었고 관광사업도 병행할 예정이었다. 그리고 한국인의, 한국인을 위한, 한국인에 의한 룸살롱을 베트남에서 운영할 것이었다. 하지만 물론 룸살롱의 궁극적인 목표는 세계화이다. 밤 11시가 되었을 때 조철봉은 성산과 함께 룸살롱을 나왔다. 그러나 오늘은 아가씨를 동행하지 않았다. 용배의 호의를 받을 기분이 아니었기 때문이다.

3. 순정

"제 여동생입니다."

마키가 옆에 선 아가씨를 가리키며 말했지만 조철봉의 시선은 이미 검은 눈동자에 빨려들은 듯 고정되어 있었다.

호텔의 로비 한복판이다. 한낮이어서 주위로 사람들이 스치고 지나 갔지만 조철봉과 마키, 그리고 마키의 여동생이 차지한 반 평도 안 되는 공간에서는 모든 것이 정지되어 있는 것 같았다. 모두 숨도 죽이고 시선 도 고정되어 있다. 조철봉과 마키의 여동생은 서로 마주보았고 마키는 조철봉에게 시선을 박고 있다.

조철봉의 코끝에 옅은 풀 향기가 맡아진 것은 옆을 스치고 지나간 사 람이 바람을 일으켜 여동생의 향기를 전달해 주었기 때문이다. 개울가 에 핀 풀잎 같다. 조철봉의 머릿속에 안개가 깔린 개울가가 떠올랐고 물 기에 젖은 풀잎이 보였다. 신선했다. 그때 정적을 견디지 못한 마키가 말을 이었다.

"이름은 수엔입니다. 사장님께 인사를 드리겠다고 해서 잠깐 인사만

드리게 하려고.”

“잘 왔어.”

머리를 끄덕이며 대답했던 조철봉은 자신의 목소리가 메말라 있는 것을 깨닫고는 헛기침을 했다.

“그런데 쳐다보기만 하고 아직 인사도 하지 않는구나.”

그때 수엔의 얼굴이 순식간에 달아올랐다. 약간 갈색의 피부가 진해지면서 눈 밑은 더 짙어졌다.

“고맙습니다, 사장님. 열심히 일하겠습니다.”

또렷한 목소리였고 한국어 발음도 정확했다. 그리고 말끝이 메아리처럼 울려서 가늘게 사라진다. 수엔은 조철봉과 김성산이 설립하게 될 회사의 임시 직원으로 고용된 것이다. 아직 회사 이름도 정하지 않았지만 시내에 임차해놓은 사무실에서 오빠인 마키와 함께 일하게 되었다. 조철봉이 라운지로 향해 발을 떼면서 시계를 보았다. 성산과 만나기로 했지만 아직 여유가 있다.

“나하고 차나 한잔하지.”

라운지에서 탁자를 사이에 두고 마주앉았을 때 조철봉은 수엔의 얼굴을 이제는 차분하게 보았다. 수엔은 스물둘이다. 지난번 마키에게서 들은 내막이 있는 터라 수엔의 얼굴에 덮인 그늘도 이해가 된다기보다 어울렸다. 한국인을 동경했던 수엔은 결국 한국 남자와 결혼을 하기로 마음먹고 이용배를 찾아갔다가 몸만 버리게 되었던 것이다. 네 명의 남자와 동침해서 2백 불을 받았다고 했다.

“수엔, 지금부터 너는 내 비서다.”

조철봉이 불쑥 말했을 때 수엔은 물론이고 마키까지 눈을 둥그렇게 떴다. 수엔은 초급대학을 나왔기 때문에 영어회화도 가능하다고는 했지만 비서로 임명될 줄은 예상하지도 못한 것이다. 둘의 시선을 받은 조철봉이 빙긋 웃었다.

"내가 영어가 서툴러, 그래서 여러 가지로 불편해서 그래."

"사장님, 감사합니다."

수엔 대신으로 마키가 먼저 앉은 채로 머리를 숙여 인사를 했다.

"수엔은 영리하고 눈치가 빠른 편입니다. 아무쪼록 잘 지도해 주십시오."

그러자 수엔이 잠자코 머리를 숙여 보였으므로 조철봉은 의자에 등을 붙였다. 그러자 또 풀 향기가 맡아졌다. 바람도 일어나지 않았는데 풍겨 나온 것이다.

"곧 한국에서 회사 설립 때문에 여러 명이 오게 될 거야."

조철봉이 말을 이었다.

"나도 호텔 생활만 할 수 없으니까 주택을 구입해야 될 것이고, 김 사장도 마찬가지야."

조철봉의 시선이 다시 수엔에게로 옮아갔다. 수엔에게는 아름답다는 표현이 맞지 않는다. 그 표현은 너무 단순하다.

조철봉의 시선을 받은 수엔의 가슴은 다시 세차게 뛰었다. 처음 조철봉의 시선이 와 닿았을 때도 그랬다. 왠지 서늘하고 으슥하면서 그 눈빛이 겉옷을 뚫고 속옷까지 벗겨내고는 맨살에 닿는 느낌을 받았던 것이다. 그래서 피부에 조금 소름 같은 것이 일어나다가 곧 달아올랐다.

그러나 결코 기분이 나쁘지 않았다. 오히려 그 시선을 오래 잡아두고 싶은 충동이 일어났기 때문에 부끄러워졌다. 처음 느끼는 기분이었고 남자의 눈빛이었던 것이다. 갑자기 비서로 임명한다는 말을 들었을 때 당황했지만 놀라지는 않았다. 그때 조철봉이 주머니에서 지갑을 꺼내더니 지폐를 세어 수엔 앞에 내려놓았다.

"이건 경비로 써. 1천 불이다."

수엔과 마키가 눈만 크게 떴을 때 조철봉이 말을 이었다.

"수엔이 내가 숙소로 사용할 주택을 알아보도록 해. 시내에 위치하지 않아도 좋으니까 공기 맑고 주위 환경이 좋은 곳으로, 조금 넓어도 좋아. 직원들하고 회식도 하고 회의도 해야 될 테니까."

열심히 듣던 수엔과 마키가 서로의 얼굴을 돌아보았을 때 조철봉이 턱으로 탁자 위의 지폐를 가리켰다.

"회사 업무로 주는 경비야. 받아라."

"받겠습니다."

대신 대답한 마키가 수엔의 팔을 가볍게 건드렸다. 받아 넣으라는 것이다. 수엔이 주춤대며 지폐를 받아 넣었을 때 조철봉이 자리에서 일어섰다. 성산과 로비에서 만나기로 한 것이다. 조철봉의 돈에 관한 처신은 자본주의에서 파생된 철저한 거래 관계라고 정의해도 좋을 것이다. 자본주의는 쉽게 말해서 능력 있는 사람이 능력만큼 돈을 벌고 그만큼 대접을 받는다는 것이다.

그래서 자본주의는 치열한 경쟁을 낳고 그 경쟁 속에서 물질의 질과 능력의 수준이 진보하게 되는 것이다. 따라서 조철봉은 확실한 대접을 받기 위한 방법으로 먼저 선수를 써왔다. 그 일환으로 팁은 항상 먼저 주었으며 그 수준도 후했다. 그러고는 그 팁만큼의 서비스를 기대한 것이다.

물론 팁은 봉사료로 나중에 주는 것이 상식으로 되어 있지만 바쁜 데다 혼탁한 세상이어서 팁도 안 주고 도망가는 놈들이 많았기 때문에 조철봉의 방법은 시기에 적절했다. 이번에 수엔에게 1천 불을 건네준 것도 같은 맥락으로 봐도 될 것이다. 로비에서는 성산이 기다리고 있었는데 표정이 밝았다.

"푸눙이 조금 전에 구속되었소."

다가선 조철봉에게 그가 웃음 띤 얼굴로 말했다.

"그리고 어젯밤에 만났던 이 사장 말이오. 그자도 경찰에 연행되었소."

조철봉의 시선을 받은 성산이 눈을 가늘게 떴다.

"사기 결혼 혐의에다 불법 사업 혐의가 있으니 무사하지 못할 거요."

이용배에 대해서는 조철봉이 낱낱이 말해준 것이다. 이로써 눈앞의 경쟁자였던 푸눙과 이용배는 단번에 제거되었다. 그리고 그들이 운영하던 거대한 사업체들이 허공에 뜬 상태가 되어 있는 것이다.

"서둘러야겠습니다."

조철봉이 활기 띤 얼굴로 성산을 보았다.

"모두 김 대표님 덕분입니다."

"나는 행동대 역할일 뿐이지. 중국에서나 이곳에서나."

성산이 쓴 웃음을 지었다.

"머리 역할은 조 사장이오."

준비는 하고 있었으므로 조철봉과 성산은 서둘러 호텔을 나왔다. 각기 푸눙과 이용배의 빈 사업장에 들러 현황을 파악하고 구체적인 계획을 진행시켜야 되는 것이다. 이것은 무혈입성하는 점령군이나 같다.

다음 날 오후 2시가 되었을 때 한국에 다녀온 최갑중이 방으로 들어섰다. 갑중은 회사 설립에 필요한 인력을 대동하고 온 것이다. 이미 호치민시에는 10여 명의 직원이 와 있는 터라 회의는 오후 6시까지 계속되었고 각기 업무가 맡겨졌다.

버스회사와 운송회사의 명칭은 코리아 버스와 코리아 운송으로 등록이 되었는데 그야말로 일사불란한 진행이었다. 한 달쯤 후에 100대의 버스와 50대의 화물차가 도착하면 1주일간의 정비를 끝내고 즉시 운행이 될 것이다. 회의를 끝내고 한식당에서 성산이 데려온 북한 측 직원까지 20여 명이 모여 식사를 할 때 주인이 조철봉의 앞으로 주춤대며 다가와 섰다.

"사장님, 이렇게 빨리 사업체를 설립하실 줄은 몰랐습니다."

"그렇습니까?"

조철봉이 빙긋 웃었다. 주인은 지난번 조철봉이 베트남 2세들을 우선적으로 채용한다고 했을 적에 무덤덤했다. 그런 약속을 한 사람이 많았기 때문인지도 모른다. 주인이 뒷머리를 만지며 불안한 표정으로 조철봉을 보았다.

"마키한테서 이야기를 들었습니다, 그래서."

"2세 중에서 입사 지원자는 몇 명이나 됩니까?"

"그것이."

침을 삼킨 주인이 정색했다.

"현재까지 117명입니다만 자꾸 늘어나고 있어서."

"이삼십 명뿐이라고 하시더니."

"소문이 금방 퍼져 나가서 발을 끊고 있던 애들까지 몰려왔습니다."

조철봉이 머리를 돌려 옆에 앉은 성산을 보았다. 궁금한 듯 눈만 크게 뜨고 있는 성산에게 상황을 말해주었을 때 성산이 빙그레 웃었다.

"그거야 조 사장님이 알아서 하셔야지. 이곳에도 2세가 꽤 있다는 말은 들었습니다."

조철봉이 주인에게로 머리를 돌렸다.

"그럼 마키에게 이력서를 주십시오."

"그런데."

주인이 이번에는 에어컨이 세어서 덥지도 않은데 손등으로 이마의 땀을 닦았다.

"전혀 한국어를 모르는 놈이 대부분입니다. 그냥 아버지가 한국인이라는 것뿐입니다. 그리고 교육도 제대로 받지 못해서 학력도 형편이 없고요."

"상관없습니다. 적당한 일이 없으면 버스 안내원이라도 맡게 하지요."

"그, 그렇게만 해주신다면."

심호흡을 한 주인이 허리를 꺾고 절을 했다.

"제가, 아니 한국사람 체면이 섭니다. 사장님, 고맙습니다."

"아니, 인사를 하실 필요까지는."

조철봉이 쓴웃음을 지었다.

"혼자 고생 많이 하신 것 같습니다."

그러자 주인이 이번에는 손등으로 눈을 씻었다.

"그놈들이 불쌍해서요, 순진한 놈들이라."

이제는 성산도 마음이 움직인 듯 커다랗게 머리를 끄덕였다.

"동무는, 아니 선생은 훌륭한 일을 하시고 계신 거요. 우리가 자주 이

식당을 이용하겠습니다."

"아닙니다."

주인이 세게 머리를 저었다.

"오늘은 제가 내겠습니다. 제가 쓰도록 해주셔야 가슴이 풀립니다."

그러나 조철봉은 마키를 시켜 한사코 사양하는 주인에게 계산을 했다. 호텔로 돌아오는 차 안에서 갑중이 불쑥 머리를 돌려 뒷좌석의 조철봉을 보았다. 차 안에는 베트남인 운전사와 그들 둘뿐이다.

"참, 마키의 아버지를 찾았습니다. 그 작자는 지금 안산의 아파트에서 경비를 서고 있던데요. 처자식과 헤어져서 말입니다."

최갑중이 말을 이었다.

"5년 전에 실직하고 나서 이혼을 했는데 지금 월세방에서 혼자 살고 있습니다. 보증을 섰다가 재산을 다 날리고 거지 신세가 되었더군요."

조철봉의 눈치를 살핀 갑중이 물었다.

"마키한테 말해주실 겁니까?"

"내가 결정할 테니까 넌 내색도 하지 마라."

정색한 조철봉이 다짐한 듯 말하고는 쓴웃음을 지었다.

"마키는 제 아버지가 한국에서 부자로 잘 산다고 생각하도록 놔두자."

근래에 들어서 노소(老少)간은 물론이고 부모 자식 간의 간격이 급격히 허물어졌다. 조철봉은 50대 중반이었던 숙부가 세 살 위였던 부친 앞에서 담배를 피우지 못하고 마당으로 나와 연기를 내뿜는 것을 보면서 자랐지만 세태에는 잘 적응했다.

마키는 한국으로 떠난 후에 인연을 끊은 아버지를 원망했고 증오까지 했겠지만 지금의 처지를 안다면 다시 갈등할 것이었다. 끝까지 마키에게 아버지가 업(業)처럼 붙어 괴롭히게 할 수는 없는 것이다.

　호텔로 돌아왔을 때는 오후 5시가 되어 있었고 로비에서 기다리던 수엔이 다가왔다. 수엔은 진주색 투피스 차림이었는데 이제는 똑바로 조철봉에게 시선을 주었고 얼굴에도 생기가 돌고 있다.

　"사장님, 저택을 두 군데 알아보고 왔는데요."

　또렷한 목소리로 수엔이 말을 이었다.

　"보시고 결정을 해주셔야겠습니다."

　"좋아, 바로 결정을 하지."

　조철봉이 부드러운 시선으로 수엔을 보았다. 갑중이 제 방으로 갔으므로 조철봉은 수엔과 둘이서 방으로 들어섰다. 수엔은 조철봉이 기거할 저택을 알아본 것이다. 비서로 채용된 지 이틀밖에 되지 않지만 수엔은 영리한 데다 의욕적이었다.

　직장이나 사회생활에서 의욕은 가장 기본적인 요소이다. 능력이나 성실성, 끈기 등은 의욕의 바탕이 있어야 더욱 개발되는 것이다. 수엔은 과일을 한 바구니 들고 왔는데 탁자 위에 놓더니 곧 어지럽힌 응접실을 정리했다. 룸서비스는 응접실 한쪽의 회의용 테이블 위는 손대지 않기 때문이다. 서류를 정돈하면서 수엔이 맑은 목소리로 말했다.

　"한 곳은 시내에서 조금 떨어졌지만 호숫가의 저택입니다. 2층 건물에다 방이 10개나 되고 회의실과 연회실까지 있는데 호숫가가 내려다보이고 정원에 풀장까지 있습니다."

　침실에서 옷을 갈아입으면서 조철봉은 수엔의 말을 들었다. 수엔의 말이 이어졌다.

"베트남 시절의 장관 저택인데 아직 깨끗합니다. 내부 단장만 하면 곧 옮겨가실 수 있습니다. 하지만."

"하지만 뭐야?"

조철봉이 묻자 수엔이 대답했다.

"가격이 높습니다. 미화로 25만 불이나 달라고 합니다."

"또 한 곳은?"

"시내 변두리의 저택인데 숲속에 있었고 2층 건물입니다. 방이 6개에 응접실도 컸습니다. 가격도 6만 불 정도여서 호숫가 저택보다는 훨씬 낮습니다."

"그럼 호숫가 저택으로 하지."

바지와 셔츠를 갈아입은 조철봉이 응접실로 나오면서 말했다. 소파에 앉은 조철봉이 수엔을 보았다. 테이블을 치운 수엔이 눈을 크게 뜨고 시선을 받았다.

"호숫가 저택을 말입니까?"

"수엔이 보기에 그곳이 마음에 들던가?"

"아름다운 저택이었습니다."

수엔이 눈을 반짝이며 말했다.

"정원에는 오리들도 있었어요. 호숫가에는 저택용 보트도 매여 있고요."

"보트까지?"

조철봉이 눈을 둥그렇게 떠보이자 수엔이 한 걸음 다가와 섰다. 생기가 더해진 수엔의 얼굴은 환하게 펴져 있었다.

"관리인은 모터만 수리하면 된다고 했어요. 10인승인데 배 안에 주방과 침실도 있다고 했습니다."

"호수가 넓은가?"

"넓습니다. 경치도 좋고요."

"저택을 구입하면 고용인도 있어야겠지?"

"네, 그것은."

그것까지는 생각하지 못한 수엔이 입을 다물었을 때 조철봉은 머리를 끄덕였다.

"그 일은 마키하고 상의하기로 하지."

"그럼 오빠한테 말하겠습니다."

"수고했어. 그럼 오늘은 그만 돌아가."

조철봉이 말했을 때 수엔은 다소곳이 머리를 숙여 보이더니 방을 나갔다. 방문이 닫히고 혼자가 되자 조철봉은 심호흡을 했다. 마키로부터 과거 사건을 들은 터라 수엔에 대한 처신이 저도 모르게 신중해져 있기는 했다. 보상을 해줘야겠다는 심리가 작용했는지도 모른다.

수엔의 맑은 한편으로 그늘이 졌던 분위기가 눈에 띄게 밝으며 생기 있게 변해가고 있는 것이 신기하면서도 기뻤다. 보람이 있다는 표현도 맞을 것이다. 지금까지 여자는 성적인 상대로만 취급했으며 주고받는다는 거래 관계라면서 자족해온 조철봉이다.

그러나 수엔은 예외의 경우가 되었다. 처음 본 순간부터 전혀 성적 연상이 일어나지 않았으며 앞으로의 계획도 없는 것이다. 조철봉은 손을 뻗쳐 수엔이 가져온 바구니에서 사과 한 개를 집었다. 그러고는 껍질째 베어 먹으면서 문득 시선을 들어 탁자 한복판을 보았다.

그곳에 룸 메이드가 가져다 놓은 작은 화병에 장미 한 송이가 꽂혀 있었다. 붉은색 장미는 아직 봉오리가 단단해서 잎이 다 펴지지 않았다. 수엔이다. 장미를 보면서 조철봉은 와삭하며 사과를 씹어 삼켰다. 꽃을 지켜보는 즐거움도 갖기로 하자. 그리고 애틋한 기대감을 받는 분위기도 누려보도록 할 것이다. 사기꾼의 성공 여부는 분수를 아는 것에 달려 있는 것이다.

그것은 장사꾼이나 정치인들을 막론하고 같은 이치이다. 제 분수에 맞지 않는 욕심을 부리면 실패한다. 굴러들어온 떡이라고 그냥 삼키면 꼭 탈이 나게 되는 것이다. 조철봉은 다 먹은 사과를 구석의 휴지통을 향해 던졌지만 빗나갔다. 물론 이 감정이 얼마나 오래 지속될지 예측할 수는 없다. 상황은 변하기 마련이고 또한 이쪽 위주로 되는 것도 아니니까.

그때 문에서 벨 소리가 났으므로 조철봉은 생각에서 깨어났다. 문으로 다가간 조철봉이 문을 열었을 때 하니가 서 있었다. 하니는 이용배가 사장인 룸살롱의 마담이다. 시선이 마주치자 하니는 어색하게 웃었는데 긴장하고 있는 것이 역력히 드러났다.

"들어와."

조철봉이 비켜서며 말했다. 하니는 갑중의 연락을 받고 온 것이다. 방으로 들어선 하니에게 자리를 권한 조철봉이 앞쪽 소파에 앉았다. 지금쯤 갑중은 푸눙 가게의 마담인 안나를 만나고 있을 것이었다.

"놀랐지?"

조철봉이 짧게 묻자 하니는 잠자코 머리만 끄덕였다. 이용배가 체포되어 연행된 것을 말하는 것이다. 조철봉이 눈을 가늘게 뜨고 하니를 보았다. 하니는 이용배의 정부 노릇을 했을 것이었다. 이만한 미모에다 몸매를 가진 여자를 이용배가 가만두었을 리가 없다. 조철봉이 입을 열었다.

"나도 놀랐어. 그렇게 성실한 이 사장이 체포되었다는 말을 듣고 말이야. 그래서 한국대사관에도 연락을 해놓았어."

거짓말을 할 때면 조철봉의 표정은 진실해진다.

"정말 이럴 수가 있나 그래? 도대체 이 사장이 체포된 이유가 구체적으로 뭐야?"

눈을 치켜뜬 조철봉이 묻자 하니가 먼저 길게 숨을 뱉었다. 하니는 조철봉의 격앙된 분위기에 조금도 자극을 받지 않았다. 그것은 상당히 회의적이라는 증거나 같았으므로 조철봉의 가슴은 느긋해졌다.

"심각해요."

그러고는 하니가 머리부터 저었다.

"결혼 사기, 윤락 행위, 탈세, 불법 영업, 감금에다 밀수까지 있어요, 그래서."

"아니, 이 사장이 그랬단 말이야?"

놀란 듯 조철봉이 눈을 크게 떴다. 이것은 김성산의 재빠른 활약에 놀랐다고 해야 맞는 말이 될 것이다. 그러자 하니가 이번에는 머리를 끄덕였다.

"예, 그렇습니다."

"그럼 큰일 났군."

"아마 감옥에 갈 거예요."

차분해진 표정으로 말한 하니가 시선을 들어 조철봉을 보았다.

"최 전무님이 말씀하셨어요, 사장님이 도와주실 것이라고."

최갑중을 말하는 것이다. 하니가 말을 이었다.

"사장님이 발이 넓으시니까 어떻게든 해주실 것이라고 하셨어요, 그래서."

"그것 참."

입맛을 다신 조철봉이 소파에 등을 붙였다.

이용배와 푸농이 빠진 사업체는 모두 도산될 것이었다. 사업장 대부분은 영업 정지를 맞고 자금 유통은 박살이 날 것이며 종업원은 흩어진다. 그것이 도산하는 회사의 전형적인 모습이다. 돈 줄 놈은 시치미를 떼고 잠적하며 받을 놈들만 악을 쓰고 설쳐대는 상황이 오면 제갈공명도 감당을 못 하게 되는 것이다.

"먼저 이 사장의 사업 규모를 알아야 되겠는데, 사업체가 여럿이니까 말이야."

조철봉이 걱정스러운 표정으로 하니를 보았다.

"하니는 다 모를 것 아닌가?"

"제가 다 압니다. 자금 상황도 다 알고 장부도 제가 갖고 있습니다."

정색한 하니가 말을 이었다.

"이 사장님이 모든 일을 저하고 상의하셨거든요. 동업자로 있는 후안 씨는 아무것도 모릅니다."

예상했던 대로 하니는 이용배와 내연의 관계였고 내막을 꿰고 있는 것이다. 따라서 갑자기 이용배가 구속되자 사업체에 대한 애착보다도 욕심이 일어난 것은 당연했다. 이용배의 사업체들은 외형으로만 보아도 모두 흑자를 내고 있는 것이다. 조철봉이 머리를 끄덕였다.

"먼저 사업장들이 다시 영업을 시작하는 것이 중요하겠지?"

"그렇습니다. 사장님은 이번에 운수 사업체를 설립하시면서 정부 고위층의 신임을 받게 되었다고 들었습니다."

하니가 강한 눈빛으로 조철봉을 보았다.

"영업 정지가 풀리지 않으면 상호와 동업자를 바꿔서 시작하면 됩니다."

바로 조철봉의 계획인 것이다. 하니의 시선을 받은 조철봉은 희미하게 웃었다. 이미 하니는 이용배에 대한 미련이나 의리는 눈곱만큼도 보이지 않았다. 상호와 동업자까지 바꿔 다시 시작하면 이용배는 속수무책이 될 것이었다. 사업장에 대해 어떤 주장도 할 수 없게 된다.

"그것이 가능할까?"

이맛살을 찌푸려 보인 조철봉이 물었을 때 하니가 정색했다.

"이미 이 사장님은 끝났습니다. 사장님이 나서시면 이 사장님의 사업장을 모두 인수하게 되실 겁니다. 제가 적극 협조해 드리면 그것은 가능합니다."

이제 하니의 진면목이 드러났다. 조철봉이 예상했던 수준 이상이다. 그것은 이용배가 하니에게 너무 의지했다는 말도 되었으므로 조철봉의 가슴은 조금 착잡해졌다.

머리를 끄덕인 조철봉이 하니를 보았다.

"그렇다면 조건이 있을 텐데."

조철봉이 정색했다.

"솔직하게 말해 줘. 날 도와주는 대가로 원하는 것이 뭐야?"

"룸살롱을 제가 운영하게 해주세요."

하니도 정색하고 조철봉을 보았다.

"그리고 이익금의 30퍼센트를 갖게 해주세요."

"지금도 넣지 않고 30퍼센트는 너무 많은데."

"사장님이 이 사장의 사업체를 절반 가격으로 인수하도록 해드리겠습니다. 제가 이 사장한테서 승낙을 받아낼 테니까요."

눈에 생기를 띤 하니의 목소리가 높아졌다.

"감옥에서 몇 년을 살지 모를 상황이라 이 사장은 다급해져 있을 테니까요. 이 사장은 제 말은 믿습니다."

"그렇겠군."

"제가 면회를 가서 책임지고 반값에 모든 권리를 인계해 오겠습니다."

"그렇게만 해준다면."

조철봉이 천천히 머리를 끄덕였다.

"룸살롱 운영을 맡길 만하군, 30퍼센트 이익금과 함께 말이야."

"열심히 하겠습니다."

금방 얼굴이 환해진 하니가 조철봉을 보았다. 사람의 시선에 대하여 오만 가지 표현이 다 있지만 분위기가 무르익었을 때 남녀 간의 눈만큼 교감을 강하게 전달하는 도구도 없을 것이다. 그것은 텔레파시라기보다 뇌에서 분출되는 에너지를 서로 느끼고 그것을 입 외의 유일한 수단인 눈을 통해 전달한다고 조철봉은 믿었다. 지금 하니의 눈이 그렇게 말하고 있었다.

"자, 분위기는 다 되었으니 확실하게 매듭을 지으세요. 내가 움직일 수 있도록 손가락 하나만이라도 까닥여 주기만 하면 됩니다."

이른바 모티브(motive)로써 행동으로 옮겨갈 동기를 제공하라는 말인데 조철봉은 그런 쓸데없는 단어는 외우지 않았다. 대신 지긋한 시선으로 하니를 보면서 눈으로 이렇게는 말해 주었다.

"너는 섹시하구나. 너를 벗기고 깔아뭉개고 싶어서 온몸이 욱신거린다. 정말 참기 힘들구나."

그러자 하니가 손바닥으로 얼굴에다 부채를 부치는 시늉을 하면서 블라우스의 위쪽 단추 하나를 풀었다.

"덥군요."

"응, 덥구나."

조철봉이 덩달아서 머리를 끄덕여 보였을 때 마침내 하니가 자리에서 일어섰다.

"저, 샤워를 해도 될까요?"

"응?"

놀란 듯 조철봉이 눈을 크게 떴을 때 하니가 달아오른 얼굴로 웃었다.

"저하고 섹스하고 싶지 않으세요?"

조철봉의 시선을 잡은 하니가 블라우스 단추를 마저 풀고는 벗었다. 그러자 브래지어 차림의 상반신이 드러났다. 아담한 젖가슴 밑으로 매끈한 아랫배의 곡선이 육감적이다.

"그것도 계약 조건에 들어가 있나?"

정색한 조철봉이 묻자 하니가 다가섰다. 그러고는 코앞에서 스커트의 지퍼를 내리더니 발밑으로 흘려내렸다.

"그렇습니다."

하니가 정색하고 말했다. 이제 흰색 팬티에 가린 하체가 눈앞 10센티에 떠 있었으므로 조철봉은 숨이 막히는 느낌이었다. 이런 상황은 아주 드물었던 것이다. 대담하다. 마치 월맹군의 구정 공세처럼 기습적이며 당당하다. 이쪽이 수동적인 자세를 보인 건 조금 의식적이었는데 하니는 리듬을 깨지 않고 연속적인 공세를 퍼붓는 것이다.

"제가 사장님의 여자가 되어야 해요. 그래야 정상입니다."

하니가 조철봉의 머리를 두 손으로 감싸고는 하체를 바로 얼굴에 붙였다.

가끔 조철봉은 성을 대단한 상품이자 무기인 줄로 과신하는 여자를 만날 때가 있었다. 나이트나 카바레를 자주 출입하는 여자들한테서 주로 발견되는 현상인데 시쳇말로 제 분수도 모르고 나댈 만한 환경이기는 했다. 하니의 샘에 코가 박힌 급박한 상황임에도 불구하고 조철봉이 문득 그런 생각을 떠올린 것은 지금도 그런 분위기임을 느끼고 있었기 때문이다.

하니는 지금 카바레에서 얼굴을 치켜들고 앉아 있는 그런 부류 중의 하나 꼴이었다. 분위기는 어둡고 성적인 기운으로 덮여 있다. 자주 출입하는 터라 여자는 남자들이 궁극적으로 무엇을 목표로 삼고 있는지를 훤하게 안다. 또한 조명발에 자신의 얼굴이 잘 먹히고 있는 줄도 알며 39,800원을 주고 블라우스를 3벌 사서 그중 밝은 색으로 골라 입고 왔지만 398,000원짜리로 보이도록 품위 있는 표정을 하고 있다.

사내들은 곧 온갖 허세와 서비스를 제공하며 접근해 올 것이었다. 그러고는 지난 대선 때 저는 오무현을 찍었더라도 여자가 임회창을 칭찬하면 서슴없이 맞장구를 쳐주어야 길이 열린다. 자기가 청와대에 들어갈 것도 아닌 터에 카바레에서 반론을 제기하는 부류라면 이 험한 세상에 제 길 찾아가기 힘들 것이다.

그렇게 버릇 들여진 여자들이 자신의 성을 대단하게 여기고 있다가 큰코다치게 되는 것이다. 코가 뭉개지는 가장 흔한 예가 카바레나 나이트에서 만난 신사와의 재회 장면이다. 더욱이 일을 한 번 치르고 난 경우에는 더 그렇다. 노련한 부류라도 가끔 그런 실수를 하게 되는 것은 그만큼 신사의 처신(?)이 훌륭했기 때문이겠으나 그만큼 충격도 크다는 것을 알아야 된다.

그런 신사일수록 잔혹하기 때문이다. 각설하고 하니는 남자의 유혹에 익숙해져 있었으며 나중은 몰라도 첫 단계에서 한 번도 비우호적인 대접을 받지 않았을 가능성이 많았다. 그만큼 하니는 세련된 용모에 몸매를 유지하고 있는 데다 처신이 능란했다. 더욱이 먼저 접근하여 하체를 코에다 박아주는 상황에 이르러서야 어느 시러베아들 놈이 아서라 말아라 하겠는가?

조철봉은 손을 뻗쳐 코앞의 하니 팬티를 당겨 내렸다. 그러자 짙고 검은 숲에 쌓인 붉은 샘이 환하게 펼쳐졌으므로 조철봉은 숨을 삼켰다.

"저, 씻을 필요 없어요."

하니가 샘을 바짝 조철봉의 얼굴에 붙였으므로 다시 코에 닿았다.

"씻고 왔거든요."

조철봉은 대답 대신 혀를 내밀어 하니의 샘 끝에 대었다. 그러자 하니가 주춤 엉덩이를 물렸다가 다시 내밀었다. 조철봉의 어깨를 쥔 손에 힘이 실렸다.

"날 죽여줘요, 자기야."

하니가 앓는 소리처럼 말했을 때 조철봉은 샘을 향해 쓴웃음을 지었다. 그러나 말은 다르게 표현되었다.

"비유리풀."

외국인 여자와 침실에 있을 적에 비유리풀과 굿 두 단어로 대충 불편 없이 긴긴밤을 지내온 조철봉이다. 조철봉이 감탄한 듯 말하자 한국어 보다 영어에 더 익숙한 듯 하니가 다시 앓는 소리를 내며 하체를 비벼 왔다.

"허니, 알라뷰."

역사는 승자의 기록이다. 패즉역적이며 승즉군왕인 것이다. 우리가 해방이 되지 않았다면 아직도 친일사관으로 역사를 배우고 있을 것이 분명하다. 어젯밤까지 이용배의 품에 안겨서 알라뷰를 하고 있던 하니 를 비난할 수만은 없는 것이다. 조철봉의 혀는 하니의 샘이 젖어가고 있 다는 것을 감지했다. 하니는 하니대로 현재에 충실한 것이다.

승부감도 필요 없다. 하니를 소파 위로 밀어 눕히면서 조철봉은 생각 했다. 셔츠와 바지를 벗어 던지는 동안 하니는 두 다리를 벌린 채로 누 워 있었는데 조금도 은밀한 곳을 가리려는 몸짓을 하지 않았다. 하니의 알몸은 마른 것 같으면서도 충실했다. 볕에 탄 듯한 피부는 윤기가 흘렀 으며 허벅지는 알맞게 단단했고 젖가슴과 엉덩이는 볼륨이 풍부했다. 금방 알몸이 된 조철봉은 하니의 몸 위로 상반신을 붙였다.

"허니."

하니가 또 허니라고 불렀다.

"세게 해줘요."

아마 이 단어들은 이용배나 한국인들한테 배웠을 것이었다. 실제로 세게 해주는 것을 좋아한다기보다 이용배가 발사 시간을 늦추기 위하 여 생각도 없이 묻고 자시고할 적에 외워두었을 가능성이 많다. 잠자코 배 위에 오른 조철봉은 넉넉한 마음으로 하니의 샘에 철봉을 넣었다. 빠르고 늦고 할 것도 없이 아주 자연스럽게 철봉이 집 안으로 들어간 것이다.

"아야야!"

하니가 비명을 질렀는데 다분히 의식적이었다. 샘은 아직 충분히 차오르지 않았지만 미끈하게 입장했기 때문이다.

"아아, 아파 죽겠어."

조철봉의 목을 두 팔로 감아 안은 하니가 다시 비명처럼 소리쳤다. 그 순간 조철봉은 저도 모르게 입맛을 다셨다. 하니와의 섹스는 다분히 통과 의례의 성격을 띠고 있었던 것이다. 우선 몸을 섞음으로써 하니를 안심시키고 동업자로서의 유대감을 심어주려는 의도뿐이다. 그러나 계속되는 하니의 연극적 행동에 짜증이 일어났고 그나마 일어났던 성욕이 반감되었다. 조철봉은 진퇴 운동을 잠시 늦추고는 상반신을 일으켰다. 그러자 신음을 토해내던 하니가 눈을 떴다.

"바꿔?"

체위를 바꿀 것이냐고 묻는 것이다. 조철봉은 하니의 눈을 내려다보고는 천천히 머리를 저었다. 그 순간 문득 하니가 가엾다는 생각이 든 것이다. 하니의 행동은 모두 이용배에 의하여 단련되었다고 봐야 한다. 아마 체위를 바꿀 적에 이용배는 바꿔, 한 마디로 길을 들인 모양이었다.

"비유리풀."

머리를 저은 조철봉이 다시 그렇게만 말했다. 그러고는 생각을 바꿨다. 하니에게 정성을 들여 섹스를 해주기로 마음을 먹은 것이다. 진퇴의 운동에도 오만 가지 사연(?)이 있다. 상하좌우 운동을 삼삼칠 박수처럼 횟수를 매기는 비법이 구전으로 전해지기도 하지만 다 헛것이다. 오묘한 샘 안의 무궁무진한 변화를 무시하고 짝짝짝, 짝짝짝, 하고 횟수만 세면서 지랄하는 자신을 생각해보라. 얼마나 건조하며 얼마나 불쌍한가. 기법은 다 잊어야 한다.

그리고 오로지 봉사와 헌신의 자세로 적응해야 한다. 진퇴 운동 하나만으로도 오만 가지 변화를 몰고 올 수가 있는 것이다. 강약과 속도, 그리고 깊이 조절에다 아래쪽의 적극적인 반응까지 더해지면 그것만으로도 충분하다. 조철봉은 몰두했다.

철봉에 샘 표면의 미세한 근육 움직임까지 감지되고 있는 것을 보면 하니도 몰두하고 있다는 것을 알 수 있었다. 이제는 인내와 극기까지 필요한 시간이 되었다. 동굴 속의 빈 라덴은 진즉 약효가 떨어졌다. 한국 정치는 정치면을 안 본 지가 오래되어서 그것도 써먹을 수 없다.

"아, 아, 아!"

하니가 이제는 제대로 된 비명을 질렀는데 전혀 가식적이 아니었다. 본연의 하니로 돌아온 것이다. 그때 문득 조철봉은 수엔의 얼굴을 떠올렸다. 그 순간 저절로 심호흡이 되었고 발사 카운트가 늦춰졌다.

하니의 적극적인 활동으로 조철봉은 이용배의 사업장 모두를 반도 안 되는 헐값으로 인수할 수 있었으며 도산한 푸농의 사업장 중에서도 룸살롱과 식당을 인수했다. 조철봉식 인수합병을 한 것이다.

따라서 조철봉과 김성산의 남북 합작 회사는 여행사와 식당 2개, 룸살롱 2개를 소유하게 되었고 곧 버스회사와 화물수송회사도 가동될 것이었다. 한 달도 안 된 사이에 일어난 일이었다. 버스와 트럭이 도착하려면 보름쯤 시간이 있었으므로 조철봉은 베트남의 일은 성산에게 맡기고 귀국했다.

중국에 이어 베트남에도 사업장이 뻗어나간 것이다. 서울의 오성자동차로 출근한 날 아침, 조철봉은 두 명의 방문객을 맞았다. 예약도 없이 찾아온 두 사내는 곧 사장실에서 조철봉과 마주앉았는데 그중 한 명은 낯이 익었다. 지난번 방문했던 사내였고 50대쯤으로 보이는 다른 사내는 초면이었다.

"갑자기 찾아와서 미안합니다. 미리 연락도 드리지 못했습니다."

먼저 낯익은 사내가 정중하게 말했지만 눈을 똑바로 뜨고 있는 것을 보면 전혀 그런 분위기는 아니었다. 사내가 옆에 앉은 사내를 조심스럽게 손으로 가리켰다.

"여기 홍 사장님은 대북관계를 맡고 계시는 제 상관이십니다."

그러자 나이든 사내가 얼굴을 펴고 부드럽게 웃었다. 단정한 용모에 웃음 띤 얼굴이 호감이 가는 사내였다. 정부의 대북관계 사업을 맡고 있다는 말이었다. 그러나 어떤 부처라고도 말하지 않았고 명함도 주지 않아서 홍이라는 성도 가짜일 가능성이 컸다. 그때 홍 사장이라고 소개된 사내가 입을 열었다.

"베트남에서도 크게 사업을 벌이고 계시더군요. 조 사장님 수완이 놀랍습니다."

"아닙니다. 도와주시는 분이 계셔서."

조철봉이 정색하고 홍 사장을 보았다.

"잘 아시겠지만 김성산 씨가 적극 도와주고 계시거든요."

“조 사장님은 남북경협 사업의 모범 사례라고도 할 수 있습니다.”

홍 사장도 정색하고 말을 이었다.

“저희들은 물론이고 북한 측에서도 예의주시하고 있을 것입니다.”

“이거 칭찬을 들으니 거북해지는데요.”

조철봉이 쓴웃음을 지었으나 홍 사장은 더 정색하고 상체를 앞으로 기울였다.

“그래서 말씀인데 저희들이 도와드렸으면 해서요. 애로 사항이 있으면 말씀해 주시지요.”

그러자 조철봉은 저도 모르게 심호흡을 했다. 가슴이 뛰었으므로 턱을 치켜들고는 부러 눈을 크게 떴다. 인생에서 기회가 세 번 온다는 말이 있지만 그것도 다 헛말이다. 노력하는 자에게는 기회가 자주 오는 법이다. 조철봉이 가볍게 헛기침을 하고는 입을 열었다.

“자금이 부족합니다. 자금 여력만 더 있으면 북한 측과 더 크게 사업을 벌일 수가 있겠는데요.”

“그렇습니까?”

힐끗 옆자리의 사내와 눈을 맞춘 홍 사장이 다시 조철봉을 보았다.

“얼마나 필요하십니까?”

“1000억 원 정도.”

조철봉이 정색하고 말을 이었다.

“중국의 사업장을 확장하고 싶습니다.”

“으음.”

낮게 신음한 홍 사장이 조철봉을 응시한 채 서너 번 눈을 껌벅였다. 그러고는 무겁게 입을 떼었다.

"검토를 해보지요. 그런데 조건이 있습니다."

이번에는 조철봉이 눈을 껌벅였고 다시 홍 사장의 말이 이어졌다.

"우리 측 관계자를 조 사장님 측근에 채용해 주셔야겠습니다. 가능하겠지요?"

감시자인 것이다. 그러고 나서 회사를 관리하고 감독하는 역할이 될 것이었다. 회사의 자금 전반에 대한 흐름이 낱낱이 파악될 것이며 자신의 일거수일투족도 다 보고가 될 것이다. 그때 조철봉의 눈치를 살핀 홍 사장이 입을 열었다.

"경영에는 관계하지 않겠습니다. 다만 남북관계에 대한 자문 역할을 할 뿐이니까요. 자금 운용에 대해서도 일절 상관하지 않겠습니다."

그러고는 홍 사장이 빙그레 웃었다.

"서로 상부상조하는 겁니다. 조 사장님은 우리의 자금과 배경을 이용하시고 우리는 조 사장님을 이용하여 보다 적극적인 대북관계 개선을 할 수가 있겠지요."

"물론 북한 측에는 비밀로 해야겠지요?"

"당연하지요."

홍 사장이 다시 정색했다.

"비밀로 해두는 것이 서로를 위해서도 좋지 않겠습니까?"

조철봉은 소파에 등을 붙이고는 홍 사장을 보았다. 애로 사항이 있느냐고 물었던 것은 결국 관계자를 이쪽에 박아 두려는 미끼였던 것이다. 자금 1000억 원이 필요하다고 말한 것은 덥석 미끼를 문 셈이 되었다. 이윽고 조철봉이 입을 열었다.

"만일 김성산 씨가 알게 된다면 문제가 될 수가 있습니다. 공작을 한다고 생각할 테니까요."

"각별히 주의하도록 하지요."

홍 사장이 끄덕이며 말했다.

"신경쓰시지 않아도 될 겁니다."

"회사 운영에 대한 간섭은 받지 않겠습니다."

"물론입니다."

"합작사업단의 상무로 채용을 하지요."

"그럼 됐습니다."

얼굴을 펴고 웃은 홍 사장이 조철봉에게 손을 내밀었다.

"말씀하신 자금은 잘 될 겁니다. 그럼 곧 다시 뵙기로 하고."

홍 사장 일행이 돌아갔을 때 조철봉은 먼저 최갑중부터 불러들였다. 베트남에서 같이 귀국한 갑중은 실버타운에 가 있었는데 호출한 지 한 시간도 안 되어 달려왔다. 회사 규모가 커지면서 중역급도 여러 명 발탁이 되었지만 갑중은 심복이었다. 조철봉이 심중을 털어놓는 유일한 인물이다. 갑중은 조철봉으로부터 홍 사장과의 대담 내용을 듣더니 대뜸 말했다.

"잘 됐지 않습니까? 든든한 배경이 생긴 데다 1000억 원이란 엄청난 자금까지 굴러 들어오게 했으니까 말입니다."

"내 사기 행각이 낱낱이 드러난단 말이다. 약점을 잡히면 결국 끌려다니게 된다."

조철봉이 갑중을 흘겨보았다.

"내가 언제 국가를 위해서 봉사한 적이 있더냐? 김성산을 끌어들인 것도 중국 사업에 이용하기 위해서였단 말이야."

"어쨌든 결론은 그렇게 되지 않았습니까? 형님은 남북 간 경제교류의 선봉 역할을 하고 계신 셈이니까요."

"이 자식이 문자 많이 늘었네."

"사람은 다 제 의자에 맞는 처신을 하게 되는 거죠. 뇌에 이상이 없다면 말입니다."

그러고는 갑중이 히죽 웃었다.

"형님은 이제 날개까지 단 셈입니다. 감시자라고 생각하지 마세요."

조철봉이 눈을 치켜떴으나 갑중은 말을 이었다.

"이대로 나가면 형님은 훈장을 받게 될 지도 모릅니다. 또 누가 압니까? 북한에서 형님한테 장관하라고 할지."

"시끄러워."

했지만 조철봉의 얼굴도 조금 펴졌다.

갑중을 부른 건 이런 분위기를 기대했기 때문인지도 모른다. 이미 결정한 일을 번복할 수는 없기 때문이다.

오후 7시가 되었을 때 조철봉은 아파트의 현관으로 들어섰다. 엘리베이터를 타고 12층 복도에 내려선 조철봉은 어깨를 폈다. 한 손에 꽤 무거운 경주용 자동차를 들고 있었는데 모터가 달린 데다 리모컨으로 조종하는 비싼 장난감이다. 영일이에게 줄 선물이다.

아파트의 벨을 누르자 서경윤이 곧 문을 열고 맞았다. 힐끗 시선을 주었던 서경윤은 옆으로 비켜서서 들어오라는 시늉을 했지만 입을 열지는 않았다. 얼굴도 굳어져 있다.

"영일아, 경주용 자동차다."

소파에 앉아 있던 영일이 조철봉을 보자 눈을 크게 떴지만 곧 서경윤의 눈치를 보더니 주춤했다. 그러나 서둘러 다가와 자동차를 가로채었다.

"리모컨 작동법을 듣지도 않고 가면 어떻게 해, 이놈아."

영일의 뒤에 대고 말했던 조철봉이 입맛을 다셨다. 그러고는 혼잣소리로 말했다.

"하긴 작동법 설명서가 있으니까 이따 누가 읽고 설명해주면 되겠지."

영일이 방으로 들어가 버렸으므로 조철봉은 소파에 앉았다. 그러고는 어느새 주방에서 이쪽에 등을 보인 채 그릇을 씻고 있는 서경윤에게 말했다.

"이리 와, 할 이야기가 있어."

그러자 물소리는 그쳤지만 서경윤은 몸을 돌리지 않았다. 조철봉은 저도 모르게 어금니를 물고는 서경윤의 뒷모습을 보았다. 온다고 전화를 했기 때문인지 서경윤은 말끔한 분홍색 원피스 차림이었다. 미끈한 종아리에 시선이 닿았을 때 조철봉은 심호흡을 했다.

한 달 가까운 기간 동안 서경윤은 이종학을 일곱 번 만났으며 최근의 두 번은 같이 여관으로 들어갔다. 지난번에 단단히 혼이 난 터라 아파트로 끌어들이지는 않은 것이다.

갑중이 고용한 부하는 둘이 여관방에 머문 시간을 분 단위까지 재어서 보고해온 것이다.

"아무래도 내가 말이야."

헛기침을 한 조철봉이 말을 이었다.

"만날 사업한답시고 돌아다니기만 하고 또 천성이 진실성이 없어서 가장 노릇에 자신이 없어."

조철봉이 소리 내어 한숨을 쉬었다.

"비싼 장난감이나 사다 준다고 애비 노릇을 하는 것이 아냐. 내가 잘 알아."

서경윤은 이제 가만히 서 있었지만 아직도 몸을 돌리지 않았다. 조철봉이 말을 이었다.

"영일이한테는 아버지가 필요해. 아침저녁으로 만날 수 있는 아버지가. 그래서 말인데."

다시 어금니를 물었다가 푼 조철봉이 서경윤의 엉덩이를 노려보았다. 그러나 목소리는 부드러웠다.

"당신 전남편 말이야, 이종학이. 그 친구가 석방되고 나서 요즘은 사업을 다시 일으켰다고 하던데."

그때 서경윤의 얼굴이 절반쯤 이쪽으로 돌려졌다가 다시 제자리로 돌아갔다. 조철봉이 말을 이었다.

"수단이 좋은 놈이야. 그만하면 영일이 고생 안 시키고 애비 노릇을 할 수 있을 것 같은데, 당신 생각은 어때?"

그러고는 조철봉이 다시 크게 한숨을 뱉었다.

"한 달에 한 번 정도만 내가 영일이를 볼 수 있게 해준다면 둘이 다시 결합해도 좋다고 생각하는데, 잘 생각해봐."

자리에서 일어선 조철봉이 다시 서경윤의 엉덩이를 노려보고는 현관으로 다가갔다. 구두를 신고 문을 열고 밖으로 나와서 문을 닫는 동안 서경윤은 그림자도 보이지 않았다. 복도에 선 조철봉은 심호흡을 했다.

그러고는 이를 악물었다가 풀었다.

"이런 쳐죽일 년."

잇새로 말한 조철봉은 발을 떼었다.

"어서 오십쇼."

현관 앞에 서 있던 웨이터 한 명이 허리를 꺾어 절을 했다.

"아시는 웨이터 있으십니까?"

"없어."

"알겠습니다."

반색을 한 웨이터가 조철봉의 앞장을 섰다.

"제가 모시겠습니다."

저녁 8시가 조금 넘은 시간이었지만 주차장에는 차가 가득 차 있었고 현관 앞에는 손님들이 득실거렸다. 돈텔파파는 물이 좋다는 소문이 나 있었지만 조철봉은 오늘 밤이 처음이었다. 그리고 나이트에 혼자 들어온 경우도 처음이다. 서경윤의 아파트에서 나와 곧장 이곳으로 온 것이다. 갈 곳이야 얼마든지 있었고 지금이라도 전화만 하면 달려올 작자들이 열 명도 넘었지만 오늘 밤은 어울릴 기분이 아니었다.

그렇다고 혼자서 청승을 떨기도 싫었기 때문이다. 지하의 홀은 이미 빈자리가 드물었으므로 조철봉은 구석 쪽 테이블에 겨우 자리를 잡았다. 웨이터는 보조와 웨이터의 두 등급으로 나눠져 있는데 주의해서 보면 웨이터의 수준도 차이가 난다. 잘 나가는 웨이터는 수입도 엄청나서 룸살롱의 마담처럼 픽업의 대상이 되는 것이다. 조철봉의 담당이 된 웨이터는 중량급이 아니었다. 구석 쪽 빈자리를 얻어 내면서도 눈치를 보는 것만 봐도 그렇다.

"술은 뭘로 하실까요?"

명찰에 홍길동이라고 쓰인 웨이터가 묻자 조철봉은 뱉듯이 말했다.

"양주."

"양주도 여러 종류가 있습니다만."

"아무거나."

그러자 홍길동이 난감한 표정을 지었다. 양주도 10만 원대에서 50만 원이 넘는 종류까지 있는 것이다. 때로는 백만 단위의 양주를 찾는 고급 파도 있다. 그때 지나가던 웨이터 하나가 멈춰서더니 소리쳐 반겼다.

"아니, 조 사장님 아니십니까?"

조철봉이 자주 가던 나이트클럽의 웨이터였다. 그도 이곳으로 옮아 온 것이다. 흘끗 홍길동에게 시선을 준 웨이터가 다가와 섰다.

"혼자 오셨습니까?"

"그래, 자네를 찾아 왔는데 이름이 생각나야 말이지, 그래서."

그러고는 조철봉이 홍길동을 보았다.

"미안해. 이 친구가 전에 다니던 곳에서부터 내 담당이었어."

"알겠습니다."

떫은 인상이 된 홍길동이 사라졌을 때 웨이터가 쓴웃음을 지었다. 이번 웨이터 이름은 박이사였다.

"혼자 오셨으면 룸으로 가시지요. 예약 손님이 오지 않아서 룸 하나가 마침 비었습니다."

"잘됐군. 그렇게 하지."

"아까 웨이터는 초짜라 조금 불편하셨을 겁니다."

제복을 입은 데다 밤에만 봐서 웨이터의 나이를 대충 잊고 지내지만 박이사도 40대 후반쯤이다. 조철봉보다 10여 년 연상인 것이다. 따라서 경력이 20년 가깝게 되는 터라 산전수전 다 겪었다. 그래서 한 번만 슬쩍 봐도 손님의 수준을 귀신같이 알아맞힌다. 룸으로 조철봉을 안내한 박이사가 은근한 시선으로 조철봉을 보았다.

　"오늘은 고급 사모님이 많습니다. 어떤 스타일로 하실까요?"

　"어떤 스타일들이 있는지부터 말해."

　"40대 초반의 돈 많은 사모님들이 있습니다. 얼굴도 괜찮고 체격들도 좋습니다."

　"그리고?"

　"30대가 여러 명 있는데요, 아주 물이 좋습니다. 말씀만 하십시오."

　조철봉이 은근한 시선으로 박이사를 보았다. 이제 심란했던 기운은 다 달아났고 가슴은 기대감으로 차올랐다.

　"돈 많은 여자들이 찾는 남자들은 어떤 종류야?"

　"우선 젊고 체격이 좋아야지요. 세련되었으면 더욱 좋고요. 물론 신분이 확실해야 됩니다."

　"바로 나로군."

　"그렇습니다."

　박이사가 웃지도 않고 머리를 끄덕였다.

　"사장님은 킹카 취급을 받게 되실 겁니다."

　"그럼 돈 많은 사모님으로 하고."

　정색한 조철봉이 말을 이었다.

　"나를 자동차 영업사원이라고 해. 사장님이라고 하지 말란 말이야."

미간을 좁힌 박이사가 잠자코 조철봉을 보았다. 주문이 의외였기 때문일 것이다. 조건을 일부러 낮춰서 흥정한 경우는 아마 처음일지도 모른다. 그러나 곧 박이사는 머리를 숙였다.

"알겠습니다. 그렇게 하지요."

박이사가 나가고 나서 곧 보조가 술과 안주를 가져왔는데 조철봉은 얼굴을 펴고 웃었다. 전의 나이트클럽에서 조철봉이 마시던 술과 좋아하는 안주를 기억해내서 시키지 않았어도 가져온 것이다. 그때도 박이사는 담당이 아니었으니 스쳐 지나가면서 본 것을 머릿속에 입력시켜 놓았던 모양이었다.

전에는 나이트에 가는 것을 큰일이나 난 듯이 여겼고 불륜의 온상으로 여겨서 숨어 다녔지만 지금은 완전히 달라졌다. 계모임이나 동창 모임은 말할 것도 없고 아파트 부녀회, 때로는 학부형들이 선생님까지 모시고 온다.

그것은 그만큼 나이트가 건전해졌기 때문이 아니라 성이 개방되었다고 봐야 된다. 예전보다 불륜은 더 자주, 더 진하게 일어나는 것이다. 박이사가 여자 한 명을 대동하고 들어섰을 때는 조철봉이 막 양주 한 잔을 마신 후였으니 나간 지 10분도 되지 않았다.

"여기 모시고 왔습니다."

박이사가 떠들썩한 목소리로 말했을 때 조철봉은 자리에서 일어났다. 여자는 들어서면서 곧장 조철봉을 훑어보더니 희미하게 웃었다. 선택은 이쪽에서 한다는 당당한 태도였다. 그러고는 여자가 앞쪽 자리에 앉았으므로 수선을 피우면서도 눈치를 살피던 박이사는 크게 안도하는 표정이었다.

"자, 그럼 저는."

흘끗 조철봉에게 시선을 준 박이사가 서둘러 방을 나갔다. 노련한 웨이터는 남아서 분위기를 조성해야 될지, 아니면 얼른 나가야 될지도 재빠르게 판단해야 한다. 어느 한쪽이 거북해하거나 싫은 기색이 감지되면 남아서 분위기를 이끌어야만 하는데 억지로 여자를 끌고 왔을 경우가 그렇다. 그런데 지금은 여자가 만족해하고 있다고 본 것이다.

"자동차 영업 하신다고요?"

맑은 목소리로 묻는 여자는 40대쯤의 사모님이라고 들었지만 30대로 보였다. 피부는 윤기가 흘렀고 얼굴에 주름살 하나 보이지 않는 것이다.

"예, 그렇습니다."

조철봉이 정중하게 대답했다. 여자는 자신의 두툼한 콧날을 보며 성기를 떠올렸을지도 모른다. 앞에 놓인 물 잔을 쥔 여자의 손가락은 희고 매끈했다. 귀부인의 손이다. 얼굴은 분칠로 가릴 수가 있지만 손은 가리지 못하고 소홀해지기 쉬운 부분이다. 험한 일을 많이 하면 매듭이 굵어지고 바닥은 거칠게 된다.

흰 중지에 가는 금반지가 끼어 있는 것도 조철봉의 마음에 들었다. 큼지막한 보석반지를 여러 개 꿰차고 나오는 여자는 원정군이다. 중무장을 하고 온 여자치고 변변한 인물을 만나지 못한 조철봉이다.

술병을 든 조철봉이 여자의 잔에 술을 채웠다.

"사모님, 한잔 드시지요."

"고마워요. 그런데."

여자가 다시 당당한 시선으로 조철봉을 보았다.

"몇 살이세요?"

"서른넷입니다."

두 살 줄여서 말하자 여자는 빙긋 웃었다.

"내 동생뻘이네."

동생이 아니라 조카뻘이 될 것이다. 호스트바에 물려서 나이트를 찾아온 여자들이 많은 것이다. 그것은 자극이 없는 룸살롱을 마다하고 나이트로 온 남자들하고 같은 경우지만 그 둘이 파트너가 될 가능성은 희박하다. 그 첫째 이유가 서로 영계를 찾기 때문인데 조철봉도 가만두었다면 웨이터가 영계를 데려왔을 것이었다. 그 대신 영계로 선택된 상대는 파트너로부터 응분의 대가를 받을 수 있다. 잘하면 조철봉이 룸에서 시킨 술값을 여자가 지불해줄 수도 있는 것이다. 조철봉이 은근한 시선으로 여자를 보았다.

"누님은 혼자 오셨습니까?"

"여길 어떻게 혼자 와? 둘이 왔어."

누님 소리 때문인지 여자가 척 말을 놓았다. 그러고는 눈을 가늘게 뜨고 물었다.

"동생은 왜 혼자 왔어?"

"그냥 갑자기 술 생각이 나서요. 괜히 허전하기도 하고."

"헌팅하려고 온 거야?"

"제가 지금 그렇게 되었습니까? 헌팅당한 꼴인데."

그러자 여자가 풀썩 웃었다.

"웃겨, 그럼 아무나 들어와도 다 받아들일 작정이었단 말이야?"

"그건 나중에 봐야죠."

정색한 조철봉이 여자를 보았다.

"싫으면 같이 나가지는 않을 테니까요."

"여기 단골이야? 웨이터가 잘 아는 눈치던데."

"예, 몇 번 왔었습니다."

"재미 좋았어?"

"누님을 만난 경우는 처음입니다."

처음 만나서 주고받는 말의 내용에 어쩔 수 없이 포함되는 기본 중의 하나가 여기 자주 오느냐는 것인데 그것을 분위기에 따라 적절하게 맞춰야 한다. 이런 곳에 와서도 단정한 척하는 상대에게는 뻔한 거짓말로 들릴지언정 처음이라고 말해야 적당하고, 조금 밝고 시원시원한 상대를 만났다면 몇 번 왔었다고 말해야 옳다. 여자가 머리를 끄덕이는 것을 보면 조철봉의 대처가 맞았다는 증거가 될 것이다.

"어떡하나? 내 친구가 방에 혼자 있는데."

갑자기 여자가 친구 걱정을 하더니 조철봉을 보았다.

"훑어보았더니 오늘은 물이 안 좋아. 영계랍시고 모인 것들은 모두 눈에서 손이 나오는 것처럼 보여."

"거지같단 말씀이군요."

"난 한눈에 보면 알아. 동생은 궁기가 끼어있지 않아."

"하긴 주머니에 술값은 있으니까요."

조철봉이 시선을 준 채 희미하게 웃었다.

"난 연상을 좋아하긴 했지만 한 번도 기회가 없었습니다."

"왜?"

"누님 말대로 거지같은 대접을 받을까 봐서죠. 내가 왜 그런 꼴을 당해야 됩니까? 얼마든지 대우받고 놀 수 있는데."

"그래."

머리를 끄덕인 여자가 지긋한 시선으로 조철봉을 보았다. 이것이 결정적인 쐐기가 되었다는 것이 얼굴에 역력히 드러났다. 그러고는 여자가 결심한 듯 정색하고 말했다.

"내 친구하고 합석하지. 걔도 날씬하고 예뻐."

저도 그렇다는 말이다.

여자가 벨을 누르자 1분도 안 되어서 박이사가 나타난 걸 보면 수준을 알 수 있었다. 산전수전 공중전까지 다 겪은 웨이터들은 돈만 잘 쓴다고 VIP 대접을 하는 것이 아니다. 수준과 매너가 있어야 하는 것이다. 그런 손님을 고객으로 확보하고 있어야 소문이 나서 장사가 번창하는 터라 헌신적으로 될 수밖에 없다.

'야, 박이사라는 웨이터의 손님 수준이 높아' 이 말이 웨이터에게는 최고의 찬사가 되기 때문이다. 여자의 짧은 지시를 받은 박이사가 방을 나가더니 다시 1분도 안 되어서 여자 한 명과 함께 나타났다.

"너, 여기 있었어?"

여자가 말은 제 친구에게 하면서도 시선은 조철봉을 훑었다. 예리한 시선이었고 역시 당당했다. 조철봉은 웃음 띤 얼굴로 심호흡을 했다.

"술도 이쪽으로 옮기겠습니다."

재빠르게 여자들의 눈치를 살핀 박이사가 그렇게 말하더니 밖으로 나갔으므로 방에는 셋이 남았다.

"흥, 영계 물었구만."

새로 들어온 여자가 얇은 입술을 비틀고 비꼬듯 말했지만 눈은 웃었다. 갸름한 얼굴에 빼어난 미모의 여자였다. 눈가의 주름도 없었고 피부는 대리석 바닥처럼 미끈했지만 목의 주름은 감추지 못했다. 곧 목 껍질을 벗겨내면 20대라고 해도 믿을 것이었다.

"너도 보았다시피 오늘은 물이 안 좋아, 그냥 여기서 마시자."

먼저 온 여자가 정색하고 말하더니 시선을 돌려 조철봉을 보았다.

"참, 동생 이름이 뭐라고 했지?"

묻지도 않고서 이러는 것이다.

"예, 조철봉입니다."

조철봉이 공손하게 대답했다.

"가끔 제 이름을 세게 말하면 웃습니다. 조시 철봉 같다고 들리니까요."

"깔깔깔."

새로 온 여자의 웃음소리가 이랬다. 먼저 온 여자도 푸득 웃더니 시선이 은근해졌다.

"정말 그래?"

"예, 벌겋게 달아오른 철봉 같다는 소리를 자주 들었습니다."

"기가 막혀."

먼저 온 여자가 눈을 치켜떴다가 입술을 비틀었다.

"괜히 허세 부리지 마, 우리도 산전수전 다 겪은 사람이야."

"아마 누님들은 저만큼 겪지는 않으셨을 겁니다."

소파에 등을 붙인 조철봉이 지긋한 시선으로 여자들을 훑어보았다. 그때 박이사가 보조와 함께 여자들의 술과 안주를 옮겨 왔는데 예상했던 대로 양주는 병당 1백만 원대였고 안주도 풍성했다.

방안의 분위기를 살핀 박이사가 얼른 밖으로 나갔으므로 조철봉이 말을 이었다. 여자들이 시선을 준 채 다음 말을 기다리고 있었던 것이다.

"섹스는 신이 인류에게 내려주신 축복이지요. 인류만이 몸과 머리를 함께 사용하여 섹스를 하는 것입니다."

조철봉이 손끝으로 머리를 짚었다.

"강약의 조절, 인내, 그리고 헌신하는 작용은 모두 이곳에서 컨트롤이 됩니다."

"쉽게 말해봐."

먼저 온 여자가 말했는데 목소리가 갈라져 있었다. 새로 온 여자는 눈만 크게 뜬 채 조철봉을 주시하는 중이다. 조철봉이 빙긋 웃었다.

"섹스를 하면서 생각을 하는 것이죠, 누님을 어떻게 해야 달아오르는가, 또 누님의 성감대는 어느 곳이며 절정에 오르게 하는 방법 등을 말입니다. 그것이 제가 말하는 머리를 사용하는 섹스란 말이죠."

"그래, 만족시켰어?"

새로 온 여자가 불쑥 그렇게 묻더니 얼른 덧붙였다.

"만난 여자들 다 말이야."

"대부분은."

정색하고 말한 조철봉이 여자들을 하나씩 훑어보았다. 그러자 두 여자 모두 조철봉과 시선이 마주쳤을 때 1초도 견디지 못하는 것이었다. 기세에 압도당했다기보다 기습적인 대사에 허를 찔렸다는 것이 맞는 표현이 될 것이다.

그러나 둘 다 크게 자극을 받은 것은 분명했다. 대부분의 영계들은 이런 경우에 여자들의 씀씀이와 분위기에 압도되어 고분고분했을 것이다. 조철봉이 눈을 가늘게 뜨고 어깨를 조금 폈다.

"나한테 섹스란 내 가치의 확인입니다. 난 여자들이 절정에 올라 몸부림을 치며 매달릴 때 남성으로서 환희를 느낄 뿐입니다. 내가 대포를 발사하는 순간은 누님들도 알다시피 잠깐이죠. 그따위 쾌락은 짐승도 다 누릴 수가 있는 거죠."

"대단한데, 말은."

혀로 입술을 축인 먼저 온 여자가 입을 열었다. 아직도 목소리가 잠겨 있다.

"그게 뜻대로 다 될 수 있을까?"

"시험해 보시죠."

조철봉이 입술 끝만 조금 올리며 웃었다.

"내가 누님 둘을 다 만족시켜 드릴 테니까요. 물론 한꺼번에 말입니다."

"미쳤어."

했지만 새로 온 여자의 목소리는 약했고 옮아간 조철봉의 시선을 이번에도 받지 않았다. 조철봉은 심호흡을 했다. 어차피 자극을 찾아온 여자들이었으니 관심은 끌었다.

그러나 지금은 선수를 쳐서 끌어가고는 있지만 조금이라도 허점이 드러나면 가차 없이 뒤집어엎을 수 있는 부류였다. 이들에게는 더 강한 자극이 필요한 것이다. 이미 시동은 걸어놓았으니 가부간을 결정하도록 결정타를 내놓아야 한다. 조철봉이 자리에서 일어섰으므로 여자들이 일제히 시선을 들었다.

"증거의 일부분을 보여 드리지요."

그러고는 조철봉이 바지의 지퍼를 거침없이 내린 순간 여자들은 얼굴을 굳혔다. 조철봉이 팬티를 헤치고는 철봉을 꺼내 놓았다. 아직 철봉은 늘어져 있었지만 새로운 환경에 놀란 듯 꿈틀거리는 중이었다.

"어머나."

이번에도 새로 온 여자가 낮게 말했으나 비난하는 말투도, 놀란 말투도 아니었다. 그저 예의상 뱉은 소리라는 것이 철봉에 집중된 시선을 보면 알 수 있었다.

"내 철봉은 이런 분위기에서 처음 나옵니다. 누님들도 처음이구요."

조철봉이 신제품을 설명하는 영업부장처럼 열렬하게 말하고는 손끝으로 철봉을 가리켰다. 늘어져 있었지만 검은 철봉은 튼실했고 투구는 넓고 단단했다. 조철봉이 말을 이었다.

"보십시오. 지금 철봉은 내 의지만으로 새로운 환경에서도 일어섭니다."

그러자 철봉이 건들거리면서 팽창되기 시작했다. 그러나 아직 부끄러운 듯 늘어져 있다. 여자들은 홀린 듯이 철봉을 보고 있었는데 먼저 온 여자가 입안에 고인 침을 꿀컥 삼켰다. 다시 조철봉이 말을 이었다.

"전혀 성적 충동이 일어나지 않는 데도 오직 의지로 세우는 거죠. 보세요."

그 순간 조철봉이 아랫배에 힘을 주자 늘어나던 철봉이 벌떡 머리를 들었다가 떨어졌다.

"엄마."

투구가 바로 정면에 있었기 때문인지 새로 온 여자가 놀란 외침을 뱉었고 먼저 온 여자의 얼굴은 빨갛게 상기되었다. 조철봉은 다시 심호흡을 했다. 이제 철봉은 더욱 팽창되고 있었다. 여자들은 아마 지금까지 이만한 자극을 받은 적은 없을 것이다.

물론 책상에 앉아서, 또는 식구들하고 식탁에 둘러앉아 밥을 먹으면서 제가 했던 이 장면을 생각하면 가만있는 자가 비정상이 될 것이다. 아마 벌떡 일어서거나 갑자기 뭐라고 뜻도 없는 말을 중얼거리든지 할 테지만 지금은 아니다.

조철봉은 열중했으며 여자들도 마찬가지였다. 그런 면에서 보면 셋은 모두 환경에 적응했고 최소한 현실에 충실했다. 이런 곳에 와서 점잔을 빼거나 시치미를 떼는 군상처럼 밥맛없는 것은 없다. 그런 군상은 파트너는 물론이고 웨이터도 싫어한다.

"어머, 어머, 어머!"

먼저 온 여자가 리듬까지 붙이며 연속으로 감탄사를 뱉은 이유는 철봉이 건들거리며 치솟았기 때문이다.

"아유, 정말."

나중에 온 여자가 철봉을 향해 눈을 흘기더니 몸을 꼬았다. 조철봉이 내려다보았을 때 두 다리까지 꼬여 있었다.

"어떻습니까? 누님들 샘 안에 가득 차겠습니까?"

이제 대포처럼 내뻗은 철봉을 내놓은 채 조철봉이 물었을 때 나중에 온 여자가 먼저 꼴깍 침부터 삼켰다.

"그만 넣어. 미치겠어."

바지 속으로 넣으라는 말이었지만 조철봉의 냉정한 머리는 그것을 다르게 받아넘겼다.

"지금 말입니까? 누님한테요?"

"어머, 어머."

"아마 누님 샘도 젖어 있을 텐데요."

"어머, 어머."

했지만 여자는 싫은 기색이 아니었다.

"한 번 만져도 돼?"

마침내 먼저 온 여자가 그렇게 말한 것은 참기 힘들다는 표시도 되었다. 조철봉이 대답 대신에 몸을 돌려주었으므로 여자는 조심스럽게 철봉을 쥐었다. 그러고는 약간 힘을 주었다가 놓더니 번들거리는 눈으로 조철봉을 보았다.

"우리 나가자."

"그러지요."

조철봉이 바지 속으로 철봉을 수습해 넣고는 나중에 온 여자를 바라보았다.

"누님도 함께 나가시는 거죠?"

"그래, 걔도 나갈 거야."

먼저 온 여자가 대신 말하더니 서둘러 버튼을 눌렀다. 웨이터를 부른 것이다.

"어쨌든 오늘 괴짜 만났어."

먼저 온 여자가 상기된 얼굴로 말하더니 나중에 온 여자를 보았다.

"얘, 너 빼면 안 돼. 같이 가."

"아이, 둘이서 어떻게."

나중에 온 여자가 눈을 흘겼을 때 먼저 온 여자가 눈을 치켜떴다.

"이것아, 같이 마사지 받는 셈 치면 되는 거야. 너, 빼고 나서 내 약점 잡으려고 그러지?"

"얘는 정말."

그때 웨이터가 들어왔고 먼저 온 여자는 수표를 꺼내더니 조철봉의 술값까지 같이 계산을 했다. 돈의 씀씀이를 보면 성품을 알 수 있다고 하지만 지갑에서 돈을 꺼낼 때 관찰하는 것이 제일 정확하다. 여자는 지갑에 1백만 원권 수표와 10만 원권 수표, 그리고 만 원권 지폐를 구분해서 넣어 두었기 때문에 쓱, 쓱, 쓱, 빼내더니 단숨에 계산을 했다. 그러고서 웨이터에게는 10만 원권 수표를 팁으로 주는 것이었다.

"오늘은 특별이야."

건네면서 그렇게 말하자 웨이터는 대통령에게 임명장을 받는 장관처럼 수표를 받았다. 돈 쓸 줄을 아는 여자였다. 10만 원권을 그냥 줄 수도 있는 여유를 갖고 있으면서도 가치를 넣는 것이다. 아마 다른 때에는 팁을 2만 원도 주었다가 5만 원 줄 때도 있었을 것이었고 기분이 나쁘면 안 주었을지도 모른다. 좋으나 나쁘나 기분으로 팁을 주는 심약한 손님보다 웨이터로부터 대접을 잘 받는 것은 당연하지 않겠는가? 물론 이것은 단골을 기준으로 말한 것이다.

클럽 밖으로 나왔을 때 현관 앞에는 은색 벤츠가 대기하고 있었는데 운전사는 대리운전 기사였다. 웨이터가 어느 틈에 수배해놓은 것이다.

조철봉이 어쩔 수 없이 앞좌석에 앉았을 때 뒤에 앉은 여자가 말했다.

"대치동 나이스텔로."

주거용 오피스텔이다.

나이스텔은 언론에도 첨단 장비와 고급 소재의 건축물로 보도가 된

곳이다. 지상 20층에 위치한 50평형 오피스텔 소유주는 먼저 온 여자인 모양이었는데 성이 박씨였다. 그리고 나중에 온 여자는 정씨로 여자들은 차에서 성씨만 알려준 것이다. 박씨가 거침없이 커튼을 걷고 버튼을 눌러 공기청정기까지 켜더니 조철봉을 보았다.

"뭐 마실 거야? 선반에 양주 있으니까 마음대로 꺼내 마셔."

집 안을 둘러보던 조철봉은 벽 쪽 선반에 놓인 수백 병의 양주를 보았다. 조철봉도 처음 보는 몇백만 원대의 양주도 있는 데다 선반의 장식도 호화롭다.

"아니, 술 생각 없습니다."

머리를 저은 조철봉이 화장실의 손잡이를 쥐고 여자들을 정색하고 보았다.

"먼저 씻고 나오지요."

"그래."

대답은 여전히 박씨가 했다. 화장실로 들어선 조철봉은 쓴웃음을 지었다. 예상했던 대로 수도꼭지는 도금한 황금이었고 최고급 욕조가 놓였기 때문이다.

제가 제 돈으로 제 집 장식을 하는데 그 누구도 간섭할 권리는 없다. 또한 그것을 남에게 보여 과시를 할 목적이라고 해도 그렇다. 그러나 이런 경우를 처음 겪게 된 조철봉은 부에 대한 동경보다 거부감이 먼저 일어났다.

그래서 옷을 벗고 나서 수도꼭지를 이로 깨물어 보았지만 순금인지 도금인지를 확인하지는 못 했다. 말끔히 샤워를 하고 욕실에 걸린 가운을 걸친 조철봉이 밖으로 나왔을 때 여자들은 응접실의 소파에 앉아 다시 양주를 마시는 중이었다.

"아니, 다시 마시는 겁니까?"

정색한 조철봉이 여자들을 둘러보고는 정씨 옆에 앉았다. 박씨를 마주보는 위치였다. 그러자 조철봉의 몸이 스치기만 했는데도 정씨의 몸이 굳어진 것이 느껴졌고 앞쪽의 박씨도 잠깐 얼굴이 굳어졌다. 그러나 곧 눈웃음을 치더니 조철봉에게 술잔을 내밀었다.

"동생도 한잔 해."

"비싼 양주로군요."

"왜? 거부감이 느껴져?"

박씨가 불쑥 묻자 술잔을 받은 조철봉이 빙긋 웃었다.

"경계하지 마십시오, 누님. 나도 돈맛을 아는 놈입니다."

"웨이터한테 들었어. 회사를 운영하고 있다면서?"

다시 박씨가 눈웃음을 치며 조철봉을 보았다.

"그런데 영업사원으로 소개시키라고 했지?"

웨이터가 다 불어버린 것이다. 그것은 누가 더 중요한 고객인가에 따라서 결정했다기보다 일을 성사시키기 위한 방법으로 이해를 해줘야 한다. 만일 조철봉의 신분을 밝히지 않았다면 여자들이 데리고 나오지 않았을지도 모르는 것이다.

"역시 누님들은 저보다 한 수 위가 되십니다."

한 모금에 양주를 삼킨 조철봉이 팔을 들어 정씨의 허리를 당겨 안았다.

"자, 시작해 보실까요?"

그러자 질색을 한 정씨가 몸을 비틀었고 박씨가 푸득 웃었다. 조철봉이 버둥거리는 정씨를 더욱 당겨 안았다.

"누님, 왜 이러십니까?"

"아, 글쎄, 놔."

얼굴이 빨갛게 달아오른 정씨가 이제는 두 손으로 조철봉의 가슴을 밀었다.

"글쎄, 손부터 놓으라니까."

그때 박씨가 번들거리는 눈으로 조철봉을 보았다.

"그럼 걔하고 먼저 시작해."

그러고는 자리에서 일어선 박씨가 블라우스를 벗기 시작했다.

"그럼, 가실까요?"

조철봉이 턱으로 침실을 가리켰을 때 정씨는 잠자코 자리에서 일어섰다.

"아무래도 누님은 이곳에 계셔야 할 것 같은데."

따라 일어선 조철봉이 웃음 띤 얼굴로 박씨를 보았다. 박씨는 브래지어 차림이 되어 있는 참이었다.

"알았어, 기다릴게."

박씨가 조철봉을 향해 한쪽 눈을 감았다가 떴다.

"걘 겉으론 앙큼을 떨지만 마음은 굴뚝이야."

그러고는 박씨가 활짝 웃었다.

"이혼하고 동생이 처음이거든."

조철봉이 침실로 들어섰을 때 정씨는 불부터 껐다. 그러나 창을 통해 들어온 불빛으로 방안의 윤곽은 다 드러났다.

"문 잠가줘."

침대 가에 선 정씨가 옆모습을 보이며 말했으므로 조철봉은 풀썩 웃었다. 박씨보다 조금 내성적인 성격인 것은 알고 있었지만 클럽에서 행동할 때와는 전혀 달라져 있었기 때문이다.

"기다리는 사람이 있으니까 서두르십시다."

조철봉이 가볍게 말하고는 가운을 벗어 던졌다. 가운 밑은 물론 알몸이다. 침대로 들어온 조철봉은 팔베개를 하고 누워 정씨를 보았다. 정씨는 꾸물거리며 옷을 벗고 있었는데 이쪽에 등을 보이고 있어서 허리를 굽힐 적에 흰 엉덩이가 환하게 드러났다. 시선을 돌린 조철봉은 천장을 보았다. 집 안은 조용해서 정씨의 부스럭거리며 옷 벗는 소리까지 들려왔다. 박씨는 건너편 화장실에 들어간 모양이었다. 이윽고 알몸이 된 정씨가 시트를 들치고 들어서더니 조철봉의 가슴에 얼굴을 붙였다. 그 순간 옅은 향수 냄새가 맡아졌고 정씨의 젖가슴이 출렁대며 조철봉의 몸에 붙여졌다.

"나, 부드럽게 해줘."

정씨가 낮게 말했을 때 더운 입김이 조철봉의 가슴 피부를 스치고 지나갔다.

"오랜만에 하는 거야."

조철봉은 잠자코 정씨의 허리를 당겨 안았다. 갑자기 가슴이 답답해졌고 목이 메어왔기 때문이다. 한 달에 한 번씩 서경윤을 만나도록 이종학의 각서까지 받아 놓았지만 현실적으로 불가능한 일이라는 것은 그 자신도 알고 있었다.

"으응?"

정씨가 몸을 더 바짝 붙이면서 재촉하듯 콧소리를 내었으므로 조철봉은 심호흡을 했다. 그러고는 정씨의 젖가슴에 얼굴을 묻었다.

"살살 빨아줘."

조철봉의 머리를 두 손으로 안은 정씨가 벌써부터 헐떡이며 말했다. 젖꼭지를 입안에 넣은 조철봉은 눈을 부릅떴다. 그러자 눈에 고여 있던 눈물이 쏟아져 정씨의 젖가슴 위로 떨어졌다. 그러나 눈치채지 못한 정씨는 몸을 비틀며 신음을 뱉기 시작했다. 상반신을 세운 조철봉은 정씨를 내려다보았다.

"자기야, 해줘."

정씨가 팔을 뻗쳐 조철봉의 어깨를 당기며 말했다.

"조금만 건드려도 터질 것 같아."

그러고는 조철봉의 철봉을 두 손으로 쥐더니 자신의 샘에 붙였다. 이미 철봉은 다 준비가 되어 있었던 것이다. 그때 조철봉이 불쑥 말했다.

"오늘이 와이프 제삿날이야."

그러고는 철봉을 뒤로 뺀 조철봉이 상반신을 일으켜 앉았으므로 당황한 정씨가 두 손을 떨어뜨렸다. 조철봉이 이제는 몸을 물려 침대 끝에 앉았다.

"와이프를 잊으려고 주색에 빠질 작정이었는데 잘 안 돼."

그러고는 조철봉이 아직도 서 있는 자신의 철봉을 내려다보았다. 말도 안 되는 거짓말이다.

조철봉이 나이스텔을 나온 것은 그로부터 10분쯤 후였다. 두 여자는 봉변을 당한 셈이었지만 세파를 겪은 터라 의연했다. 밖에서 기다리던 박씨가 놀란 듯 몇 마디 묻다가 분위기를 눈치 채고는 쓴웃음을 지어

보였을 뿐이다. 조철봉으로서도 오늘 같은 경우는 처음이었지만 뒷맛은 오히려 뿌듯했다. 행사 직전에 몸을 뒤로 빼는 것은 최고 수준의 인내를 필요로 하는 것이다.

샘 안에 머물면서 인내심을 키우는 정도하고는 비교도 되지 않는다. 아파트로 돌아온 조철봉이 샤워를 하고 났을 때는 새벽 2시가 되어가고 있었다. 소파에 편하게 앉은 조철봉은 다시 여자들의 얼굴을 떠올리기 시작했다. 그것은 나이스텔을 나온 직후부터 떠올렸던 것을 다시 정리하는 수준이 되었다. 지금은 실버타운의 대표로 있는 박희선이 제일 편안한 상대로 꼽혔다.

대충 조철봉의 행각을 눈치채고 있으면서도 전혀 내색을 하지 않는 데다 무엇을 요구하지도 않는다. 오히려 천직인 고아원 사업에다 노인복지까지 맡게 되어서 언제나 표정이 밝다. 저절로 편안한 표정이 된 조철봉은 다음으로 유진경을 떠올렸다. 성감이 뛰어난 데다 통통 튀는 분위기의 유진경과 침대에 들어가 있으면 조금도 지루하지 않다.

침실에서 남자가 어떤 것을 원하고 있는지를 정확하게 알고 있는 여자였다. 그리고 옌타이에는 박영희가 있었으니 살림을 차려준 여자만 해도 셋이다. 길게 숨을 뱉은 조철봉이 벽시계를 다시 보고는 전화기를 들었다. 다이얼을 누르고 나서 전화벨이 다섯 번 울렸을 때 전화기가 들렸으니 이 시간대에는 정상일 것이었다.

"여보세요."

가라앉은 목소리의 주인공은 서경윤이다.

"나야."

조철봉이 낮게 말했을 때 서경윤은 가만있었다. 전화기를 고쳐 쥔 조철봉이 눈을 치켜뜨고 벽을 보았다.

"영일이가 자동차를 좋아해?"

그러나 같은 목소리로 묻자 서경윤은 여전히 대답하지 않았다. 조철봉이 이를 악물었다가 풀었다.

"고분고분 대답하는 게 좋을 거야, 네가 영일이를 미끼로 그렇게 나온다면 **빼앗아** 버릴 수도 있으니까."

그때 서경윤이 전화를 끊어 버렸으므로 조철봉은 심호흡을 했다. 서경윤은 그 말을 믿지 않을 것이었다. 지금까지의 행동으로 판단해도 전혀 영일을 데리고 살 조철봉이 아니었기 때문이다. 다시 같이 살 때에도 영일에게 적극적으로 조철봉이 친아버지라는 것을 주지시켜주지 않았던 서경윤이다.

영일이 혼란을 일으킬까 봐서 그렇다고 했지만 여전히 자신을 불신하고 있었던 것이 틀림없다는 생각이 들었다. 한동안 전화기를 노려보던 조철봉이 다시 다이얼을 눌렀다. 그러자 이번에는 신호음이 세 번 울렸을 때 전화를 받았다.

"여보세요."

서경윤의 전남편이자 다시 새 남편이 될 이종학이다.

"나야."

조철봉이 굵은 목소리를 냈다.

"자고 있었나?"

"아닙니다."

당황한 듯 이종학의 목소리가 높아졌다.

"그런데 무슨 일입니까?"

199

"지금 당신 어디에 있어?"

"집입니다. 저, 본가에."

부모님 집이라는 말이었다. 그러자 소리 죽여 숨을 뱉은 조철봉이 입을 열었다.

"내가 오늘 저녁에 영일이 장난감 자동차를 사줬는데 말이야. 그놈이 그걸 좋아하는지, 작동법을 배웠는지를 나한테 알려줘, 내일 중으로 말이야."

"입금이 되었습니다."

흥분한 듯 눈을 크게 뜬 최갑중이 방으로 들어서면서 말했다. 오전 10시 반이었다. 조철봉의 시선을 받은 갑중이 얼굴을 펴고 웃었다.

"약속했던 대로 홍콩 계좌에 8천만 불이 입금되었습니다."

8천만 불은 1천억 원이다. 조철봉도 따라 웃었다. 늘어져 있던 몸과 마음이 단숨에 개운해졌고 머리가 맑아졌다. 갑중은 방금 홍콩의 거래 은행에 확인을 하고 온 것이다. 소파에 앉은 갑중이 감탄한 얼굴로 조철봉을 보았다.

"형님, 이제 자금 걱정은 없습니다. 마음 놓고 사업을 벌여 나갈 수가 있게 되었어요."

"하지만 공돈이 아냐, 6년 거치 10년 분할 상환해야 된단 말이다."

정색한 조철봉이 말을 이었다.

"그리고 감독을 받아야 하고."

그때 전화벨이 울렸으므로 조철봉은 전화기를 쥐었다. 직통전화였다.

"조 사장님, 입금 확인하셨지요?"

조철봉이 응답했을 때 대뜸 저쪽에서 물었다. 귀에 익은 목소리였다. 기관의 홍 사장이다.

"예, 방금 확인했습니다."

갑중에게 눈짓을 한 조철봉이 부드럽게 말했다.

"감사합니다."

"그럼 30분쯤 후에 우리 측 관계자가 조 사장님을 찾아가 뵐 겁니다."

감시자인 것이다.

"알겠습니다. 기다리지요."

전화기를 내려놓은 조철봉이 갑중을 보았다.

"우리하고 같이 일할 관계자가 온다는군. 너도 여기서 기다렸다가 같이 만나도록 하자."

"그러지요."

갑중이 선선히 머리를 끄덕였다.

"그놈은 제가 맡아서 관리할 테니까 형님은 신경쓰시지 마세요."

그로부터 30분쯤이 지난 11시 정각에 조철봉의 방으로 여자 하나가 들어섰다. 기다리고 있던 갑중이 눈을 둥그렇게 떴으며 자리에서 일어난 조철봉도 눈만 껌벅이며 여자를 보았다.

"제가 홍 사장이 보낸 사람입니다."

밝은 목소리로 말한 여자가 눈을 가늘게 만들며 웃었다.

"놀라신 것 같군요."

"예, 조금 의외라서."

조철봉이 자리를 권하며 따라 웃었다.

"당연히 남자분이라고 생각했기 때문에."

"남녀 차별하시면 안 됩니다."

소파에 앉은 여자가 다시 웃었다.

"여자는 침대로 데려갈 때만 필요하다고 생각하시는 건 아니겠죠?"

그 순간 갑중이 어깨를 부풀리며 조철봉을 보았다. 그러자 조철봉이 쓴웃음을 지었다.

"그럴 리가 있습니까? 오해하신 겁니다."

"다행이네요."

여전히 부드러운 표정의 여자가 말을 이었다. 이제는 여자가 분위기를 주도하고 있는 것이다.

"전 양정민입니다. 경영학 박사 학위가 있고 회계사 자격증도 있습니다. 영어와 일어, 중국어를 합니다."

그러고는 여자가 소파에 등을 붙이더니 조철봉을 정면으로 보았다.

"사장님 소개는 안 하셔도 됩니다. 제가 다 알고 왔거든요."

여자가 갑중에게로 시선을 돌렸다.

"최갑중 전무님에 대해서도 압니다."

"그것 참."

갑중이 겨우 그렇게 말하고는 다시 조철봉의 눈치를 보았다. 압도당한 표정이다. 그리고 조철봉으로서도 이렇게 몰아치는 분위기의 여자는 처음이었다.

조철봉은 차분한 표정으로 양정민을 보았다. 기관에서 감시역으로 여자를 보낼 줄은 예상 밖이었지만 흥미가 일어났던 것이다. 정민은 20대 후반이나 30대 초반쯤으로 보였는데 눈에 띄는 미인은 아니었다. 둥근 얼굴에 눈이 가늘고 입술도 엷어서 다부진 인상이다.

그러나 투피스 정장에 감춰진 체격은 볼륨이 있는 데다 무릎 위에 단정하게 놓인 두 손과 다리는 미끈했다. 찬찬히 들여다보면 조금씩 여자의 분위기가 풍기는 스타일이었지만 대부분의 남자들은 그냥 지나쳤을 것이다. 조철봉의 시선을 받은 정민이 조금 긴장한 듯 눈초리가 올라갔다.

"회사 경험은?"

짧게 조철봉이 묻자 정민은 정색했다.

"없지만 대학에서 2년 동안 경영학 시간 강사로 근무했지요."

"결혼은?"

"아직 미혼입니다."

정민이 들고 온 가방에서 봉투를 꺼내어 탁자 위에 놓았다.

"제 이력서입니다. 이걸 보시면."

조철봉은 잠자코 봉투에서 이력서를 꺼내 읽었다. 정민은 올해로 32세가 되었고 미국에서 박사 학위를 받았다. 말한 대로 국내의 대학에서 시간 강사를 했으며 미혼이다. 이만하면 어느 대기업에 가더라도 대우를 받을 수 있는 조건이었다. 이윽고 이력서를 내려놓은 조철봉이 머리를 들었다.

"양정민 씨는 남북한 합작 회사인 국일상사의 한국 측 상무가 되는 거요."

긴장한 정민에게 조철봉이 말을 이었다.

"국일상사의 지분은 한국과 북한이 각각 50 대 50이지만 대표 이사 사장은 북한 측의 김성산 씨가 맡고 있어요. 난 부사장이지."

"알고 있습니다."

"주로 내가 사업 계획을 세우고 북한 측은 자금과 뒷수습을 해왔는데 지금까지는 큰 문제없이 잘 협조하는 관계였소."

"그것도 알고 있습니다."

"북한 측에서 양정민 씨가 한국 측 기관에서 파견된 사람인 것을 알면 어떻게 될 것 같소?"

불쑥 조철봉이 묻자 정민이 가는 눈을 깜박이며 긴장한 표정이 되었다. 그러나 대답하지는 않았다. 조철봉이 낮게 말을 이었다.

"큰 문제가 될 가능성이 많습니다. 지금까지 우리는 사업적으로만 협조를 했고 정치 문제는 전혀 언급하지도 않았으니까."

"알겠습니다."

"김성산 씨는 나에 대해서 속속들이 알고 있다고 봐야 합니다."

소파에 등을 붙인 조철봉이 흘끗 옆쪽에 앉은 갑중을 보았다. 갑중은 심드렁한 표정이었는데 정민이 마음에 들지 않는다는 표시였다. 그래서 조철봉의 시선을 받자 입맛을 다시는 시늉을 해보였다. 조철봉이 정색하고 정민을 보았다.

"아마 양정민 씨가 합자회사 상무로 채용이 된 이유를 알아보려고 할 겁니다. 즉, 당신이 나하고 무슨 관계인가? 왜 갑자기 난데없는 여자를 채용했는가를 말이오."

조철봉이 입술 끝을 비틀고 웃었다.

"제일 먼저 난잡한 내 여자관계와 연결시켜 생각하겠지요. 그렇지 않나?"

불쑥 갑중에게 머리를 돌리고 묻자 놀란 갑중이 눈을 크게 떴다. 그러나 대답은 금방 나왔다.

"그렇습니다. 당연한 일입니다."

"그 방법이 자연스럽지 않을까?"

"맞습니다, 사장님."

최갑중이 누구인가? 조철봉의 가장 가까운 심복이다. 갑중이 커다랗게 머리를 끄덕였다.

"사장님의 내연의 여자로 믿게 하는 것이 가장 자연스럽습니다."

그 순간 조철봉은 정민의 얼굴이 빨갛게 달아오르는 것을 보았다. 요즘은 화장을 진하게 하는 데다 인터넷에서 별놈의 사연과 그림이 다 뜨는 때문인지 조철봉은 얼굴 붉히는 여자를 거의 못 보았다. 또한 갑중도 태연하게 말을 뱉었지만 정민의 반응이 의외였는지 다음 말을 얼른 잇지 못하고 있었다. 그러나 조철봉은 정색하고 입을 열었다.

"그렇다고 공공연하게 나하고 깊은 관계라는 표시를 낼 필요는 없고, 그러면 오히려 저쪽이 이상하게 생각할지 모르니까 말이야."

"그렇지요."

다시 페이스를 찾은 갑중이 거들었다.

"은근하게 알려지는 것이 낫습니다. 그래야 의심을 안 할 겁니다."

그때 정민이 눈을 치켜뜨고는 똑바로 조철봉을 보았다. 눈 주위가 빨갛게 달아올라 있는 것이 마치 붉은색 물감을 칠한 것 같다.

"꼭 그렇게 해야만 합니까? 다른 방법이 있을 수도."

"그것이 가장 자연스러운 방법이라니까 그러시네."

갑중이 나선 것은 정민에 대한 거부감 때문일 것이다. 그러나 갑중은 자신이 오버했다는 것을 금방 깨닫고는 시선을 내렸다. 그리고는 상반신을 뒤로 물렸다. 조철봉이 천천히 머리를 끄덕였다.

"언짢겠지만 하는 수 없어요. 그리고 나도 좋아서 이러는 것이 아니라는 것을 알아야 돼요."

그때 정민이 시선을 들었으므로 조철봉은 쓴웃음을 지어 보였다.

"내가 영어 개인교습을 받다가 알게 된 사이라고 말을 맞춥시다. 알겠지요?"

"알겠습니다."

마침내 정민이 동의하고는 시선을 내렸다.

"그렇게 하겠습니다."

"그럼 최 전무가 국일상사에 대한 브리핑을 해줄 겁니다."

그러고는 조철봉이 갑중에게 눈짓을 했다.

"나가서 설명해 드려."

"예, 사장님."

자리에서 일어선 갑중이 정민을 재촉했다.

"가십시다, 자료를 드릴 테니까."

둘이 방을 나갔을 때 조철봉은 길게 숨을 뱉었다. 북한 측을 납득시키는 데 꼭 내연의 관계가 아닌 다른 방법을 강구할 수도 있을 것이었다. 물론 그 방법은 자연스럽기는 하다. 그러나 그 방법을 내놓은 가장 큰 이유는 정민의 자신만만한 태도에 거부감을 느꼈기 때문이었다. 그것은 갑중도 마찬가지인 모양이어서 호흡이 아주 잘 맞았다. 전화벨이 울렸으므로 조철봉은 벽시계부터 보았다. 12시 10분 전이었다. 전화기를 귀에 붙였을 때 곧 이종학의 목소리가 울렸다.

"접니다."

"응, 그래."

조철봉은 소리 죽여 숨을 내뿜었다. 이종학은 성실하다. 순발력과 임기응변력은 부족하지만 맡긴 일은 열심히 한다. 이종학의 목소리가 수화구를 울렸다.

"영일이한테 리모컨 작동법을 설명해 주었습니다."

"그래? 잘했어."

"영일이가 아주 좋아합니다. 그래서 오후에는 자동차를 갖고 둔치로 갈까 합니다."

"가야지, 그런데 자네는 시간이 있어?"

"시간을 내겠습니다."

"고맙군."

"아닙니다. 다 제가 좋아서 하는 일인데요. 그런데."

"뭔가?"

"영일이 엄마한테서 승낙을 받았습니다."

재결합에 대한 승낙인 것이다. 조철봉이 얼굴을 일그러뜨리며 웃었다.

"잘됐군. 축하하네."

저녁 8시 반이 되었을 때 조철봉은 실버타운 안에 있는 박희선의 숙소로 들어섰다. 미리 연락을 한 터라 집 안에는 음식 냄새가 가득 차 있었는데 조철봉을 맞는 희선의 얼굴은 밝았다.

"저녁 다 되었어요."

뒤에서 조철봉의 저고리를 벗기면서 희선이 말했다.

"씻고 나오세요, 저녁 차려 놓을게."

희선의 숙소는 실버타운 본관 건물의 15층이어서 아래쪽으로 숲에 싸인 건물들의 야경이 다 보였다. 희선의 밝은 분위기에 휩쓸린 조철봉도 얼굴을 펴고 웃었다.

"그동안 더 섹시해졌는데."

"오빠는 그런 표현밖에 몰라."

하면서도 희선은 싫지 않은 표정이었다. 씻고 나온 조철봉은 희선이 내놓은 파자마로 갈아입고 식탁에 앉았다.

"진수성찬이구나."

식탁을 둘러본 조철봉이 눈을 둥그렇게 떴다. 찬이 10여 가지에 전과 국, 찌개까지 놓았고 한쪽에는 술병도 있다. 정성을 들인 흔적이 역력히 보이는 차림이었다.

"오랜만이니까 그런 거죠. 자주 오시면 점점 줄어들걸요?"

희선이 정색하고 말했으므로 조철봉은 소리 내어 웃었다. 처음 만났을 때의 희선은 무겁고도 어두운 분위기를 풍기고 있었던 것이다. 그러던 희선이 지금은 달라졌다. 밝고 긍정적이다.

"자, 술 한 잔 따라드릴게요."

희선이 조철봉의 잔에 소주를 따르며 웃음 띤 얼굴로 말했다.

"한국에서는 소주 마셔요. 찬들도 소주 안주에 맞을 테니까."

"그렇군."

"적당한 술은 섹스에도 좋대요."

"도대체 어느 놈한테서 그런 소리를 듣게 된 거야?"

술잔을 든 조철봉이 정색하고 희선을 보았다.

"네가 그런 말을 들을 만큼 가깝게 사귄 놈이 누구냐?"

"김만술 씨라고 해요."

"뭐라고?"

정색한 조철봉의 얼굴이 슬쩍 굳어졌다. 그러자 희선이 말을 이었다.

"내 경우에는 한 달에 한 번은 꼭 섹스를 해야 된다고 했어요."

"김만술이 어떤 놈이야?"

"A동 507호."

그러고는 희선이 눈을 가늘게 뜨고 웃었다.

"89세의 점잖은 신사."

"이게 정말."

한 모금에 술을 삼킨 조철봉이 어깨를 늘어뜨리고 찬을 집었다. 집 안은 포근했고 밝았으며 앞에 앉은 희선을 보자 가슴이 벅차기까지 했다. 이것이 가정이고 평화로운 삶이다.

"오빠, 내가 어른들한테 얼마나 인기가 있는지 모를 거야."

음식을 씹고 난 희선이 반짝이는 눈으로 조철봉을 보았다.

"내가 남편이 있다고 했는데도 며느리 삼겠다는 할아버지가 열 명이 넘어요."

고아원에서 자원봉사를 하던 희선은 이제 마음껏 고아들과 노인들을 위해 봉사할 수 있게 된 것이다. 자신이 좋아하는 일에 전념할 수 있는 사람은 드물다. 희선은 행복해 보였다. 그것은 욕심이 적기 때문인지도 모른다는 생각이 들었으므로 조철봉은 잠자코 다시 잔에 술을 채웠다. 희선은 지금까지 자신에게 무엇을 요구한 적이 없는 것이다. 그저 주는 대로 받고 그것으로 만족해했다. 한 번도 투정이나 질투 또는 의심을 한 적도 없었다는 것이 떠올랐다.

"너는 천사다."

마침내 조철봉이 저도 모르게 그렇게 말했다.

소주를 한 병만 마신 것은 희선이 적당히 마시라면서 정색을 했기 때문이다. 섹스에는 적당량의 술이 좋다는 말도 농담이 아니었다는 것이 드러났다.

"나 좀 씻을게요."

대충 그릇을 정리한 희선이 욕실로 들어서면서 조철봉을 보았다. 소주를 두 잔 마셨지만 눈 밑이 보기 좋게 달아오른 모습이었다.

"오빠는 침실에서 기다려요."

"나아 참."

조철봉이 환하게 웃었다. 전에는 이런 적이 없었던 것이다. 희선이 성의 환희를 알게 된 것도 물론 조철봉에 의해서였다. 성을 알게 되었다는 표현이 맞다. 하나씩 깨쳐가면서 여자는 남자에게 익숙해진다. 속된 말로 길이 든다고 하지만 정확하게 표현하면 호흡이 맞아가는 것이다.

그런데 희선의 오늘 태도는 두 계단쯤 껑충 뛰어오른 것이나 같다. 조철봉으로서는 여자와의 섹스에서 리드를 당한 적이 없다. 설령 기세로 여자가 주도하는 것 같이 보이기는 해도 실제로는 남자에 의하여 방사가 결정된다고 믿어 왔다. 섹스의 과정에서 여자는 절제할 필요가 없는 구조를 갖고 이 땅에 태어났다. 기진해서 기절할 때까지 몇 번이고 정상에 오를 수 있는 구조여서 절제할 필요가 없는 것이다.

오직 남자만이 인내와 의지로 절제를 하고 연구를 하면서 여자와 호흡을 맞추는 것이니 황태후라고 할지라도 리드를 한다는 것은 어불성설이다. 다만 섹스 도중에 휴지를 가져와라, 문을 닫고 와라, 등등의 심부름을 시켰다고 리드를 하는 것으로 착각할 수는 있을 것이다. 그래서 조철봉은 희선이 타월로 앞부분만 가린 채 침실에 들어섰을 때 여유 있게 웃을 수 있었다. 희선은 이번에는 전과 다르게 불을 끄려는 시늉마저 하지 않았다.

"너 그동안 달라졌다."

시트를 들치고 알몸으로 들어서는 희선을 향해 조철봉이 그렇게 말해주었다.

"예습 복습을 많이 해놓은 학생 같다."

"오빠는 편안하니까."

조철봉의 상반신을 끌어안으며 희선이 이를 드러내고 웃었는데 윤기가 흐르는 얼굴에 다시 홍조가 떠올랐다. 상큼한 비누 냄새가 풍기는 피부는 아직 물기가 다 마르지 않아서 방금 씻어낸 과일처럼 느껴졌다. 심호흡을 한 조철봉이 희선의 이마에 먼저 입술을 붙였다. 이것은 조철봉이 상대를 존중한다는 저만의 의식이었으나 희선이 알 리가 없다.

입술이 콧등을 거쳐 입술로 내려왔을 때 기다리고 있던 희선의 입에서는 과일향이 맡아졌고 부드러운 혀는 달콤했다. 희선이 혀를 뻗어 조철봉의 혀를 감으려고 하는 것도 처음 있는 일이었다. 입을 뗀 조철봉이 낮고 부드럽게 말했다.

"사랑스럽다."

사랑이란 두 글자를 오만 가지 경우에 다 쓰고 있어서 식상한 사람들도 많지만 아직도 효력은 대단한 것이다. 너무 광범하게 쓰이고 있어서 표현력이 부족한 사람들에게는 더할 나위 없이 필요한 단어이기도 하다.

이런 분위기에서 사랑스럽다라는 표현만큼 편리하고 적당한 단어가 있겠는가? 사랑한다고 말하지 않은 것도 그만큼 희선을 존중한다는 뜻도 되었다. 헤프게 남발되는 그 단어를 조철봉은 거의 사용하지 않았는데다 자신이 희선을 사랑한다고도 생각하지 않았기 때문이다. 오직 욕정과 괴로움, 또는 성취감을 채우려고 접근할 뿐이다.

"오빠, 사랑해."

조철봉의 입술이 젖꼭지를 물었을 때 희선이 헐떡이며 말했다. 희선은 진심이다. 조금 미안해진 조철봉은 대답 대신 더욱 열중했다.

처음은 대담하게 나섰지만 시간이 흐르자 희선의 반응은 전과 비슷해졌다. 몰두한 상황에서 의식적인 행동을 만들기도 어려웠기 때문일 것이다. 그야말로 이마에서 발가락 끝까지 입술과 혀로 샅샅이 애무를 하고 났을 때 희선은 장거리를 달려온 것처럼 늘어졌다. 오늘따라 조철봉은 유별나게 애무에 긴 시간을 보낸 것이다. 희선의 샘은 넘쳐나고 있었으며 이미 절정에도 한 번 올랐다가 내려왔다.

"오빠, 이제 그만 해줘."

늘어져 있던 희선이 조철봉의 머리칼을 움켜쥐고 흔들면서 말했다. 조철봉은 다시 희선의 젖꼭지를 입안에서 굴리고 있는 중이다. 그러자 조철봉이 머리를 들었다.

"그만하라고?"

"아니."

"금방 그만하라고 했지 않아?"

"아니, 넣으라고."

희선이 조철봉의 어깨를 움켜쥐고 흔들었다. 다급한 듯 이맛살까지 찌푸려져 있다. 조철봉이 희선의 말을 잘못 들은 것이 아니다. 애를 태우려고 시간을 끌었던 것이다. 그, 애를 태운다는 수작은 희롱한다는 의미로 잘못 해석될 수가 있으나 방사 중에는 전혀 내용이 달라진다.

애를 오래 태울수록 감동을 크게 받는 법이어서 그것에 대하여 고발했다는 상대가 역사상 나타난 예를 못 보았다. 상체를 일으킨 조철봉은 희선의 뜻대로 철봉을 넣었다. 이미 서로의 몸에 익숙한 터였지만 희선은 환희의 신음을 뱉었으며 조철봉은 그 순간 쾌감의 일부분을 만끽했다. 상대와 분위기에 따라서 자세와 방법, 시간이 달라지기도 했지만 조철봉에게도 그만의 패턴이 있다. 그것은 마찰 운동으로 쾌감을 증폭시키다가 대포를 발사하는 것으로 끝나는 구조를 그 나름대로 세분화시킨 것이다. 그 하나가 철봉을 넣을 때의 쾌감이다.

비교적 단순한 남성의 쾌감 구조를 나눈 것은 가계부를 꼬박꼬박 적으며 살아가는 알뜰한 경제가와 비견될 만하고 감방 안에서 종이로 화투를 만들어 고스톱을 쳐대는 것처럼 강한 적응력과 생존력을 나타낸다. 한 개의 빵을 덥석 입에 넣는 것보다 여러 토막으로 잘라 먹으면 여러 개의 처음과 끝 맛을 본다는 이치인 것이다. 따라서 조철봉은 철봉을 넣을 때 그냥 쑥 넣지 않는다. 여러 차례, 분위기에 따라 샘 가를 오락가락한 다음에 아주 천천히 입장하는 것이 조철봉의 패턴이었다.

"아아, 오빠."

희선이 철봉의 감촉을 조철봉과 똑같이 느꼈을 것이 틀림없다. 환희의 신음을 대단히 길게 토해낸 것을 보면 그렇다. 조철봉은 자신의 진퇴 운동이 있을 때마다 희선의 반응이 급해져 가는 것을 깨닫고는 움직임을 멈췄다.

"급하게 하지 마, 천천히 느끼면서 올라가."

조철봉이 희선의 귀에 대고 속삭였다. 뜨거운 입김을 넣기 위해서 그렇게 한 것이다.

"그래야 더 크고 강하게 느낄 수가 있단다."

"으응."

희선이 조철봉의 목을 끌어안더니 몸부림을 쳤다. 다시 몸을 가동시키라는 표시였다. 조철봉은 다시 움직이기 시작했다. 세상에 정신이 제대로 박힌 조씨 성을 가진 놈치고 절정으로 막 치닫는 여성에게 천천히 가라고 하는 놈이 있겠는가? 아마도 콜맨뿐일 것이다.

예상했던 대로 희선은 말을 안 듣고 여전히 거칠게 움직였다. 오히려 두 다리를 치켜드는 바람에 박자도 어긋났다. 조철봉은 심호흡을 했다. 속삭인 것은 시간을 끌기 위한, 즉 애를 태우기 위한 방법이었던 것이다.

다음 날 아침, 회사에 출근한 조철봉이 막 컴퓨터의 전원을 켰을 때 문에서 노크 소리가 났다. 방으로 들어선 직원은 양정민이다. 정민은 오늘 진주색 실크 블라우스에 회색 바지 차림이었고 단화를 신었는데 단정한 모습이었다.

"드릴 말씀이 있습니다."

"거기 앉아요."

조철봉이 소파의 앞자리를 권하고는 자리에 앉자 정민이 입을 열었다.

"김성산은 북한의 실력자입니다. 김정일 위원장과 수시로 면담할 수 있는 몇 명 안 되는 인물 중의 하나죠."

힐끔 조철봉의 눈치를 살핀 정민이 말을 이었다.

"사장님은 대단한 거물을 알고 계신 겁니다."

"그래서 나한테 자금 지원을 해준 것 아닌가?"

조철봉이 소파에 등을 붙이고는 느긋한 표정으로 정민을 보았다.

"그래서 당신이 온 것이고, 내 정부가 될 각오까지 하고 말이야."

"그런 일은 없을 것입니다."

"그런 자세로 일이 제대로 될 것 같소?"

조철봉이 쓴웃음을 짓고는 말을 이었다.

"몸과 마음이 일체가 되어도 모자랄 상황에 내 적극적인 협조까지 얻어내려면 그렇게 해서는 안 되지."

그러자 시선을 내렸던 정민이 머리를 들고 조철봉을 보았다.

"어쨌든 김성산과의 관계를 더욱 굳혀야 합니다. 그래서 그자의 신임을 더 받으려면 사업을 확장시켜야 되겠습니다."

"지금 베트남에서 확장하고 있어."

"그건 압니다."

머리를 끄덕인 정민이 들고 온 서류를 탁자 위로 내밀었다.

"여기 베이징의 룸살롱 5개에 대한 자료가 있습니다. 모두 한국인들이 투자했다가 지금은 도산 직전의 상황이 되어 있지만 우리가 인수한다면 당장 이익을 낼 수 있는 곳이죠."

조철봉의 시선을 받은 정민이 말을 이었다.

"이곳을 인수하시는 것이 어떻습니까?"

"그동안 많이 연구한 모양이군."

혼잣소리처럼 말한 조철봉이 서류를 펼쳤다. 그러고는 긴장했다. 5개의 룸살롱에 대해 철저하게 조사를 해놓은 것이다. 지난번에 조철봉도 시장 조사를 시켜 보았지만 이처럼 상세하게 전망이나 대책까지 만들어내지는 않았다. 이윽고 머리를 든 조철봉이 다시 쓴웃음을 지었다.

"자금만 투자하면 당장에 인수해서 이익을 낼 수 있다고 결론이 났군."

"아마 정확할 것입니다."

"그렇다면 김성산 씨와 상의하도록 하지. 물론 승낙을 하겠지만."

"하지만 조건이 있습니다."

"조건이라니?"

머리를 든 조철봉을 향해 정민이 정색하고 말했다.

"사장님하고 김성산 씨 두 분이서 개인적으로 운영하자는 제의를 하시는 겁니다."

"둘이라니?"

조철봉이 눈을 좁혀 뜨고 정민을 보았다.

"국일상사에서 관리하는 것이 아니라 나하고 김성산 씨 둘이서 운영하는 것으로 하라는 건가?"

"그렇습니다."

"그럼 둘이 개인적으로 운영하고 개인적으로 치부를 하라는 말인데."

"그렇습니다."

그러자 조철봉이 얼굴을 일그러뜨리며 웃었다.

"김성산 씨 약점을 잡겠다는 것이군. 내 약점은 말할 것도 없고 말이야."

"김성산 씨도 거부하지 않을 겁니다."

정민이 여전히 정색하고 말을 이었다.

"한 달에 개인적으로 30만 불은 수입이 생길 테니까요."

양정민이 프리마호텔 커피숍으로 들어섰을 때는 오후 2시였다. 구석자리에 앉아 있던 홍경수가 눈으로만 알은체를 했으므로 양정민도 잠자코 앞자리에 앉았다. 커피숍 안에는 손님이 드문드문 있을 뿐인 데다 모두 외국인들이다. 다가온 종업원에게 커피를 시킨 양정민이 웃음 띤 얼굴로 입을 열었다.

"베이징의 룸살롱 자료를 보여주었더니 그 사기꾼의 눈이 둥그레지더군요. 김성산을 제쳐두고 혼자 해먹고 싶은 눈치였습니다."

"당연히 그런 욕심이 일어나겠지."

홍경수는 정색하고 머리를 끄덕였다.

"조철봉은 사기 수단뿐만이 아니라 사업 능력도 뛰어난 놈이야."

"김성산과 같이 개인적으로 사업체를 인수할 것입니다."

"그런다고 하던가?"

"저하고 같이 김성산을 만나기로 했습니다. 그런데."

양정민이 이번에는 쓴웃음을 지었다.

"저를 내연의 여자로 취급할 모양입니다. 그것이 자연스럽다고 하는

군요.”

“내연의 여자로?”

눈을 크게 떴던 홍경수가 곧 얼굴을 펴고 웃었다.

“그렇군, 조철봉의 행태에 맞는 수작이어서 자연스럽다. 김성산도 의심하지 않을 것 같고.”

“제가 그 쓰레기 같은 사기꾼의 정부 취급을 받는 것이 역겹긴 합니다만.”

머리를 든 양정민이 따라 웃었다.

“할 수 없죠. 감수하겠습니다.”

“조철봉이 당신을 함부로 취급하지는 못 해. 그러니까 마음을 놓고.”

“그건 압니다.”

가늘게 숨을 뱉은 양정민이 의자에 등을 붙였다. 커피가 나왔으므로 양정민은 설탕도 넣지 않은 커피 잔을 들어 한 모금 마셨다.

“저는 조철봉 같은 인간 망종을 통해 남북관계의 진전을 이룬다는 현실이 조금 답답할 뿐입니다.”

“나도 당신 경력 때에는 그랬어.”

홍경수가 위로하듯 말했다.

“하지만 차츰 현실에 적응해가면서 이렇게 무디어졌지. 그리고 솔직히 지금 조철봉만큼 김성산과 밀착된 한국인은 없는 실정이니까.”

“작업이 끝나면 조철봉을 잡아넣고 싶어요, 과장님.”

정색한 양정민이 홍경수를 보았다. 홍경수는 홍 사장으로 통하고 있었지만 정보국 과장으로 양정민의 직속상관인 것이다. 양정민의 시선을 받은 홍경수가 천천히 머리를 끄덕였다.

"그건 김성산과의 관계에 지장이 없다면 얼마든지 가능한 일이지. 우리한테 조철봉 개인은 아무 의미가 없는 사기꾼에 불과하니까."

"여자 편력만 일삼는 그런 사기꾼은 매장해야 한국 사회가 건전해진다고 생각합니다."

"지당한 말이야. 하지만…."

홍경수가 정색하고 양정민을 보았다.

"작업이 끝날 때까지는 사적 감정에 일절 좌우되지 말도록, 무슨 말인지 알겠지?"

"물론입니다, 과장님."

다시 쓴웃음을 지은 양정민이 커피 잔을 내려놓았다.

"그때까지는 조철봉의 비위를 맞추겠습니다. 걱정하지 마십시오."

양정민처럼 조철봉의 사생활을 샅샅이 알고 있는 여자는 없을 것이다. 그것은 물론 정보국에서 철저히 조사를 했기 때문인데 자료를 읽던 양정민은 몇 번이나 자리에서 일어났다가 다시 앉았던 것이다. 그놈은 색광이었다. 포장마차 주인에서부터 전처 서경윤, 그리고 수많은 여자에게 상처만 주고 있는 놈이다.

"데려왔습니다."

방으로 들어선 최갑중이 활기 띤 목소리로 말했다. 갑중의 뒤를 따라 들어선 남녀는 마키와 수엔이다. 조철봉의 초청을 받아 베트남에서 도착한 것이다. 자리에서 일어선 조철봉이 웃음 띤 얼굴로 남매를 맞았다.

"잘 왔다."

남매는 아직 긴장이 풀리지 않아서 몸이 굳어져 있었다. 특히 수엔은 주춤거리면서 시선을 들지도 않는다. 소파에 나란히 앉았을 때 조철봉이 입을 열었다.

"너희들은 어차피 한국 회사의 일을 하게 되었으니까 한국을 알아야 된다는 생각이 들었어. 회사 구경도 하고, 시간을 내줄 테니까 관광도 해."

"고맙습니다, 사장님."

마키가 겨우 인사를 했지만 수엔은 아직도 머리만 숙이고 있다. 수엔은 흰색 원피스 차림이었는데 허리에는 끈을 매었고 칼라와 소매에는 레이스가 붙어 있었다. 짧은 머리 밑으로 긴 목이 드러난 모습은 소녀 같았다. 남매를 공항에서 데려온 갑중도 들뜬 표정이 되어서 자꾸 마키를 흘끗거렸다. 그것은 갑중이 마키의 아버지까지 찾아 놓았기 때문이다. 손목시계를 본 조철봉이 자리에서 일어섰다. 오후 6시가 되어가고 있었다.

"그럼 같이 저녁을 먹으러 가자고, 한국에 왔으니 한정식을 사주지."

회사에서 그리 멀지않은 한정식 전문 음식점에서 넷이 마주앉았을 때 수엔의 긴장감과 수줍음도 조금 가셔졌다. 수엔은 한국 남자와 결혼하려고 결혼상담소에 찾아갔다가 몸까지 버린 아픈 추억이 있다.

"내일은 시내에서 쇼핑을 해라. 그래, 나하고 같이 가도록 하자."

조철봉이 수엔에게 말했다.

"남대문이나 동대문에 가면 네가 좋아할 만한 옷이 많을 거다."

"저는 괜찮아요."

다시 얼굴이 붉어진 수엔이 힐끗 마키의 눈치를 보았다. 마키는 밝은 표정이었다. 갑중으로부터 모범택시와 일반택시의 구분을 들으면서 연방 머리를 끄덕이고 있었다. 수십 가지의 찬이 놓인 한정식 밥상이 차려졌을 때 남매는 다시 눈을 둥그렇게 떴다.

마키의 아버지는 한국인이지만 수엔은 아니다. 더구나 베트남에서만 자란 남매가 한정식 밥상을 받아먹었을 리가 없다. 조철봉은 반주로 소주를 마셨다. 처음의 계획은 저녁을 마치고 안산에 사는 마키의 아버지를 찾아가기로 해놓았는데 아직 조철봉이 말을 꺼내지 않아서 갑중은 눈치만 보는 중이다. 이윽고 저녁을 마쳤을 때 조철봉이 마키를 보았다.

"최 전무가 네 부친이 어디 계신지를 안다. 이곳에서 가까운 곳인데 찾아가 볼 테냐?"

그러자 마키의 얼굴이 순식간에 굳어졌고 조철봉의 옆에 앉은 수엔도 숨을 죽였다. 그때 갑중이 헛기침을 했다.

"마키, 기죽을 것 없다. 이번에는 입장이 거꾸로 된 거야."

마키의 시선을 받은 갑중이 손까지 흔들며 말했다.

"무슨 말인가 하면 네 부친은 지금 이혼하고 자식들하고도 사이가 좋지 않아서 혼자 살고 있단 말이야. 그리고 재산도 다 날려서 월셋집에서 산다."

흘끗 조철봉의 눈치를 살핀 갑중이 말을 이었다.

"오히려 네 도움을 받아야할 신세지, 물론 네가 싫다면 그만이지만 말이야."

"지금 뭘 하고 계시는데요?"

겨우 마키가 입술만 달싹이고 물었을 때 갑중이 뱉듯이 말했다.

"아파트 경비원인데 만날 술을 마시는 바람에 그곳도 쫓겨나게 될 것 같다."

시선을 든 마키가 조철봉을 보았다. 정색한 얼굴이었다.

"저희들을 초청해주신 이유가 이것이었군요, 사장님."

조철봉이 눈만 크게 떠 보였을 때 마키가 머리를 숙여 절을 했다.

"감사합니다, 사장님."

"주저할 것 없다, 마키."

조철봉이 부드럽게 말했다.

"겁낼 것도 없고, 지금은 네 세상이야."

마키의 시선을 잡은 조철봉이 입술만 올리고 웃었다.

"네 부친이 어떤 상황에 있더라도 난 너를 당당한 인물로 만들어 주었을 것이다. 네가 뭔가를 내놓을 수 있는 자식으로 말이야."

조철봉이 잔에 남은 소주를 한 모금에 삼키고는 말을 이었다.

"하지만 물질은 결국 허무한 것이야. 당장의 효과는 있지만 길지가 않아."

그때 마키가 정색하고 조철봉을 보았다.

"아버지를 만나겠습니다. 데려다 주십시오, 사장님."

"최 전무가 데려다 줄 거야."

턱으로 갑중을 가리킨 조철봉이 주머니에서 봉투 하나를 꺼내더니 마키에게 내밀었다.

"일천만 원이 들어 있다. 네 봉급에서 제하지 않을 테니까 걱정 말고 받아."

마키가 눈만 둥그렇게 떴으므로 조철봉이 갑중에게 건네주었다.

"네 부친한테 줘라. 월세도 밀려 있는 모양이야."

"사장님."

"그리고 이번에는 네가 인연을 끊어. 만일 그러고도 네 부친이 지금 상태로 산다면 죽어야 마땅한 사람일 것이고 새롭게 된다면 넌 네 부친에게 은혜를 베푼 자식이 된다."

"자, 그럼 가지."

갑중이 일어날 차비를 하며 서둘렀다. 마음이 급해진 것이다. 그러나 돈 봉투는 의외였던지 봉투를 마키의 주머니에 찔러주면서 힐끔 조철봉을 보았다. 식당 앞에서 갑중과 마키를 보낸 조철봉이 머리를 돌려 옆에 선 수엔을 보았다. 시선이 마주치자 수엔이 머리를 숙였으므로 조철봉은 쓴웃음을 지었다.

"수엔, 겁이 나는 것 같구나."

"아녜요."

퍼뜩 머리를 든 수엔이 눈을 크게 뜨고 조철봉을 보았다.

"겁이 난 것은 아닙니다."

"그렇다면 눈을 그렇게 뜨고 한국 사람들을 봐."

"그럴게요."

조철봉이 발을 떼자 수엔이 옆으로 바짝 붙었다. 이미 거리에는 어둠이 덮이고 있었는데 가을 날씨는 서늘했다.

"오빠는 한국에서 아버지를 찾을 계획이었어요."

수엔의 목소리가 전처럼 맑고 높아졌다. 조철봉의 시선을 받은 수엔이 다시 눈을 크게 떴다. 이번에는 밝은 표정이다.

"오빠는 오히려 아버지에게 도움을 받으려고 찾는다는 오해를 받을까 봐 걱정을 했습니다."

또박또박 말한 수엔이 긴 말에 지친 듯 숨을 뱉었을 때 조철봉이 손을 잡았다. 수엔의 손은 작고 부드러웠다.

"수엔, 네 꿈은 뭐냐?"

그렇게 물었을 때 수엔이 가만히 조철봉의 손을 마주 쥐었다.

"사랑하는 사람을 기다리는 것입니다."

"기다리기만?"

"네, 사장님. 하지만."

수엔의 검은 눈동자가 다시 조철봉에게로 향했다.

"우리 어머니처럼 되기는 싫어요. 너무 오래 기다리는 게 싫거든요."

"실례합니다."

경비실 앞으로 다가온 두 사내 중 하나가 말했을 때 박용환은 자리에서 일어섰다. 저녁 9시 반이어서 퇴근해 온 주민들이 뜸해졌으므로 주차장을 둘러보려고 나가려던 참이었다. 두 사내를 훑어본 용환은 그들이 잡상인은 아니라는 것을 알 수 있었다. 옷차림이 말쑥했고 긴장하고 있는 것을 보면 아파트 주민을 찾아온 손님들 같다. 그때 다가선 사내가 용환을 똑바로 보았다.

"박용환 씨 맞지요?"

"예, 그런데요?"

가슴이 철렁 내려앉은 용환의 머릿속이 분주해졌다. 카드빚 350만 원이 석 달째 밀려 있었으니 카드 회사에서 찾아왔을 가능성이 많았다. 긴장한 용환의 표정을 살핀 사내가 희미하게 웃었다.

"바쁘시겠지만 조용한 곳에서 이야기를 했으면 좋겠는데."

"바쁩니다."

마음을 굳힌 용환이 턱을 치켜들었다.

"할 이야기가 있으면 여기서 하시오."

"그래요?"

사내가 힐끗 옆에 선 다른 사내를 보았으므로 용환의 시선도 그쪽으로 옮아갔다. 조금 더 젊은 사내였는데 어딘지 낯이 익은 얼굴이었다. 그리고 사내는 처음부터 자신의 얼굴에서 시선을 떼지 않고 있었는데 긴장한 표정이다.

"이 사람을 아시오?"

나이든 사내가 옆에 선 사내를 눈으로 가리키며 물었다.

"글쎄, 잘 모르겠는데."

이맛살을 찌푸린 용환이 경비실 창으로 얼굴을 조금 붙였다. 그러고는 머리를 한쪽으로 기울였다.

"안면이 있는 것 같기도 하고, 그런데 무슨 일로 날 찾는 거요?"

"이 사람이 박 선생 아들입니다."

사내가 정색하고 말했지만 용환은 눈만 껌벅였다. 그때 젊은 사내가 한 걸음 다가와 섰다.

"저, 베트남에서 왔습니다. 제 어머니는 부엔이고 제 어릴 적 이름은 성진이었습니다."

"어어!"

헛소리처럼 낮게 탄성을 뱉은 용환이 꿀꺽 침을 삼켰다가 사레들려 재채기를 했다. 그러고는 다시 서너 번 눈을 껌벅였다. 사내가 말을 이었다.

"그냥 한 번 뵙고 싶었습니다. 일에 방해가 된다면 가겠습니다."

"어어."

다시 용환이 입을 벌렸지만 외마디 소리만 나왔다. 그러나 시선은 사내한테서 떨어지지 않았다.

"저기 저쪽으로 가지."

겨우 정신을 수습한 용환이 손으로 옆쪽 놀이터를 가리킨 것은 잠시 후였다.

놀이터 안쪽의 그네 옆에서 셋이 둘러섰을 때 이번에는 용환이 먼저 물었다.

"네가 성진이란 말이냐?"

"지금 이름은 마키입니다."

마키가 정색하고 용환을 보았다. 그러나 아직 긴장이 풀리지 않아서 목소리가 가라앉아 있었다.

"그래, 어머니는 안녕하시고?"

그렇게 묻는 용환의 눈동자가 어둠 속에서도 흔들리고 있는 것을 갑중은 보았다.

"예, 잘 계십니다."

"내가 여기 있다는 걸 어떻게 알았어?"

"여러분이 도와주셨습니다."

"부끄럽다."

어깨를 늘어뜨린 용환이 길게 숨을 뱉었다.

"그리고 미안하다."

"괜찮습니다."

이제 마키의 목소리가 정상으로 돌아와 있었다. 마키가 똑바로 용환을 보았다.

"잘 살고 계신다면 만나지 않았을 겁니다."

4. 전화위복

그 시간에 조철봉은 수엔과 함께 립튼호텔의 스카이라운지에 앉아 있었는데 창가의 좌석에서는 휘황한 강남의 야경이 내려다보였다.

"아름다워요."

창에서 시선을 뗀 수엔이 눈을 반짝이며 말했다.

"평화롭고요."

조철봉은 서울의 야경이 전혀 그렇게 생각되지 않았지만 머리를 끄덕여 보였다. 그로서는 수엔의 모습이 아름답고 평화로우며 신비롭기까지 했던 것이다. 소리 죽여 숨을 뱉은 조철봉은 수엔에게서 시선을 뗐다. 마키를 초청한 것은 아버지를 만나게 해줄 의도였지만 수엔은 특별한 이유가 없는 것이다. 아마 갑중은 조철봉의 속셈이 뻔하다고 할 것이다.

그러나 막상 이렇게 둘이 있게 되었을 때 조철봉은 온몸이 나른해지면서 충동이 일어나지 않았다. 모든 것을 믿고 맡기는 수엔의 태도를 볼수록 더 그렇다. 수엔은 어떤 거짓말도 다 믿을 것이었고 어떤 행동도

다 받아들일 것이었다. 이윽고 조철봉이 입을 열었다.

"수엔, 네가 보고 싶었다. 그런데."

긴장한 수엔이 눈만 크게 떴으므로 조철봉은 쓴웃음을 지었다.

"이렇게 만나고 나니까 괜히 내가 부끄러워지는구나."

"왜요?"

두 손을 무릎 위에 올려놓은 수엔이 단정한 자세로 조철봉을 바라보며 물었다.

"그건."

조철봉이 입맛을 다셨다.

"나는 진심이 없는 사람이라는 말을 들어왔고 실제로도 그렇게 행동해왔기 때문이지."

진심이라는 단어를 말할 적에 조철봉은 손으로 가슴을 짚어 보였다. 수엔이 정색했고 조철봉의 말이 이어졌다.

"원인이야 어떻든 나는 어느 한 여자에게 의지하고 마음을 다 열어보인 적이 없어. 그것이 나를 믿었던 상대에게는 상처가 되었을 거야."

조철봉으로서는 이렇게 자신의 본색에 대하여 털어놓은 적이 없다. 다시 쓴웃음을 지은 조철봉이 수엔을 보았다.

"수엔, 너를 안고 싶어서 초청한 거야. 하지만 네 순진한 모습을 대하고 나서 마음이 변했어. 너에게는 상처를 주지 않을 작정이야."

"그것은…."

꼴깍 침을 삼킨 수엔이 정색하고 조철봉을 보았다.

"사람 나름이에요."

그러고는 수엔이 시선을 내렸으므로 조철봉은 심호흡을 했다. 가슴이 슬슬 뛰기 시작했는데 그것은 진심을 털어 놓은 것이 작전이라는 이유도 있을 것이다. 그때 수엔이 다시 얼굴을 들고 조철봉을 보았다.

"저, 사장님이 생각하시는 것처럼 그렇게 순진하지 않아요. 초청을 받았을 때 서울에 가서 사장님께 안겨도 좋다고 생각했어요. 그리고 사장님이 필요하실 때 찾는 애인이 되어도 상관없다고까지 생각했으니까요."

"그런가?"

예상하지 못했던 수엔의 다부진 대답에 조철봉은 조금 당황했다. 그러나 더욱 세차게 고동치는 가슴과는 반비례하여 머리 한쪽이 서늘해졌다

"그렇게까지 생각했나?"

"제가 사장님을 좋아하고 존경하니까요."

"으음."

저도 모르게 신음을 뱉은 조철봉이 희미하게 웃었다.

"고맙다, 수엔."

더 이상 바랄 것이 뭐가 있겠는가? 됐다.

아파트로 들어선 수엔이 눈을 둥그렇게 떴다.

"이곳이 사장님 집이에요?"

"그래, 실망했어?"

조철봉은 자신의 아파트로 수엔을 데려온 것이다. 집 안을 둘러본 수엔이 환하게 웃었다.

"혼자 살고 계시는군요?"

"냄새가 나는 거냐?"

"들어오면서 신발장을 보고 금방 알았어요."

"눈치가 빠르군."

"조금 겁이 났거든요."

"지금은 겁이 나지 않고?"

"이젠 안심했어요."

수엔은 밝아졌다. 행동도 날렵해져서 이 방 저 방을 들락거리며 혼자 구경을 했고 옷장을 열어보기도 했는데 다른 사람 같았다. 조철봉은 소파에 기대앉아 수엔의 모습을 웃음 띤 얼굴로 보기만 했다. 여자와 가장 쉽게 가까워질 수 있는 수단이 섹스라는 말도 맞다. 수엔이 그런 대화가 끝난 후부터 귀신을 떨어뜨린 것처럼 이렇게 밝은 모습으로 변한 것을 봐도 그렇다. 수엔이 옷장에서 조철봉의 와이셔츠를 들고 나왔다.

"저, 씻고 이 옷으로 갈아입을게요."

"그래."

"부끄러우니까 불은 끄고 기다리세요."

"그러지."

조철봉이 자리에서 일어섰다.

"나하고 같이 샤워하지 않을 테냐?"

그 순간 수엔의 얼굴이 빨개졌지만 시선은 내리지 않았다.

"그럼 조금 있다가 들어오세요."

조철봉이 스스로 분위기를 일으키려는 수작인 것을 수엔으로서는 알 리가 없다. 옷을 벗어던진 조철봉이 욕실로 들어섰을 때 수엔은 샤워기 앞에서 이쪽에 등을 대고 서 있었다. 수엔의 몸은 가늘었다. 가냘프다는 표현이 맞을 것이다. 억지로 살을 빼 어깨뼈와 골반이 솟아나지 않은 채로 자연스럽게 날씬한 몸이었다.

뒤로 다가간 조철봉이 수엔의 상체를 안았다. 그러고는 손을 뻗쳐 젖가슴을 움켜쥐었을 때 수엔이 머리를 젖혀 조철봉의 어깨에 기대었다. 머리를 둘러싼 헤어 캡 밖으로 긴 목이 더 길게 드러났고 눈은 감겨 있다. 더운 물이 쏟아지면서 둘의 몸을 적시고 있다. 수엔의 젖가슴은 작았지만 유두는 이미 성인의 것이었다. 조철봉의 손끝이 닿았을 때 당당하게 뻗쳐 있었다. 조철봉은 수엔의 어깨에 입술을 붙였다.

"수엔, 아름답구나."

수엔은 대답 대신 몸을 더 붙여왔으므로 조철봉의 철봉이 밀착되었다. 철봉은 이제 최고의 강도가 되어 있는 상황인데도 수엔은 조금도 의식하지 않는 것 같았다. 더운 물이 쉴 새 없이 둘의 몸에 쏟아졌고 밀착된 살이 미끈거렸다. 조철봉은 수엔의 몸을 돌려 정면으로 마주보고 섰다. 그러고는 수엔의 입술을 빨았을 때 수엔이 팔을 들어 조철봉의 목을 감았다. 조철봉은 벌려진 수엔의 입안에서 혀를 찾았다. 그러자 안에 움츠려있던 수엔의 혀가 조금씩 밀려 나오더니 곧 힘을 빼고 조철봉의 입안으로 빨려 들어왔다.

"으응."

수엔이 가쁜 숨과 함께 콧소리를 내었다. 아직도 눈을 감고 있었지만 몸은 더욱 밀착되었고 호흡은 더 가빠졌다. 마침내 조철봉이 입을 떼고는 수엔의 몸을 그대로 안아 들었다.

"수엔, 좋은 거냐?"

그렇게 묻자 수엔이 반쯤 눈을 뜨고는 끄덕였다. 누구는 섹스 과정에서 될 수 있는 한 말을 많이 하라고 한다. 그래서 긴장 상태를 완화시켜 타이밍을 늦추라는 수작이지만 그렇다고 뜬금없이 쌀값을 물어볼 수는 없지 않은가.

샤워기를 잠근 조철봉은 수엔을 안아 든 채 욕실을 나왔다. 수엔의 몸은 가벼웠다. 침대 위에 내려놓았을 때 수엔이 몸을 비틀며 모로 누웠다.

"불을 꺼주세요."

수엔이 말했을 때 조철봉이 웃었다.

"수엔, 난 네 몸을 보고 싶단다."

그러자 수엔이 두 손으로 얼굴을 가리더니 손가락을 펴고 조철봉을 보았다. 수엔도 조철봉의 몸을 보는 것이다. 조철봉이 다가가 아직도 수엔이 머리에 두르고 있는 캡을 벗겨 던지고는 이마에 입술을 붙였다. 수엔의 몸은 물기를 닦지 않아 번들거리고 있었으므로 더욱 생기 있게 느껴졌다. 조철봉은 수엔의 몸을 바로 눕혔다. 그러자 불빛을 받은 수엔의 알몸이 완벽하게 드러났다. 누구는 말이 아름다운 짐승이라고 하지만 사람이 그런 말을 하면 못 쓴다.

말은 말만 평가해야 하고 사람은 사람을 말하는 것이 정상이다. 따라서 탄력 있고 부드러운 곡선과 솟아올랐다가 들어간 배합, 그리고 머리칼에서 발톱까지 잘 다듬어진 여자만큼 아름다운 것은 세상에 없는 것이다. 수엔의 몸이 바로 그랬다. 성욕이 가득차서 다급한 입장이 되어있긴 했어도 그 누구보다도 아름다웠던 것이다.

작은 가슴은 눕게 되었을 때 종지를 올려놓은 것 같게 되었지만 수박씨보다는 조금 큰 젖꼭지가 탱탱하게 솟아 있었으며 홀쭉한 아랫배에 작게 오므라든 배꼽이 부끄러운 듯 숨었다. 아랫배 밑의 언덕은 팽팽했지만 숲이 짙었다. 대담한 느낌이 들 정도의 숲 사이에 계곡이 비스듬하게 눕혀졌고 안쪽의 땅은 분홍빛이다. 수엔의 몸을 한참 동안이나 굽어보던 조철봉은 저도 모르게 막혔던 숨을 뱉었다.

"그만 보세요."

손가락 사이로 두 눈만 내놓은 수엔이 어리광 부리듯이 말했을 때 조철봉은 입술을 붙였다. 참을 수가 없었던 것이다. 수엔의 젖꼭지를 입 안에 넣은 조철봉은 차근차근 혀로 굴리기 시작했다. 보상 심리가 작용했는지도 모른다. 혀가 젖꼭지에서 아랫배로 내려오는 데에도 보통 때보다 더 길었으며 숲속의 계곡에 닿았을 때는 수엔이 몇 번이나 외마디 고함을 지른 후였다.

수엔은 이제 베트남어로 중얼거리기까지 했는데 계곡은 이미 넘쳐 나고 있었다. 조철봉의 혀는 다시 계곡을 오르내렸으며 마침내 수엔은 절정에 이르렀다. 절정의 순간에 닿았을 때 각양각색의 자세가 되지만 공통점은 있다. 그것은 순간 의식이 떠나는 것이다. 그 순간에 카드빚 생각하는 사람이 있다면 진정한 절정에 닿지 않았다고 봐야 한다.

수엔은 허리를 힘껏 추켜올리면서 길고 높은 신음을 뱉어내는 것으로 절정을 표현했다. 물기는 다 닦였고 대신 땀으로 범벅이 된 몸을 발 끝과 머리만 침대에 붙이고는 치켜들었던 것이다. 그러더니 허물어지 듯 몸을 내리고는 조철봉의 상반신을 두 다리로 감았다. 엄청난 힘이었다. 그러나 조철봉은 끈질기게 애무를 계속했고 그 자세로 온몸을 굳히고 있던 수엔은 흐느껴 울었다. 이윽고 수엔의 다리 힘이 풀렸을 때 조철봉은 상체를 세웠다. 그러고는 수엔의 땀에 밴 얼굴에 입술을 붙였다.

"수엔, 지금 해도 좋겠니?"

기진한 수엔은 눈도 뜨지 않았지만 조철봉은 조심스럽게 철봉을 샘에 붙였다. 그러고는 수엔을 욕보였던 한국인 셋을 떠올리며 샘 주위를 거닐었다. 그렇게 여러 차례 왕래만 했을 때 늘어져 있던 수엔이 두 팔을 뻗어 조철봉의 목을 감아 안았다.

"넣어주세요."

조철봉은 수엔이 최소한 한국인에게는 이 말을 처음 하는 것이라고 믿었다. 그래서 아주 정중하게 입장했다. 이것도 보상이다.

떨어져 있으면 잊어지는 법이다. 사별을 했건 생이별을 했건 시간이 흐를수록 그리움이 사무친다는 노랫말이나 시가 있지만 거짓말이다. 만의 하나 거짓말이 아니라면 그 사람은 정신에 이상이 있다고 봐야 된다. 이별 후의 어느 기간까지는 그 아픔이 상승해갈 수는 있다. 그러나 어느 기점부터 하강되는 것이다. 그래야, 그래서, 그렇게 사람은 살아가게 되어 있다.

박용환도 그렇게 살았다. 처음에는 베트남에 두고 온 부엔과 마키를 못 잊어 몸부림을 쳤지만 데려오는 것은 불가능했고 어느덧 시간이 흐르자 잊었다. 베트남과 국교가 정상화되어 관광객이 몰려가게 되었을 때 문득 처자가 떠올랐지만 그때는 주변 상황이 좋지 않았다. 그러다가 직장을 잃고 처자와도 헤어져 이 꼴이 되고 나자 또 잊었던 것이다.

용환은 아파트 경비를 옆 동 동료에게 맡기고 길 건너편 식당에 들어가 마키와 마주앉아 있었는데 갑중은 먼저 서울로 돌아갔다. 용환은 앞에 놓인 소주를 단 한 잔도 비우지 않았다. 절제를 한다기보다 아예 술맛이 달아났다는 것이 맞는 표현이 될 것이다. 다시 시선을 든 용환이 마키를 바라보았다.

전처한테서는 36, 34살이 된 두 아들이 있고 딸은 32살이다. 모두 출가해서 제 식구들을 거느린 가장이 되었는데 전처는 큰아들과 함께 살고 있었다. 이혼을 한 것은 8년 전으로 직장을 그만둔 다음 인쇄소를 차렸다가 부도를 맞은 직후였다. 그때 전처는 자식들과 살겠다면서 이혼을 요구했으므로 용환은 어쩔 수 없이 도장을 찍어줘야만 했다. 그 후로 전처는 물론이고 자식들도 단 한 번도 찾아오지 않았다.

가끔 전화를 했다가 지금까지 억눌리고 학대받고 살아왔다는 악다구니만 듣고 나서는 연락마저 끊은 지가 5년도 넘는다. 그런데 난데없이 버린 자식이 찾아온 것이다.

"그래, 지금은 네가 뭘 한다고?"

"호치민시에 있는 국일교통의 관리과장입니다."

"한국 회사인가?"

"한국과 북한의 합작 회사지요."

"회사가 큰가?"

"예, 호치민시에서 제일 큰 버스회사에다 운송회사가 될 겁니다."

"잘됐구나."

용환이 앞에 놓인 술잔을 쥐었다가 다시 놓았다. 그러고는 소리 죽여 숨을 뱉었다.

"네 어머니는 결혼하셨나?"

"결혼하셨다가 사별했습니다."

그 베트남인 아버지가 수엔의 친부인 것이다. 그러나 그는 마키를 차별하지 않고 길러 주었다. 15년 동안 그가 보호해주지 않았다면 마키는 자신이 지금쯤 거지나 부랑배가 되어 있을 것이라고 믿었다. 그러나 어머니는 남편 복이 없는 여자였다. 기계 수리공이었던 수엔의 친부 쿠이동 씨는 10년 전에 사고로 죽었던 것이다. 시선을 든 마키가 용환을 보았다.

"저는 어머니한테 서울에서 만난 것을 말하지 않을 생각입니다."

용환이 눈만 끔벅이고 있었으므로 마키는 말을 이었다.

"어머니는 제가 이번에 큰 회사의 간부가 된 것을 기뻐하고 계십니다. 이제 어머니는 더 이상 바랄 것이 없다고 하셨습니다."

"잘됐어."

머리를 끄덕인 용환이 쓴웃음을 지었다.

"그리고 잘 생각했다. 날 만나지 않은 것으로 하는 것이 나을 거다. 내가 이 모양 이 꼴이니 자랑할 것도, 도와줄 것도 없고."

"저는 한때 한국인의 피를 받았다는 것에 수치심을 느끼고 살았습니다."

정색한 마키가 용환을 보았다.

"그런데 지금은 달라졌습니다."

박용환은 잠자코 마키를 보았다. 자신이 월남에서 마키의 어머니 부엔을 만났을 때가 인생에서 가장 황금기였던 것이다. 그리고 부엔을 사랑하기도 했다. 그때 마키가 다시 말을 이었다.

"저는 한국인의 도움을 받아 이렇게 안정이 되었습니다. 제가 한국어를 배워둔 때문이기도 했지만 지금은 자랑스럽습니다."

그러고는 마키가 손목시계를 들여다보는 시늉을 하더니 상체를 세웠다. 밤 12시가 되어가고 있었다.

"저는 이제 서울로 돌아가겠습니다."

"아니, 오늘 밤은 나하고."

용환이 우물거렸을 때 마키가 주머니에서 봉투를 꺼내어 젓가락 옆에다 놓았다.

"1천만 원입니다. 생활에 보태 쓰시지요."

"아니, 이건."

순간 얼굴이 붉게 달아오른 용환이 번들거리는 눈으로 마키를 보았다.

"이게 무슨 짓이냐?"

"생활이 어려우신 것 같아서 드리는 것입니다."

마키가 정색하고 말을 이었다.

"제가 이렇게 드릴 만한 입장이 되지 않았다면 뵙지도 않았을 것입니다. 받으시지요."

"내가."

말을 멈춘 용환이 시선을 내려 식어버린 안주 접시를 보았다.

"그 돈을 받을 것이라고 생각했느냐?"

"그런 생각은 안 했습니다."

어깨를 편 마키의 얼굴이 굳어졌다.

"받으셔도 그만이고 안 받으셔도 상관없습니다. 저는 오늘 밤 이후로 다시 뵙지 않을 테니까요."

"장하다."

갑자기 길게 숨을 뱉은 용환이 머리를 끄덕였다. 그러나 시선은 아직도 내려져 있다.

"잘 컸다. 그리고 넌 잘 될 것이다."

"그럼 저는 이만."

마키가 자리에서 일어섰을 때 용환이 봉투를 집어 내밀었다.

"내가 월세가 밀리고 돈이 아쉽지만 이 돈은 못 받겠다."

그러고는 용환이 얼굴을 일그러뜨리며 웃었다.

"괜히 배가 부른 기분이 들어서 그런다. 널 만나니까 눈앞이 환하게 트인 것 같기도 하고."

"그렇다면 부담 없이 받으시지요. 누가 볼 사람도 없고 소문을 낼 사람도 없습니다."

"미안하다."

봉투를 마키 앞에 내려놓은 용환이 다시 웃었다.

"너는 이것으로 정을 떼고 싶겠지만 난 그냥 죽는 날까지 네 정을 가슴속에 묻어 둘란다. 물론 넌 나를 다시 찾아오지 않겠지만 말이다."

"그거야 마음대로 생각하셔도 됩니다."

마키가 봉투를 집어 주머니에 다시 넣고는 용환과 비슷한 표정으로 웃었다.

"잘 지내시기 바랍니다."

"너도 잘 살아라."

"그럼."

몸을 돌린 마키가 카운터로 다가가 계산을 했지만 용환은 자리에 다시 앉았다. 식당을 나온 마키는 심호흡을 했다. 그러고는 택시를 잡으려고 주위를 둘러보았을 때 검정색 대형 승용차 한 대가 다가와 섰다. 승용차의 뒤쪽 창문이 열리면서 최갑중의 얼굴이 드러났다. 웃는 얼굴이다. 그는 가지 않고 있었던 것이다.

"왜 먼저 나오는 거야?"

마키는 문을 열고 차에 올랐다.

"헤어졌습니다."

그러면서 주머니에 든 봉투를 꺼내 갑중에게 내밀었다.

"아버지가 받지 않으신답니다."

마키는 처음으로 아버지라고 불렀다.

구름 한 점 떠 있지 않은 하늘은 땅에서 보아온 그 어떤 푸른색보다 맑았다. 하늘에서 본 하늘색이 더 푸르고 맑은 것은 오염된 대기층을 벗어났기 때문인지도 모른다고 양정민은 생각했다. 비행기는 황해 위를 날고 있었다. 호치민행 여객기였다. 머리를 돌린 정민은 통로 건너편 앞쪽 좌석에 나란히 앉아 있는 조철봉과 수엔을 보았다. 수엔은 창가의 자리였고 조철봉은 통로 쪽이다.

어금니를 문 정민은 저도 모르게 쓴웃음을 지었다. 저곳에 오염 덩어리가 있었다. 조철봉을 통해 하늘을 보면 하늘의 색은 시커멓게 되어 있을 것이다. 비즈니스 클래스여서 좌석은 넓고 편안한 데다 서비스도 훌륭했지만 정민은 마음이 편치 않았다. 비즈니스나 이코노미나 같은 비행기에서 앞뒤 칸으로 나누어져 있을 뿐 같은 시간에 목적지에 도착하는 것이다.

의자가 조금 넓고 서비스가 좋다고 해서 세 배나 요금이 비싼 비즈니스 클래스를 애용하는 조철봉의 행태가 마음에 들지 않았기 때문이다. 그러나 어쩔 수 없는 일이다. 앞쪽 좌석에는 최갑중과 마키가 나란히 앉아 있었는데 둘 다 잠이 든 것 같았다.

그러나 조철봉과 수엔은 서로 마주보며 이야기를 나누고 있다. 수엔과 마키는 서울에서 1주일을 현장 교육 및 관광으로 보내고 귀국하는 길이었는데 정민의 시선이 다시 수엔의 뒤통수로 옮아갔다. 수엔은 젊고 아름다웠다. 여자인 자신이 객관적인 평가를 해도 특급이다. 가냘프지만 반짝이는 눈동자에 총기를 띠었으며 요염하다. 웃는 모습을 보면 자신도 가슴이 찌르르 울릴 때도 있었다. 한국어도 유창해서 수엔의 맑은 목소리를 들으면 산속의 새소리 같게도 느껴졌다.

정민은 수엔의 뒤통수에서 시선을 떼었다. 조철봉은 저 어리고 티없는 수엔에게도 악마의 손길을 뻗친 것이다. 수엔은 입국 첫날밤만 호텔에서 오빠인 마키와 같이 있었을 뿐 다음 날부터는 아예 숙소를 조철봉의 아파트로 옮겼던 것이다. 저놈은 매장되어야 한다. 조철봉의 뒤통수로 시선을 옮긴 정민이 다시 한 번 다짐했다. 저놈은 사회악이다. 그때 조철봉이 뒤쪽으로 머리를 돌렸으므로 정민과 시선이 마주쳤다. 당황한 정민이 시선을 내렸을 때 조철봉이 자리에서 일어나 다가왔다.

"여기 좀 앉을까?"

조철봉이 눈으로 옆의 빈자리를 가리켰으므로 정민은 머리를 끄덕였다.

"앉으세요."

자리에 앉은 조철봉이 부드러운 시선으로 정민을 보았다.

"오늘 저녁에 김성산 씨하고 같이 저녁을 먹을 거야. 그때 양 상무도 참석하도록 해."

"알겠습니다."

정민이 조철봉의 셔츠 깃에 시선을 주고 대답했다. 조철봉은 코디가 있는 것 같지 않은데도 옷을 잘 입었다. 지금 입고 있는 셔츠도 외국 브랜드이고 넥타이도 마찬가지다. 조철봉의 말이 이어졌다.

"저녁을 먹은 후에 술을 마실 거야. 그때 그 이야기를 꺼낼 생각인데."

정민이 시선을 올려 조철봉을 보았다. 조철봉은 정색한 표정이었다.

"양 상무도 참석해야 되겠지?"

"참석하겠습니다."

"김성산 씨도 여자 하나를 데리고 있을 거야. 물론 베트남 여자 파트너지만."

정민의 시선을 받은 조철봉이 희미하게 웃었다.

"김성산 씨가 당신을 믿게 하는 게 중요해. 그러기 위해서는."

"제 역할을 충실히 하라는 말씀인가요?"

낮은 목소리로 정민이 물었을 때 조철봉은 다시 정색했다.

"당연히 그래야겠지."

"외국어에다 회계에도 능숙하신 분이라고 들었는데."

인사를 마치고 자리에 앉았을 때 김성산이 양정민을 향해 말했다. 호치민시 중심가에 위치한 한식당 아리랑의 밀실 안이다. 한식당은 구속된 이용배로부터 인수받은 식당으로 물론 소유주는 국일상사가 되었다. 성산의 시선을 받은 정민이 빙긋 웃었다.

"대학에서 경영학 강의를 했을 뿐입니다. 실무는 처음이니까 많이 가르쳐 주십시오."

"조 사장이 인재를 발굴하셨군."

눈을 가늘게 뜬 성산이 정민의 얼굴을 보았다. 정민은 분홍빛 반팔 셔츠에 흰색 면바지 차림이었는데 옅게 화장을 한 얼굴과 잘 어울렸다. 드러난 팔도 탄력이 있어 보였고 가슴의 볼륨도 충실했다. 조철봉이 성산의 옆에 앉은 한재호에게 말을 건 것은 정민의 부담을 덜어주려는 의도였다.

"한 선생, 국일교통의 운영 자금은 내일 입금이 됩니다. 확인해 보시도록."

"예, 알겠습니다, 사장님."

한재호가 공손한 표정으로 대답했다. 조철봉은 성산과 국일교통의 공동 사장이 되어있는 것이다. 따라서 자본금도 반씩 부담했는데 성산은 이미 며칠 전에 입금시켰다. 중국에서 축적된 자금이 있는 터라 북한 측의 입금이 오히려 빨랐던 것이다. 저녁을 먹으면서 성산의 시선이 자주 정민을 스치고 지나는 것을 조철봉은 볼 수 있었다. 그것은 농염한 여인에 대한 사내의 눈빛이었으므로 조철봉도 가끔 정민을 보았다.

"자, 그럼 술 한잔하실까? 오랜만에 만났는데 말이야."

저녁을 마쳤을 때 성산이 은근한 시선으로 조철봉을 보면서 제의했다.

"버스가 무사히 도착한 것 축하도 할 겸 해서 말이오. 어떻소?"

"좋습니다."

미리 한잔하는 것으로 약속이 되어 있는 터라 조철봉이 동의했다.

"오리엔트클럽으로 가시지요."

"좋소."

오리엔트클럽도 이번에 푸농한테서 인수한 룸살롱으로 간판을 바꾸고 내부 장식을 다시 했지만 인력은 그대로다. 식당을 나왔을 때 한재호가 그들을 향해 허리를 숙여 인사를 했다.

"저는 일이 있어서 먼저 실례하겠습니다."

"아니, 한 선생도 같이 가시지."

조철봉이 건성으로 만류했지만 성산이 가만있었으므로 한재호는 먼저 떠났다. 대기시켜놓은 승용차가 다가왔을 때 정민이 먼저 앞자리에 탔다. 당연한 일이었지만 조철봉은 힐끗 성산의 눈치를 보았다. 그러자 성산이 가라앉은 목소리로 입을 열었다.

"우린 전문가가 부족합니다. 모두 열의만 있지 사업 경험이 부족해서."

조철봉의 시선을 받은 성산이 말을 이었다.

"적재적소에 인력을 공급할 수 있는 조 사장이 부럽소."

"곧 익숙해질 것입니다."

정민의 뒷머리에 시선을 준 채 조철봉이 말했다. 성산은 남북합작 사업의 한국 측 실무자로 소개한 정민을 예로 들어 말하고 있는 것이다. 성산이 입맛을 다셨다.

"인력 양성이 시급한 과제가 되었소. 곧 조처가 있어야 됩니다."

차 안에는 잠시 정적이 흘렀으나 조철봉은 의자에 등을 붙인 채 입을 열지 않았다. 정민은 몸을 굳힌 채 꼼짝도 하지 않았지만 귀를 뒤쪽으로 젖혀놓고 싶을 것이었다. 이런 대화야말로 정민이 듣고 싶은 내용일 것이기 때문이다. 그래서 더욱 조철봉은 말을 잇기 싫었다.

오리엔트클럽의 지배인 유병삼은 조철봉이 채용한 사내였다. 지금 중국에 있는 고동수의 추천으로 베트남에 오게 되었던 것이다. 서울 영등포에서 룸살롱과 카페 웨이터 경력이 있는 유병삼이었으니 조철봉 일행이 온다는 연락을 받고 나서 준비를 완벽하게 해놓았다.

밀실에는 술과 안주가 다 차려졌고 자리에 앉자마자 아가씨 셋이 들어왔는데 양정민의 옆에도 파트너를 앉힌 것이다. 그러자 정민이 조금 당황했지만 조철봉과 성산이 시치미를 뚝 떼고 있었으므로 그냥 넘어갔다. 아가씨들은 모두 베트남인들로 미모에다 한국어도 조금 이해하고 있어서 불편하지 않았다.

"자, 국일교통의 발전을 위하여."

잔에 술이 채워졌을 때 성산이 먼저 건배를 제의했다. 버스와 트럭은 사흘 전에 도착하여 어제부터 운행을 시작한 것이다. 위스키를 한 모금에 삼킨 성산이 머리를 돌려 조철봉을 보았다.

"한국에서의 사업은 잘 되시오?"

"잘 됩니다."

거침없이 대답한 조철봉이 팔을 들어 파트너의 어깨를 안았다.

"하지만 한국은 인건비가 높아서 마진이 별로 좋지 않습니다."

"그렇겠지."

"더구나 세금이 많아서요."

성산이 머리를 끄덕였다.

"우리 공화국에다 공장을 지으면 인건비는 물론이고 세금도 경감될 텐데."

"차차 기회가 오겠지요."

파트너를 당겨 안은 조철봉이 힐끔 옆 자리의 정민을 보았다. 정민은 파트너가 챙겨준 안주를 씹고 있었는데 이쪽 대화에 신경을 곤두세우고 있을 것이었다.

"제가 미리 말씀을 드려야겠는데."

조철봉이 파트너의 어깨에 두른 손을 떼고는 정색하고 성산을 보았다.

"양정민 씨 말입니다."

그러자 성산은 물론이고 정민까지 긴장한 얼굴로 조철봉을 보았다. 조철봉이 말을 이었다.

"김 사장님한테만 먼저 말씀드립니다. 제가 양정민 씨하고 결혼을 하기로 했습니다."

"허어."

대번에 감탄사를 뱉은 성산이 정민을 보았다. 그 순간 정민은 퍼뜩 눈을 치켜떴다가 머리를 숙였다.

"어쩐지 분위기가 다르더라니. 축하합니다, 조 사장, 그리고 양 상무도."

성산이 웃음 띤 얼굴로 정민을 보았다.

"양 상무를 부인으로 맞으시면 안팎의 일에 크게 도움이 되시겠소."

"사업 파트너 역할도 하게 되겠지요."

"부럽군."

"믿을 만한 사람도 필요하고 말씀입니다."

"그렇지."

다시 성산이 머리를 끄덕였을 때 조철봉이 목소리를 낮췄다.

"베이징에 룸살롱 몇 곳을 알아보았는데 인수만 하면 당장에 이익을 낼 수 있을 것 같습니다."

성산이 긴장했고 조철봉의 말이 이어졌다.

"자금 부족이나 관리 미숙으로 허덕이는 곳입니다."

"허어, 어느새 또 새 사업을 개발해내셨구먼."

감탄한 성산이 상반신을 조철봉에게 기울였다. 웃는 얼굴이다.

"당연히 우리하고 같이 하셔야지. 그렇지 않습니까?"

"당연히 그래야지요, 그런데."

조철봉이 정색하고 성산을 보았다.

"이번 사업장은 제 개인으로 하고 싶습니다. 여기 있는 양 상무 명의로 말이지요. 그래야 국일상사가 세금을 많이 두드려 맞지 않습니다."

"그렇다면 조 사장 개인의 사업장이 된단 말입니까?"

성산의 얼굴에 호기심이 가득 덮였다. 흘끗 정민에게 시선을 준 성산이 이어 물었다.

"여기 있는 양 상무가 관리하고 말이지요?"

"그렇습니다."

정색한 조철봉이 성산을 보았다.

"그래서 그 사업장을 제 비자금 창구로 만들 작정입니다."

"으음, 비자금 창구라."

"공금에서 비자금을 지급하는 것은 한계가 있어서요."

"그렇지."

"룸살롱 다섯 곳을 인수하는 데 5백만 불 정도가 듭니다. 제 예상입니다만 서너 달 후부터는 순이익이 월평균 70만 불에서 80만 불 정도가 나올 것 같습니다."

그때 성산의 시선이 다시 정민에게 옮겨졌다.

"그럼 양 상무 명의로 해놓고 회사에는 비밀로 하는 겁니까?"

"당연하지요."

머리를 끄덕인 조철봉이 얼굴을 펴고 웃었다.

"어차피 부부가 될 사이 아닙니까? 믿을 사람한테 일을 맡겨야지요."

"그렇다면 나도 참여하겠소. 물론 동의하시겠지요?"

그러고는 성산이 웃는 얼굴로 조철봉을 보았다.

"그래서 나한테 그런 말씀을 해주셨겠지만 말씀이오."

"그럼 절반씩 투자해서 수익금도 반씩 나누기로 하지요."

정색한 조철봉이 술잔을 쥐며 말했다.

"처음부터 사장님하고 모든 일을 같이 상의하겠다는 약속을 한 터라 제 비자금 조달 방법도 상의 드린 것입니다."

"고맙소."

"곧 베이징으로 같이 가시지요. 실물을 보셔야 할 테니까요."

"그럽시다."

얼굴을 편 성산도 술잔을 들더니 한 모금에 삼켰다.

"역시 조 사장님의 수단은 뛰어나단 말씀이야. 언제나 나보다 몇 수

위를 둔다니까."

그들이 클럽을 나왔을 때는 밤 12시가 되어갈 무렵이었다. 물론 조철봉은 파트너를 데리고 나오지 않았고 성산도 마찬가지였다. 조철봉은 결혼할 상대인 정민이 옆에 있었기 때문이었지만 성산은 체면을 차린 것이다.

"그럼 난 먼저 가겠소."

성산이 부른 차가 먼저 멈춰 섰을 때 성산이 조철봉과 정민을 번갈아 보면서 말했다. 환한 표정이었다.

"좋은 밤 되시오."

"안녕히 가십시오."

정민이 두 손을 모으고는 공손히 절을 했다. 차가 떠났을 때 곧 그들 앞에 조철봉의 전용 캐딜락이 멈춰 섰고 지배인 유병삼이 문을 열었다. 뒤쪽에는 종업원들이 일렬로 늘어서 있다. 차가 출발했을 때 흘끗 베트남인 운전사에게 시선을 주었던 조철봉이 입을 열었다.

"잘 되었어."

정민이 앞쪽만 본 채 입을 열지 않았지만 조철봉은 말을 이었다.

"하급 사기꾼은 임기응변적인 거짓말로 해 처먹는 놈이지. 그런 놈이 90퍼센트는 돼."

의자에 등을 붙인 조철봉이 가늘게 숨을 뱉었다.

"중급은 제 거짓말을 제 스스로도 믿는 놈인데 정치인들에게서 많이 발견되는 현상이지. 아주 그럴듯해서 다 넘어 가. 이건 9퍼센트쯤 돼."

그러고는 조철봉이 정민을 보았다.

"상급은 자신을 희생하는 부류야. 몸을 던져서 해 처먹지. 1퍼센트고,

그게 나야."

베란다에 나오면 호수가 내려다 보였다. 아침 안개에 덮인 호수 위로 물새 서너 마리가 날아가고 있었다. 호수 주위는 짙은 숲이다. 심호흡을 하자 폐 속으로 서늘한 공기가 가득 들어찼다가 뿜어졌다. 비리고 매운 물과 숲의 냄새는 신선했다. 이곳은 구 월남 정권 시에 고관의 별장이었다고 했다. 그것을 조철봉이 매입하여 새롭게 단장한 것이다.

이층의 대저택 안에는 베트남인 고용인이 7, 8명이나 있었는데 조철봉은 마치 왕처럼 산다. 베란다 난간에 두 손을 얹고 선 양정민은 신선한 공기를 가슴 가득 들이켰다. 어젯밤 김성산과 헤어진 후에 곧장 교외의 이곳으로 온 것이다. 물론 조철봉과는 다른 방을 썼다.

곧 결혼할 사이인데도 혼자 호텔방으로 돌아간다는 것이 이상하게 보일 것이라는 조철봉의 말이 일리가 있었기 때문이다. 저택에 도착했을 때 조철봉은 고용인을 시켜 정민을 방안으로 안내시키고는 두 번 다시 나타나지 않았다. 뒤쪽의 방문에서 노크 소리가 울렸으므로 정민은 몸을 돌렸다. 문을 열고 들어선 여자는 단정한 아오자이 차림의 고용인이다.

"아침 식사는 무엇으로 하시겠습니까?"

여자가 유창한 영어로 물었다. 20대 중반쯤의 여자는 용모도 미인 소리를 들을 만했고 몸매까지 미끈했다. 정민은 이 여자도 조철봉의 손을 탔을 것이라는 생각을 했다. 여자의 검은 눈동자가 똑바로 정민에게 향해 있다.

"한국식, 양식, 베트남식을 다 준비해 드릴 수 있습니다, 부인."

"오렌지주스 한 잔에 토스트 한 쪽."

정민이 정색하고 말했다.

"식사는 식당에서 하는가요?"

"부인께서 원하시면 이곳으로 가져오겠습니다."

"사장님은 식당에서 식사합니까?"

"주인님은 식당에서 하십니다."

여자가 사장님을 주인님으로 정정했을 때 정민이 머리를 끄덕였다.

"난 이곳에서 먹겠어요. 그런데 주인의 출근 시간은 언제죠?"

"주인님은 30분쯤 전에 출근하셨습니다."

그러자 정민이 퍼뜩 시선을 들었다. 아직 아침 7시도 되지 않았기 때문이다. 정민의 표정을 살핀 여자가 말을 이었다.

"주인께서는 부인이 언제라도 외출하실 수 있도록 차와 운전사를 대기시켜두셨습니다."

"그런가요?"

"호텔방에 있는 부인의 짐은 곧 이곳으로 옮겨올 것입니다."

그리고는 여자가 얼굴을 펴고 웃었다.

"제 인사가 늦었습니다. 제 이름은 파싱이고 부인의 시중을 들게 되었습니다."

"만나서 반가워요, 파싱."

"그럼 식사를 준비해 오겠습니다."

인사를 한 파싱이 아오자이 자락을 팔랑이며 방을 나갔을 때 정민은 가늘게 숨을 뱉었다. 조철봉이 새벽같이 일어나 시내로 나갔다는 말에 긴장이 풀리면서도 어딘가 찜찜했기 때문이다. 물론 조철봉이 업무 내용을 일일이 말해줄 리는 없겠지만 혼자서 나가버린 것에 소외감까지 일어났다. 베란다의 테이블에 차려진 아침 식사를 정민이 마쳤을 무렵에 파싱이 들어와 말했다.

"부인, 아래층 응접실에서 사장님 비서가 기다리고 있습니다."

정민의 시선을 받은 파싱이 보조개를 만들며 귀엽게 웃었다.

"사장님 심부름으로 모시고 나가려고 왔다는군요."

"비서 누구 말이에요?

"여비서 수엔입니다."

정민이 다시 심호흡을 했다. 그 깜찍한 것은 조철봉의 정부이지 비서가 아니다.

양정민이 응접실로 들어서자 소파에 앉아 있던 수엔이 일어섰다. 웃는 모습이 귀여웠으므로 정민은 마음을 가라앉혔다. 이 여자는 죄가 없다. 원인은 조철봉에게만 있는 것이니 유감을 품을 이유는 없는 것이다.

"사장님 심부름으로."

수엔이 맑은 목소리로 말했다. 서로 낯이 익은 터라 둘은 마주보며 웃었다. 소파에 다시 앉았을 때 수엔이 말을 이었다.

"상무님 모시고 쇼핑을 하라고 하셨습니다, 그래서."

"쇼핑을 하다니요?"

"시내에 유명한 의류 가게가 많습니다. 고급 보석 가게도 있고요."

"그래서요?"

"제가 안내해 드리겠습니다."

"그럼 내가 그곳에서."

했다가 정민이 입을 다물었을 때 수엔이 잊었다는 듯이 말했다.

"제가 돈을 가지고 왔습니다."

"난 필요 없어요."

정색한 정민이 수엔을 보았다.

"난 그렇게 한가한 사람도 아니고."

그러자 수엔의 눈이 동그랗게 되었다.

"결혼 준비를 하신다고 들었는데."

"누가요?"

"상무님이요."

정민이 다시 입을 다물었다. 그렇다면 조철봉이 준 돈으로 쇼핑을 하는 것도 이상한 일은 아니다. 숨을 가다듬은 정민이 앞에 앉은 수엔을 차분해진 시선으로 보았다.

"수엔 씨, 사장님이 뭐라고 하셨어요? 내 결혼에 대해서 말이에요."

"다른 말씀은 없으셨고 곧 사장님과 상무님이 결혼하실 것이라고만 하셨습니다."

"그래요?"

"참, 축하 인사가 늦었습니다."

수엔이 얼굴을 펴고 환하게 웃었다.

"축하드립니다, 상무님."

"수엔 씨는 결혼 안 해요?"

인사의 대답 대신 그렇게 묻는 정민의 가슴이 뛰었다. 조철봉의 노리개가 되어 있을 수엔에게 상처가 되리라고 생각했기 때문이다. 그러자 수엔이 머리를 저었는데 의외로 밝은 표정 그대로였다.

"아직 결혼 상대를 찾지 못했습니다."

"왜? 수엔 씨 같은 미인이면 남자가 많이 따를 텐데."

"제가 존경하는 남자를 아직까지 찾지 못했거든요."

"어떤 스타일의 남자 말인가요?"

"사장님 같은 분입니다."

정민의 시선을 받은 수엔이 달아오른 한쪽 볼에 손바닥을 붙였다. 같은 여자였지만 수엔의 아름다움에 정민은 가슴이 뛰었다. 그리고 다음 순간 무럭무럭 화가 치밀어 올랐다. 수엔이 조철봉의 사기에 철저히 걸려들었다고 생각했기 때문이다.

"사장님의 어떤 점을 존경하죠?"

정민이 물었을 때 수엔의 검은 눈이 반짝였다.

"거친 것 같으면서도 자상하시고 약한 자에 대해서 배려를 해주십니다."

"그래요?"

"스케일이 크십니다."

"그런가요?"

눈을 가늘게 뜬 정민의 표정을 보더니 수엔의 말이 많아졌다.

"고용인들은 모두 사장님을 존경하고 있어요. 그리고 베트남 2세들한테는 사장님이 은인이죠. 모두 한국인의 피를 받았다는 것에 자랑스럽게 생각하고 있습니다. 사장님이 그렇게 만드신 거죠."

철저한 사기꾼의 수단이다. 이렇게 믿도록 하고 나서 뒤통수를 치는 것이 사기꾼의 본색일 것이었다. 정민은 또다시 수엔이 가여워졌다. 그리고 그와 비례해서 조철봉이 그만큼 미워졌다.

수엔과 쇼핑을 마친 양정민이 사무실로 들어섰을 때는 오후 4시 무렵이었다. 사장실에 앉아 있던 조철봉은 정민을 보자 부드럽게 웃었다. 수엔은 쇼핑한 물건을 싣고 저택으로 갔으므로 정민이 혼자 온 것이다.

"많이 샀어?"

"옷 세 벌 샀습니다."

시선도 마주치지 않은 채 대답한 정민이 소파에 앉았다.

"너무 그러지 마세요."

했던 정민이 조철봉의 표정을 보더니 몸을 굳혔다. 조철봉이 눈을 치켜떴던 것이다.

"자, 그럼 현장에 가볼까? 김 사장님은 정부 청사에 가셨어."

자리에서 일어선 조철봉이 앞장서 방을 나갔으므로 정민은 뒤를 따랐다. 회사는 3층 건물이 사무실이고 앞쪽의 넓은 주차장에는 50, 60대의 버스가 주차되어 있었다. 옆쪽의 긴 건물은 정비센터였고 그 뒤쪽은 창고 건물이다. 소음으로 가득 찬 정비센터로 들어선 조철봉이 직원들의 인사를 여러 번 받더니 한쪽 구석으로 다가가 섰다. 정민이 옆으로 다가왔을 때 조철봉이 입을 열었다.

"사무실에서는 말조심해, 잘못하면 십년공부가 도로아미타불이 돼."

"도청이 된다는 말인가요?"

"그건 당신네가 더 잘 알 것 아닌가?"

조철봉이 정색하고 정민을 보았다.

"매사 조심하고 방심하지 말란 말이야."

"그렇다고 수엔을 나한테 보내요?"

마침내 정민이 가슴속에 박혀있던 말을 뱉어내었다. 조철봉의 시선을 잡은 정민이 말을 이었다.

"다른 여자를 시킬 수도 있었지 않아요?"

"그게 무슨 말이야?"

"내가 당신과 수엔의 사이를 모르고 있는 것 같습니까?"

주위 소음이 컸으므로 정민이 조철봉의 앞으로 바짝 다가섰다.

"그렇게 수엔을 유린해놓고서 나하고 결혼하니까 쇼핑 안내를 하라고 보내다니요. 너무 잔인하다고 생각지 않아요?"

"이 여자가 큰일 낼 여자군."

입맛을 다신 조철봉이 정색한 표정으로 정민을 보았다.

"감정에 휩싸여서 본분을 잊고 있어."

"난 냉정해요."

"머릿속에 든 것도 많고 말이지?"

조철봉도 정민에게 상체를 기울이더니 눈을 치켜떴다.

"당신도 벌써 비교해 보았겠지만 수엔은 아름답고 사랑스러운 여자지. 모든 남자들의 꿈같은 여자야."

그러고는 조철봉이 입술을 비틀며 웃었다.

"그런 여자를 나는 이번 사업에 희생양으로 내놓았어. 수엔부터 당신과 내가 결혼한다고 믿도록 말이야."

"…"

"그렇게 되면 김성산 씨도 당연히 믿게 되겠지. 그런데 당신은 수엔의 감정 따위나 걱정을 하고 있는 거야?"

정민이 저도 모르게 아랫입술을 깨물었을 때 조철봉이 잇새로 말했다.

"당신이 이번 사업에 도움을 준 일이 뭐가 있어? 투정이나 부리고 내 행동을 비판만 하고 있었지 않아? 도대체 왜 이러는 거야?"

조철봉이 정민을 쏘아보았다.

"베이징에 가기 전에 김성산 씨가 우리 둘 사이를 완전히 믿도록 해야 돼. 그래야 당신한테 안심하고 사업체를 맡기게 될 테니까 말이야."

조금 진정이 된 정민이 시선을 들었을 때 조철봉이 뱉듯이 말했다.

"아마 내 저택에도 정보원이 있을지 몰라. 그래서 우리가 같이 자지도 않는다는 것을 알면 이상하게 생각하겠지?"

퇴근 시간이 되자 조철봉은 인터폰을 눌러 양정민과 통화했다. 정민의 방은 복도 건너편이었다.

"난 룸살롱 지배인들과 저녁 약속이 있어, 그러니까 먼저 들어가."

마치 3년쯤 같이 살고 있는 와이프에게 말하는 것 같았지만 정민은 짧게 대답했다.

"알았어요."

전화를 내려놓은 조철봉은 자리에서 일어나 창가로 다가가 섰다. 정비센터에서 말한 내용 중 반은 진실이었고 나머지는 과장했다. 정민과 결혼할 예정이라고 수엔에게 말한 것은 사실이었다. 그러나 수엔은 놀란 것 같았지만 곧 진심으로 받아들였다. 정민을 안내해서 쇼핑을 하라고 하자 기꺼이 응했는데 표정이 조금도 어둡지 않아서 오히려 이쪽이 서운할 정도였던 것이다.

그러나 김성산이 이쪽을 감시하고 있을 것이란 말은 추측이었다. 정민을 휘어잡기 위한 작전이다. 사무실 현관 앞에 승용차가 멈춰 서더니

257

곧 정민이 차에 오르는 것이 보였다. 정민이 퇴근하는 것이다. 저 여자는 나에 대한 거부감과 경멸감으로 가득 차 있다. 내 사기에는 결코 넘어가지 않을 것이라고 다짐하겠지만 현실과 생각은 다르다. 힘이 있는 사기꾼 앞에는 어쩔 수 없이 알면서도 당해야 할 경우도 생긴다는 것을 경험하게 될 것이다.

퇴근한 조철봉이 시내의 아시안호텔에 도착했을 때는 저녁 8시였다. 로비를 곧장 가로질러 엘리베이터에 오른 조철봉은 8층에서 내렸다. 조철봉이 복도 끝 쪽의 814호실 벨을 눌렀을 때 곧 문이 열렸다. 웃음 띤 얼굴로 조철봉을 맞는 여자는 수엔이다.

"기다렸지?"

안으로 들어선 조철봉이 묻자 수엔이 머리를 저었다. 그러고는 조철봉의 목을 껴안고 매달리듯 안겼다. 중량이 가벼웠으므로 조철봉은 허리를 받쳐 안았지만 조금도 부담이 되지 않았다.

"10시까지는 들어가야 된다."

조철봉이 말하자 수엔이 눈을 흘겼다. 요염한 모습이다.

"알아요, 일찍 보내 드릴게요."

"미안하다, 수엔."

"전 씻었어요."

조철봉에게서 떨어진 수엔이 스커트를 벗어 떨어뜨리면서 말했다. 보통 때는 블라우스부터 벗었지만 오늘은 서두르기 때문인지 순서가 바뀌었다. 순식간에 알몸이 된 수엔이 침대 시트 안으로 들어갔고 옷을 벗어던진 조철봉도 곧 옆에 누웠다. 1주일 동안 서울에서 수엔의 몸을 매일 밤 겪었던 조철봉이다.

그러나 수엔의 몸은 겪을수록 더 신비롭게 빛났으며 밤마다 분위기가 달라졌다. 그것은 수엔의 몸이 충분하게 성숙되어 있으면서도 성애(性愛)에 익숙하지 못했기 때문이었다. 그래서 조철봉의 리드에 따라 매일 밤 새롭게 태어났다. 조철봉의 품에 안겼을 때 수엔이 낮게 말했다.

"난 엄마하고는 달라요. 자유롭게 사장님을 만날 수 있으니까."

조철봉의 시선을 받은 수엔이 눈을 가늘게 뜨고 웃었다.

"사모님도 만날 수가 있고요, 그렇죠?"

"양 상무가 뭐라고 그러더냐?"

"아뇨."

조철봉의 목을 두 팔로 감은 수엔이 머리를 저었다.

"조금 미안했어요. 우리가 이렇게 만나는 줄 알면 놀라겠죠? 파혼하자고 할까요?"

대답 대신 조철봉은 곧장 수엔의 몸 안으로 들어섰다. 양정민이 둘 사이를 알고 있다고 말해준다면 오히려 수엔이 놀라 만나지 말자고 할 것이었다. 수엔이 탄성을 뱉으면서 두 다리로 조철봉을 감았는데 이제는 익숙한 반응이었다.

자극을 좋아하다 보면 마약처럼 중독이 된다. 섹스를 말하는 것이다. 자꾸 새로운 분위기를 찾다가 정상적인 상황이 되었을 때 마치 물벼락을 맞은 것처럼 아랫도리가 서늘해지는 경우가 있다. 그런 때는 비아그라를 열 개 먹어도 소용없다. 여자들은 남편이 요즘 아랫도리가 안 선다고 한숨을 내쉴 때 대부분 먼저 안쓰럽게 생각한다. 처자식 먹여 살리려고 위에서 밟고 아래에서 치고 올라오는 직장생활에 얼마나 고달플까 생각하며 보약을 먹이고 밤에는 화장을 한 다음에 야리꾸리한 가운 차림으로 남편을 기다린다.

그래도 남편이 일어나지 않을 경우에는 대개 자위를 한다. 그 자위가 아니라 스스로 위로한다는 뜻이다. 저 아랫도리를 가지고 어디 가서 딴 짓은 못 하겠지 하고. 그러나 만의 하나의 경우에 그 남편 놈이 노래방에서 룸살롱, 가라오케에서 나이트, 저기 성남에서 인천, 일산, 안양의 물 좋은 카바레마다 쫓아다니며 별놈의 짓을 다 하다가 보니까 푸근한 와이프 앞에서는 쉰 번데기가 되어 버린다는 경우도 있다는 것을 참고로 해야 될 것이다. 근래에 들어서는 꽃뱀이니 제비니 하는 단어가 사라졌다. 그만큼 개방이 되었고 민주화가 정착되었다는 말도 될 것이다.

번드레한 외모에 부드러운 말솜씨, 플로어에 나가 능란하게 휘돌려 바지주머니에 넣은 탁구공으로 여자의 은밀한 부분을 슬쩍슬쩍 건드리면서 흥분을 시킨다는 제비 이야기는 이제 삼국유사에서나 볼 수 있게 되었다. 섹시한 외모로 줄 듯 안 줄 듯 빼고 나서 결국은 여관방에 못 이기는 척 따라가 한바탕 일을 치르고는 그때부터 달라붙는다는 꽃뱀 이야기도 백제사 다음쯤 해서 나올 것이었다. 요즘이 어떤 세상인가? 호빠는 보통이고 나이트나 카바레에서 물 좋은 젊은 오빠들을 얼마든지 찾을 수 있는 세상이다.

엎어진 다음에 꽃뱀이 엉킨다면 곧장 경찰서로 끌고 가도 아무도 눈 크게 뜨고 보지 않는 세상이 된 것이다. 조철봉은 수엔의 신음을 들으면서 가슴에 차오르는 희열을 느꼈다. 다른 여자에게서는 느낄 수 없었던 신선감과 충만감까지 섞여 있었던 것이다. 수엔이 절정에 올라 몸부림을 치다가 온몸을 굳혔을 때에도 조철봉은 여유가 남아 있었다. 이제 수엔은 조철봉의 몸을 안다.

"조금만 더 있다가요."

수엔이 조철봉의 몸을 감은 채 헐떡이며 말했다. 여운을 조금 더 느끼고 난 다음에 다시 시작해 달라는 말이다. 조철봉은 땀에 젖은 수엔의 얼굴에 입술을 붙였다. 눈꺼풀에서 코로, 볼에서 입술로 내려왔을 때 단 냄새가 나는 입술이 벌려졌다. 조철봉은 수엔의 혀를 빨아 마셨다. 숨이 막힌 수엔이 콧소리를 내었고 굳어졌던 몸에 다시 탄력이 일어나기 시작했다. 세상에서 정신을 제대로만 차리고 성 운동을 한다면 이 순간만큼 아늑한 데다 자극적이며 쾌감의 진면목을 맛볼 수 있는 경우가 없을 것이다. 대개가 정신없이 그 쾌감에 휩쓸려 들어가 버리기 때문에 조루가 생기고 가정불화가 발생하는 것이다.

조철봉은 수엔의 신음을 배경 음악으로 삼아 다시 절정으로 끌어 올리기 시작했다. 수엔의 환경에 맞춰 강약과 속도 조절을 하면서도 냉정하게 한 단계씩 밟아 나갔다. 절대로 이기적이 되어서는 안 되는 것이다. 사정의 쾌감을 맛보고 싶다면 화장실이나 차 안에서 2분 동안만 손 운동을 하면 된다. 사랑스러운 여자와의 성 운동에서 제 철봉 주위 피부의 마찰감만 얻으려고 한다면 안을 자격이 없다. 조철봉은 수엔의 몸이 다시 꼭대기로 치달아 오르는 것을 알 수 있었다. 사랑스러운 여자가 절정에 오르는 순간만큼 사랑스러운 경우가 어디 또 있겠는가?

다음 날 아침에 양정민은 조철봉과 아침 식사를 했다. 정민이 식당으로 내려왔기 때문이다. 일층의 식당에서도 아침 안개에 덮인 호수가 보였고 창문을 열어놓아서 신선한 숲 냄새도 맡아졌다. 아침 식사는 미역국에다 흰 쌀밥의 한국식이었는데 김치도 있었고 멸치 볶음까지 차려졌다. 식사를 마칠 때까지 조철봉은 거의 입을 열지 않았고 어색했지만 정민도 가만있었다. 그러나 커피가 놓였을 때 정민이 머리를 들고 조철봉을 보았다.

"수엔을 이곳으로 데려오셔도 상관없지 않겠어요?"

조철봉의 시선을 받은 정민이 희미하게 웃었다.

"고용원들이 소문을 낼 리는 없을 것 같은데요. 나만 모른 척하면 되지 않을까요?"

"뭐 그렇게까지."

한 모금 커피를 삼킨 조철봉이 쓴웃음을 지었다.

"수엔이 원하지 않을 것 같군."

"오히려 시내에서 만나면 김성산 씨한테 발견될 가능성이 많습니다."

"그것이 오히려 더 자연스러워."

조철봉이 정색하고 정민을 보았다.

"제 집에서 외도를 하는 경우는 드문 법이니까."

"그런가요?"

"그런데 수엔에 대해서 관심이 많은 것 같군그래."

"약혼자 입장이니까 신경을 써야 되겠지요. 잘못하면 일을 망칠 수도 있으니까."

커피 잔을 든 정민도 정색하고 조철봉을 보았다.

"어쨌든 약혼자를 데려다놓고 외도를 하는 남자는 아주 드문 법이니까 신경을 써주셔야겠어요."

"오늘 오후에 베이징으로 갈 테니까 신경 안 써도 돼."

의자에 등을 붙인 조철봉이 정민을 똑바로 보았다.

"수엔은 이곳에 남겨두고 갈 테니까 말이야."

"김성산 씨도 같이 갑니까?"

"그 사람은 오전에 출발한다고 했어."

그러고는 조철봉이 쓴웃음을 지었다.

"아주 구미가 당기는 눈치더군. 그래서 서두르고 있어."

일차 작전은 성공이다. 이제 계약을 하고 관리만 맡게 되면 김성산은 얽히게 되는 것이다. 정민의 표정을 살핀 조철봉이 눈을 가늘게 떴다.

"계획대로 진행되고 있는 셈이지?"

"지금까지는 그렇군요."

"하지만 베이징에서는 내가 수엔 같은 파트너가 없는 상황인데."

조철봉의 시선이 식탁 위에 놓인 정민의 손과 가슴께를 스치고 지나갔다.

"김성산 씨와 밀착되어 있을 텐데 쇼를 하기가 더 어려워지겠지?"

"무슨 말이에요?"

"같은 호텔방을 사용하게 될 텐데. 내가 당신 몸을 요구할 경우가 일어날 가능성도 있다는 말이야."

"그런."

눈을 치켜뜬 정민이 손을 식탁 밑으로 내렸다.

"농담하지 마시죠."

"농담같이 들리나?"

조철봉도 눈을 치켜떴다.

"그러면 방에서 소란을 피울 작정이신가? 어디 대답을 듣자고."

"점잖게 행동하세요."

"못한다면 어쩔 셈이야?"

조철봉이 능글맞게 웃었다.

"작전을 취소하고 한국으로 돌아갈 거야? 아니면 누굴 시켜서 나한 테 경고를 줄 텐가?"

그러고는 조철봉이 머리를 저었다.

"내가 엊그제 이야기한 적이 있지? 고도의 사기를 치려면 자신을 던 져야 한다고."

조철봉이 베이징에 도착했을 때는 오후 8시쯤이었다. 천안문 근처의 호텔에 미리 예약을 해놓았으므로 조철봉과 양정민은 객실에 여장을 풀고 나서 바로 아래층 식당으로 내려왔다. 식당에서 김성산이 기다리 고 있었기 때문이다. 성산은 오후 일찍 도착했는데 숙소도 같은 호텔이 었다. 식탁에 둘러앉았을 때 성산이 웃음 띤 얼굴로 조철봉과 정민을 번 갈아 보았다.

"아주 이 기회에 신혼여행을 다니시는 게 낫지 않겠소? 베이징 일을 마치면 유럽이라도 돌고 오시구려."

"시간이 나면 생각해 보겠습니다."

조철봉이 정색하고 대답했다.

"결혼하고 나서 시간이 없을지도 모르니까요."

옆에 앉은 정민은 얼굴에 웃음만 띠고는 입을 열지 않았다. 종업원이 다가왔으므로 그들은 제각기 주문을 했는데 조철봉은 정민과 같은 음 식을 시켰다. 아침에 그런 대화가 오고간 후부터 정민은 행동에 더 신경을 쓰고 있었지만 둘이 있을 적에는 시선도 주지 않았던 것이다. 비행기를 타고 올 때부터 호텔방에 들어설 때까지 한 번도 말을 걸지 않았다.

"내가 잠깐 그 가게들을 둘러보았는데."

성산이 조철봉과 정민을 번갈아 보았다.

"위치도 좋고 시설도 훌륭하던데요."

그때 정민이 입을 열었다.

"전 아직 경영 실무가 미숙해요. 어쩔 수 없이 제 명의로 하게 되었지만 많이 가르쳐 주셔야 돼요."

"아, 그건 조 사장한테 배우면 되는 겁니다."

정색한 성산이 달래듯 말했다.

"걱정하지 마시고 조 사장하고 상의하세요. 우린 아시다시피 옌타이하고 칭다오에 그런 사업장을 여러 개 운영하고 있거든요."

"실무를 배우려고 회사에 들어왔는데 갑자기 베이징의 사업장 대표가 될 줄은 몰랐어요."

"좋은 기회가 될 겁니다."

"어려운 일 있으면 사장님께도 자주 상의 드리겠어요."

"그거야 언제든지."

옆에 앉은 조철봉도 근육을 풀고 웃음 띤 얼굴을 만드는 중이었지만 저절로 입술 끝이 올라갔다. 정민의 거짓말도 꽤 그럴듯했기 때문이다. 성산과 저녁을 곁들인 술까지 마시고 헤어졌을 때는 밤 11시가 조금 넘었을 때였다. 방으로 올라왔을 때 정민이 조철봉에게 말했다.

"말씀드릴 것이 있어요."

저고리를 벗던 조철봉이 머리만 돌렸을 때 정민이 정색했다.

"솔직히 난 조 사장님을 경멸하고 있어요. 그리고 조 사장님도 내 분위기를 알고 계시리라고 믿습니다."

조철봉이 잠자코 바지를 벗었고 정민의 말이 이어졌다.

"우리는 어쩔 수 없이 사업적으로 같이 있게 되었지만 그런 감정은 어쩔 수가 없다고 생각합니다, 그래서."

"결론이 뭐야?"

팬티 차림이 된 조철봉이 정면으로 돌아서서 정민을 보았다.

"말이 많은 사람치고 제대로 요점을 집어내는 사람을 못 보았어. 요점을 말해."

"서로 지킬 건 지키자는 겁니다."

정민의 시선이 팽팽해졌다.

"쓸데없는 생각이나 행동은 하지 말아달란 말이죠."

"역시 제 주장만 내세우는군."

혀를 찬 조철봉이 몸을 돌리더니 화장실로 다가가 섰다. 그러고는 머리를 돌려 정민을 보았다.

"나는 너한테 성적 매력을 느껴, 어쩔래?"

화장실에서 나왔을 때 양정민은 문 옆쪽의 화장실에 들어가 있었는데 샤워기의 물 떨어지는 소리가 들렸다. 방이 비즈니스 급이어서 응접실도 있는 데다 화장실이 침실 안과 바깥쪽에 두 개 있었기 때문이다. 조철봉은 호텔 가운으로 갈아입고는 선반에 진열된 양주병 하나를 꺼냈다. 냉장고에서 얼음과 안주를 골라 꺼내 응접실의 탁자 위에 벌여 놓았을 때 뒤쪽 화장실 문이 열리더니 정민이 나오는 기척이 들렸다. 조철봉이 소파에 앉았을 때 정민은 옆을 스치고 지나 침실로 들어갔다.

그러나 응접실과의 사이에 있는 문은 닫지 않았다. 남자의 심리는 이런 때 평정을 잃는다. 술병의 마개를 따면서 조철봉이 쓴웃음을 지었다. 객관적으로 따져보면 정민은 지금까지 겪은 여자들과 비교해서 질적이나 양적 수준을 종합하여 중상쯤 될 것이었다. 10점 만점에 6점이나 잘해야 7점이다.

그러나 지금 현 상황에서 끓어오르는 욕망은 다른 여자와 접촉했을 때와 비교해서 강한 편에 들었다. 그것은 물론 정민의 태도 때문이다. 술잔에 양주를 삼분의 일쯤 따른 조철봉은 그 양만큼 생수를 붓고는 물을 마시듯이 두 모금에 삼켰다. 고전을 읽으면 바로 이런 상황에서 남자는 코를 꿰이게 되어 있는 것이다. 여자가 튕기면 튕길수록 애간장이 타는 것이 정상이다. 제대로 중심을 잡고 냉엄하게 측량하는 남자가 있다면 노동부장관 상을 탈 수 있을 것이다. 정민이 이쪽에 노골적으로 반감을 보일수록, 경멸감을 표출할수록 가슴이 끓었고 그것이 욕정으로 승화되었다. 나무 관세음보살, 조철봉은 심호흡을 했다.

"옴 암마타 암마니 구필구필 사만다 사바하."

조철봉은 입술만 움직여 지장보살의 진언을 외웠다. 모든 중생을 이롭게 하시는 진언이다. 그것으로 조금 부족한 느낌이 들었으므로 중생들이 결정적으로 받게 된 죄업을 소멸시켜주는 진언을 더 외웠다.

"옴 바라 마니다니 사바하."

그때 침실에서 정민이 나오더니 조철봉의 앞자리에 앉았다. 호텔 가운 차림이었고 맨다리가 드러났다. 눈이 번쩍 뜨인 조철봉이 다시 진언

문구를 떠올렸지만 머릿속이 하얗게 되어버려서 단념했다.

"이야기 좀 해요."

정민이 말했으므로 조철봉은 잠자코 잔에 술을 채우면서 머리만 끄덕였다. 중생을 이롭게 하시는 진언이 효과를 낸 것 같았지만 아직 모른다.

"우리가 하루이틀 만나고 끝날 입장도 아니고 이런 상태로는 일하기 어려울 것 같지 않아요?"

정민이 물었어도 조철봉은 대답하지 않았다. 물을 섞은 위스키를 다시 벌컥거리며 마신 조철봉이 소파에 기대앉았을 때 정민의 말이 이어졌다.

"어떻게 생각해요?"

머리를 든 조철봉이 정민을 보았다. 이렇게 말도 안 되는 소리를 하는 것은 물러나도 따라오지 않으니까 제가 조바심이 나서 이러는 것이다. 지금까지 이쪽은 아무 짓도 안 했다. 저 혼자서 경멸하느니 어쩌느니 하면서 난리를 치다가 쫓아 나왔다.

이쪽에서 실질적인 부부 행세를 해야 한다고 말한 것이 엄포라는 것을 정민이 모를 리가 없다. 이쪽이 그냥 막무가내로 덮치는 스타일이 아니라는 것도 알 것이다. 조철봉은 다시 잔에 술을 따랐다. 결정적인 순간에는 냉정해야만 되는 것이다. 그 결과가 바로 이렇다. 그때 잊었던 진언이 머릿속에 떠올랐다.

"옴 암마타 암마니 구필구필 사만다 사바하."

술을 삼킨 조철봉이 양정민을 보았다. 와락 술기운이 올라와 있는 터라 정민의 화장이 지워진 민얼굴과 가운 깃 사이로 드러난 목과 가슴께 피부, 그리고 맨다리가 눈 안으로 쏟아져 들어오는 느낌이 들었다. 정민도 대답을 기다리며 조철봉의 시선을 잡고 있어서 눈동자가 굴러가는 향방을 보았다. 그래서 가운의 깃을 여미었다가 무릎 위로 가운을 당기기도 했다.

"문제의 시발은 너야."

조철봉이 나직하고 느긋하게 말했을 때 정민은 몸을 굳혔다. 눈을 가늘게 뜬 조철봉이 정민을 노려보았다.

"너도 잘 알면서 그래? 사업의 주역은 분명히 조철봉이고 양정민은 조역이야. 그렇다면 누가 어긋나고 있는지를 잘 알 텐데."

정민이 어금니를 문 듯 볼의 근육이 굳어졌다가 풀어졌다. 그러나 입을 열지는 않았다. 조철봉은 심호흡을 했다.

"조철봉이를 다 이해해줄 필요는 없어. 그건 나도 원치 않으니까. 다만 현실에는 충실해야 된다는 말이지."

그러고는 조철봉이 얼굴을 일그러뜨리며 웃었다.

"내 입장은 생각해보지 않았나? 내가 좋아서 이러고 있는 것 같아? 내가 여자가 하나둘인가? 내가 그런 수모를 당하면서 같이 지내야만 되나?"

술잔을 든 조철봉이 남은 술을 한 모금에 삼켰다.

"넌 기본이 부족해, 자세가 되어 있지 않고. 넌 나를 무시하지만 내 기준으로 보면 너도 3등급이야. 지금 나도 고역을 치르고 있는 중이라고."

정민의 눈빛이 강해졌고 다시 볼의 근육이 단단해졌지만 조철봉은 더 뱉기로 작정을 했다.

"나를 무조건, 무작정 엎어지는 놈으로 보았다면 오해한 거야. 솔직히 너에 대해서는 전혀 충동이 일어나지 않아."

그리고 조철봉이 쓴웃음을 지었다.

"내가 그런 식으로 말했던 것은 너에 대한 예의 차원이었다는 것을 모르고 있었던 거야. 이건 희극이지."

그때 정민이 어깨를 들었다가 내려놓더니 정색하고 조철봉을 보았다.

"그만해두시죠."

"그럴까?"

"피곤할 텐데 주무시죠."

"먼저 자."

"같이 가요."

그 순간 퍼뜩 시선을 들었던 조철봉이 다시 쓴웃음을 지었다.

"잘 한다."

"뭐, 현실에 충실하기로 하죠."

"먼저 들어가."

다시 잔에 술을 따르면서 조철봉이 낮게 말했다.

"내 기분 풀어주려고 나온 모양인데 그만하면 됐어."

"나도 막힌 여자는 아녜요."

"난 네가 생각하는 이상으로 저질에다 사기꾼이야, 하지만."

시선을 든 조철봉이 손끝으로 정민의 가슴을 가리켰다.

"그것을 가슴에만 묻어 두라고, 뱉어서 금방 기분이 풀릴지는 몰라도 후유증이 오래 남게 되니까."

"당하고 나니까 조금 개운해지네."

혼잣소리처럼 말한 정민이 손을 뻗치더니 조철봉이 따라놓은 술잔을 쥐었다. 그리고 단숨에 위스키를 삼켰다. 아직 조철봉이 생수도 섞지 않은 술이었다. 술잔을 내려놓은 정민이 입을 크게 벌리고는 더운 숨을 뱉었다.

"감기 몸살이 떨어진 것 같아."

조철봉은 다시 지장보살의 진언을 떠올렸지만 이번에도 머릿속이 비어 있었다.

양정민이 침실로 돌아간 후에 조철봉은 더 이상 술을 마시지 않았다. 남녀 간의 관계에는 기술이 필요하다. 최소한 조철봉의 관점에서 보면 남녀의 만남과 교제의 과정은 타산과 기술에 의해서 진행되었다. 타산은 선택의 과정에서 많이 작용되었으므로 일단은 젖혀 두고 교제 시에 기술은 절대적으로 필요했던 것이다. 조철봉은 사랑이라든가 영원이라든가 또는 순정 따위의 말을 써본 적이 없다. 사기를 칠 때에 썼을지는 모르지만 본심에서 그것이 우러나온 적은 없었던 것이다.

조철봉의 테크닉은 단순했고 명료했다. 마음에 드는 여자가 나타나면 적극적이 된다. 신발도 닦아주고 밥 먹고 이쑤시개도 챙겨주지만 여자가 싫증을 내는 눈치가 보이면 싹 돌아선다. 먼저 돌아서 버려서 해명 따위를 하는 구차한 짓거리를 않는 것이다. 싫증난 이유를 묻고 해명하고 화해하는 그 동안이 서로의 이해와 신뢰를 높이는 데 도움이 된다고 생각하지 않았다.

그것이 손해를 보지 않는 조철봉의 기술이다. 싫증을 낸 여자한테 매달리면 매달린 만큼 더 지겨워한다는 것을 모르는 남자가 많다. 오히려 매달리는 자신의 감정이 순수하기 때문이라고 또는 의지의 사나이라고까지 자위하면서 쫓아다니다가 피박을 쓰게 되는 경우가 많은 것이다. 싫증을 낸 여자가 깜짝 놀랄 만큼 과감하게 돌아서는 기술을 조철봉은 단련해 왔다. 만의 하나의 경우가 되겠는데 돌아서는 바람에 놓친다면 그것으로 끝이 났다.

그러나 대부분의 경우는 싫증이 났던 여자가 찬물로 세수하고 난 것 같은 표정을 하고 다시 나타났던 것이다. 심호흡을 한 조철봉은 소파에서 일어섰다. 지금 양정민은 작전을 위하여 화해를 제의해 온 것이다. 조국을 위하여 한목숨 버릴 각오를 했을지도 모른다. 작전의 주역이 분명히 자신인 이상 그따위 행태가 잘못되었다는 것을 알고 있는 것이다. 침실로 들어선 조철봉은 방의 불이 꺼져 있는 것을 보았다.

그러나 응접실에서 새어 들어오는 빛으로 침대 위의 윤곽은 보였다. 정민은 이쪽으로 등을 보인 채 누워 있었는데 시트를 목까지 끌어 덮고 있었다. 응접실 쪽 문을 닫은 조철봉은 가운을 벗었다. 그러자 팬티 차림이 되었고 침대로 들어가 정민의 옆에 누웠다. 방안은 조용했다. 정민은 숨소리도 내지 않아서 호텔 밖 차도를 달리는 차 소리만 희미하게 울려왔다. 조철봉은 길게 숨을 뱉고는 천장을 올려다보았다.

"잘 자."

낮게 말했지만 정민은 대답하지 않았다. 그러나 조철봉의 가슴은 차츰 편안해지기 시작했다. 지금 정민에게 손을 뻗친다면 마지못해 끌려올 것이었다. 그러고는 가운이 풀어지도록 가만있다가 두 팔을 늘어뜨

272

린 채로 자신을 받아들일 것이 분명했다. 조철봉은 천장을 향해 쓴웃음
을 지었다.

그러다 몸이 합쳐지면 정민은 달아오르게 될 것이다. 차츰 시간이 지
나면서 억누르던 신음이 저도 모르게 터져 나올 것이고 나중에는 다음
동작을 간절하게 기다리게 된다. 마음과 몸이 일체가 된 섹스는 아름답
지만 몸만으로 부딪칠 적에도 격렬해진다. 정상에 오르는 강도도 거의
비슷했다는 것을 조철봉은 경험으로 알고 있었다.

그러나 지금은 접촉하지 않을 작정이었다. 이것이 또한 기술이다. 인
간이 생각하는 동물이라면 어떤 것이 가치 있는 행동인가를 한번쯤 생
각해 봐야만 한다. 정민이 지금 기다리고 있을지는 모르지만 오늘 밤을
넘기면 어떤 심사가 되어 있을지 훤하게 알고 있는 조철봉이다. 이윽고
조철봉은 눈을 감았다. 때로는 단호하고 과감해야 하지만 때로는 참아
야 할 때도 있다.

다음 날 아침, 눈을 뜬 조철봉은 옆자리가 비어 있는 것을 알았다. 탁
자에 붙은 전광시계는 아침 8시를 가리키고 있었다. 침대에서 일어난
조철봉이 화장실로 들어서면서 응접실 쪽 열린 문으로 소파에 앉아 있
는 양정민을 보았다.

정민은 셔츠에 바지 차림이었다. 화장실에서 나온 조철봉이 옷을 차
려입고 응접실로 들어섰을 때 정민이 입을 열었다.

"식사는 식당에서 하실 거죠?"

"난 생각이 없는데, 커피나 한잔 마셨으면 좋겠는데."

"그럼 커피나 룸서비스로 시키죠, 나도 생각이 없으니까요."

그러고는 정민이 옆에 놓인 전화기를 들더니 유창한 영어로 룸서비스를 불러 커피를 시켰다.

"오늘은 김성산 씨 혼자서만 가게에 갈 건 가요?"

전화기를 내려놓은 정민이 물었다. 오늘은 김성산과 가게를 둘러보기로 한 것이다. 조철봉이 머리를 끄덕였다.

"아마 그러겠지, 이번 일은 김성산 씨 혼자서만 진행하는 것이니까."

"가게에서 이익이 날지 걱정이 돼요."

정민이 정색하고 말을 이었다.

"이익이 나지 않는다면 오히려 역효과가 날 테니까요."

머리를 든 조철봉이 정민을 보았다. 이렇게 일 걱정을 하는 것은 이번이 처음인 것이다.

"내가 룸살롱 관리 전문가를 선발해서 보낼 작정이야. 걱정하지 않아도 될 거야."

조철봉도 이런 식으로 말한 것은 처음이다. 정민과 시선이 마주쳤을 때 조철봉이 웃어 보였다.

"이제 제대로 호흡이 맞아가는 것 같군."

"그렇다고 팬티 바람으로 자면 어떻게 해요?"

시선을 내린 정민이 그렇게 말했지만 얼굴에는 웃음기가 배어나 있었다. 아침을 커피로 때운 그들이 김성산을 만나 시내의 룸살롱 다섯 곳을 돌아보고 왔을 때는 저녁 6시가 되어갈 무렵이었다.

가게 주인들과는 이미 합의가 끝난 상태여서 성산이 동의만 한다면 바로 계약이 될 것이었다. 성산은 꼼꼼하게 가게들을 둘러보고 나서 호텔에 도착할 때까지 가타부타 말을 않더니 엘리베이터 앞에 섰을 때 조철봉을 보았다.

"그럼 내가 내일까지 인수 대금의 반을 내지요."

그러고는 성산의 시선이 정민에게로 옮아갔다.

"양 상무의 계좌로 송금해야겠지요?"

"예, 사장님."

정민이 머리를 끄덕였다.

"계좌번호는 곧 알려드리지요."

"앞으로 양 상무님하고는 자주 접촉하게 되겠습니다."

엘리베이터에 오른 성산이 웃음 띤 얼굴로 조철봉과 정민을 번갈아 보았다.

"이제 나는 음으로 양으로 두 분 부부하고 매어진 관계가 되었습니다."

"그런가요?"

조철봉이 따라 웃었고 정민도 밝은 표정이었다. 성산과 헤어져 방으로 돌아왔을 때 정민이 웃음 띤 얼굴로 조철봉을 보았다.

"잘 되었죠?"

정민의 이런 표정도 처음이었지만 조철봉은 정색하고 말했다.

"지금부터가 시작이야."

"이젠 김성산 씨 말대로 매어졌어요."

"이익이 나야 면목이 서고 명분이 생기게 돼."

"그건 당신이 알아서 해주시겠죠."

그 순간 조철봉이 퍼뜩 눈을 치켜떴고 제 말에 놀란 듯 정민이 손으로 입을 가렸다. 그러나 눈은 웃고 있었다.

저녁을 룸서비스로 시켜먹고 곁들여서 양주를 반병쯤 비우고 났을 때는 밤 10시가 되어가고 있었다. 오늘은 둘이 꿀 같은 시간을 보내라면서 김성산이 약속을 하지 않았던 것이다. 양정민은 양주를 서너 잔 마셨는데 술기운이 올라올수록 오히려 긴장하는 기색이 역력하게 드러났다. 오늘 밤의 행사를 염두에 두고 있기 때문이다.

그와는 대조적으로 조철봉은 점점 느긋해졌다. 이것은 고금을 통하여 이어온 불변의 법칙이다. 작업이 다 되었다고 생각하는 남자는 행사 분위기가 도래했을 때 느긋해지며 여자는 불안하고 초조해진다. 남자는 평화로운 세상에 대한 벅찬 감동으로 입에서 저절로 시가 튀어나올 정도가 되는 것에 반하여 여자는 기대감보다 두려움, 막다른 지경에 와 있으면서도 끝까지 갈등하는 것이 정상이다. 술잔을 내려놓은 조철봉이 지긋한 시선으로 정민을 보았다.

"먼저 들어가 자."

"또."

대뜸 그렇게 반문한 정민이 눈을 흘겼다. 혼란스러웠던 갈등이 조철봉의 단 한 마디에 해결되었지만 정민은 아직 그것도 의식하지 못하고 있다.

"같이 들어가요."

끌면 버티고 놓으면 쫓는 만고불변의 진리가 무의식중에 작용한 것이다. 그러나 여기에도 타이밍이 중요하다. 정신을 차리고 제 주변을 돌아보기 전에 페이스를 유지해야 한다.

"좋아, 들어가지."

자리에서 일어선 조철봉이 정민에게 다가가 자연스럽게 팔을 잡아 일으켰다.

"하지만 오늘은 볼에다 입만 맞춰줄 테니까 걱정하지 말고."

걱정은 무슨 놈의 걱정을 하겠는가? 정민이 대답을 하지 않는 것으로도 분위기를 알 수 있었다. 침실로 들어선 조철봉은 옷을 벗어 던졌고 어젯밤처럼 팬티 차림이 되었다. 그때 정민이 전등 스위치를 찾아 침실의 불을 껐다. 먼저 침대에 누운 조철봉은 심호흡을 했다. 이런 장면에서 제일 의식이 되는 것은 몸의 중심 부분에 위치한 철봉이 되겠는데 오늘은 분위기에 맞춰 아직 점잖게 늘어져 있었다. 정민이 옆에 누웠을 때 말과 몸이 다르면 우습게 보일 것이기 때문이다.

이윽고 꽤 뜸을 들이던 정민이 침대에 오르더니 옆에 누웠다. 어깨에 살짝 스치는 정민의 맨살은 따뜻했다. 시트를 들치는 서슬에 정민의 살 냄새가 느껴졌고 발이 잠깐 조철봉의 종아리에 닿았다가 떨어졌다. 옆에 나란히 누운 정민이 길게 숨을 뱉었다.

"살 냄새가 좋군."

조철봉이 천장을 향한 채 낮게 말했지만 정민은 대답하지 않았다. 스친 피부의 감촉으로 보아서 정민은 팬티에 브래지어만 입었다. 브래지어 후크를 풀고 팬티만 내리면 알몸이 될 것이었다. 그러나 다음 순간 조철봉은 심호흡을 했다.

"네 온몸에 키스를 하고 싶어. 이마에서부터 코로, 입술까지 그리고 네 목과 젖꼭지."

조철봉이 낮고 느리게 마치 제 입술이 훑어가고 있는 것처럼 말을 이었다.

"네 포근한 배와 둥근 언덕, 그리고 짙은 숲까지."

"그만해요."

몸을 뒤척이며 정민이 말했다.

"주무세요."

이번에는 정민이 먼저 그런 소리를 뱉었지만 본의가 아닌 것은 말할 필요도 없다. 이쪽이 끌었기 때문에 무의식중에 던진 버팀의 일성이다. 그러자 조철봉이 다시 심호흡을 했다.

"그럴까?"

이번에는 이쪽에서 버텼다. 아주 여유 있게.

방안의 정적은 숨을 다섯 번 마시고 뱉을 때까지만 지속되었다. 물론 그 정적을 깨뜨린 것은 양정민이다.

"당신은 저질이야."

정민이 화난 듯이 말했다.

"그리고 아주 교활해."

"사기꾼은 다 그렇지."

천장을 향하고 차분하게 말한 조철봉은 아직도 늘어져 있는 자신의 철봉이 믿음직하게 느껴졌다. 정민이 투정을 부리는 것은 당연했다. 기대했던 대로 되지 않기 때문이다.

그러나 조철봉은 정민의 기대에 부응할 생각은 애초부터 갖고 있지 않았다. 조철봉이 몸을 돌려 비스듬하게 누웠다. 그러자 정민이 놀란 듯 두 눈을 크게 떴지만 가만있었다. 이제 정민의 얼굴은 눈 아래 10센티 정도에 놓였고 숨결도 피부에 닿는다.

"사람마다 다 사연이 있는 거야."

조철봉이 정민의 입술을 내려다보며 말했다. 어둠 속에서도 정민이 눈을 깜박이며 정색하는 것이 드러났다. 그러나 이런 상황에서는 뜻이 제대로 머릿속에 남아지지 않는 법이다. 조철봉은 마찬가지로 사연은 무슨 염병을 할 사연이 있겠는가? 정민이 감질나도록 시간을 끌고 있을 뿐이다.

"키스해도 되겠어?"

조철봉이 물었을 때 정민은 눈을 크게 뜨는 것으로 대답을 대신했다. 그러자 조철봉은 먼저 한 손을 뻗쳐 정민의 드러난 어깨에 붙였다. 그 순간 정민이 움칠 몸을 굳혔지만 더 이상 반응하지 않았다. 조철봉은 부드럽게 어깨에서 손까지를 쓸어 내렸다. 그러면서 천천히 정민의 볼에 입술을 붙였다.

"애무해도 되겠지?"

다시 물었지만 이번에도 정민은 가만있었다. 조철봉의 손이 이제는 어깨에서 가슴 쪽으로 옮겨 갔다. 그러고는 등으로 돌아 브래지어의 후크에 닿았을 때 정민이 몸을 옆으로 비틀었다. 후크가 잘 풀리도록 공간을 만들어준 것이다. 브래지어가 풀려 나가면서 해방된 젖가슴이 솟아올랐을 때 정민이 처음으로 손을 뻗쳐 조철봉의 어깨를 잡았다. 조철봉이 입술에 정민의 젖꼭지를 댄 순간 짧은 탄성이 머리 위로 뱉어졌다. 정민의 젖가슴은 아담했고 탄력이 있었다. 젖꼭지는 콩알만 했지만 입안에서 혀로 몇 번 굴리고 나자 작은 땅콩만 해졌다.

조철봉의 손이 계속해서 아랫배를 쓸다가 이윽고 팬티에 닿았다. 그때 정민이 손을 뻗쳐 팔목을 쥐었으므로 조철봉은 젖가슴에서 입을 떼었다.

"그곳은 안 된다고? 알았어."

선선히 말한 조철봉은 다시 젖꼭지를 혀로 굴리기 시작했다. 그러고는 손을 더 뻗어 허벅지와 무릎까지 애무했다. 허벅지 안쪽을 애무했을 때 정민이 다리를 오므리는 바람에 손이 감겼다. 이미 정민의 숨소리는 거칠어져 있었고 몸에는 땀이 배어나오기 시작하고 있었다. 겨우 손이 풀려 나왔을 때 조철봉은 머리를 올리고 처음으로 정민의 입술을 찾았다. 기다리고 있었다는 듯이 정민이 입을 벌려 혀를 내밀어주었고 두 팔이 조철봉의 목에 감겼다. 긴장을 푼 정민의 혀는 조철봉의 리드에 따라 뱀처럼 얽혔다가 풀리기를 반복했다. 조철봉의 손이 젖가슴에서 다시 아랫배로 내려갔지만 팬티는 건드리지 않고 허벅지로 옮겨졌다. 그 순간 정민이 몸을 비틀었다. 조철봉의 입술이 떨어졌을 때 정민이 헐떡이며 말했다.

"해줘, 지금."

"만지지도 말라면서?"

그러자 정민이 두 다리로 조철봉의 하반신을 감아 안았다.

"바보야, 만지는 건 싫어서 그래."

아직도 양정민은 가식을 벗지 못하고 있는 것이다. 몸은 달아올랐지만 아직 의식의 지배를 벗어나지 못하고 있다. 이것은 수줍음이라고 볼 수도 없다. 오히려 위선이고 사기나 같다. 조철봉은 상체를 바로 세우고는 정민을 내려다보았다. 정민은 두 팔로 조철봉의 목을 감은 채 헐떡이고 있었지만 두 눈의 초점은 잡혀 있었다. 조철봉은 문득 정민이 지금까지 한 번도 제대로 된 쾌감을 맛보지 못한 것 같다는 생각을 했다.

"난 아직 준비가 덜 되었어."

조철봉이 정민의 한쪽 팔을 풀어 자신의 철봉에 붙이며 말했다. 그러나 철봉은 이미 본의와는 다르게 당당하게 꽂혀 있다. 정민이 흠칫 손가락을 오므렸다가 조철봉이 끌었을 때 철봉을 쥐었다.

"그것 봐, 아직 덜 된 거야."

다 된 것을 덜 되었다고 한 것은 분명히 사기였지만 이것에 반론을 제기하는 여자가 있다면 자신이 철봉 감별사라는 것을 공개하는 것이나 같다. 조철봉이 철봉을 그대로 둔 채 자신의 한쪽 손을 내려 정민의 팬티를 끌어 내렸다. 정민이 다리 한쪽을 들어 끌려 내려지는 것을 돕더니 곧 발끝에 걸린 팬티를 털어 내었다. 조철봉이 정민의 귀를 살짝 물었다.

"내가 되도록 너도 도와야 돼."

"어떻게?"

정민이 철봉을 쥔 손에 약간 힘을 주었다. 다시 숨결이 가빠지고 있었다.

"난 거기를 애무해야 돼."

"싫어."

"좋아질 거야."

"그럼 조금만."

마침내 다급해진 정민이 승낙했다. 조철봉은 몸을 틀어 정민과 거꾸로 엎드렸다. 정민과 서로 하반신을 마주보는 자세였고 철봉은 정민의 얼굴로 향해졌다. 조철봉의 혀가 정민의 샘 끝에 닿았을 때 하반신의 저항은 완강했다. 두 개의 브리지가 붙어서 틈을 만들어주지 않았던 것이다. 그러나 정민의 마우스는 이미 철봉을 삼키고 있었다. 조철봉은 서두르지 않았다. 브리지 안쪽을 차례로 혀끝으로 애무하면서 열리기를 기다렸다. 정민의 반응은 마우스 안에 들어가 있는 철봉으로 알 수 있었다. 철봉이 점점 거칠게 학대를 받기 시작했던 것이다. 이윽고 낮은 신음을 뱉으면서 닫힌 브리지에 힘이 풀리는 것이 느껴졌다. 엉덩이를 들썩이던 정민이 마침내 브리지를 열었을 때 조철봉은 거침없이 들어섰다.

정민의 샘은 예상했던 대로 넘쳐흐르고 있었다. 조철봉의 혀가 샘 끝의 두레박에 닿았을 때 정민의 신음이 처음으로 크게 울렸다. 그러고는 마우스에서 철봉이 도망 나온 것도 의식하지 못한 채 허리를 비틀었다. 자세를 바로 갖춘 조철봉은 집중했다. 정민에게 주는 것보다 받는 것에만 집중하도록 배려한 것이다. 한쪽의 애무를 받으면서 이쪽도 뭔가 줘야겠다는 의식이 작용한다는 것 자체가 몰두하지 않았다는 증거도 될 것이다. 조철봉은 두레박에서부터 샘 안쪽의 벽돌까지 차근차근 훑어나갔다. 벽돌 사이에 낀 이끼 하나 빠뜨리지 않았다.

남녀 간 관계에서 수없이 많은 성취의 과정이 있겠지만 현실적으로 확인할 수 있는 가장 확실한 단계는 성관계라고 조철봉은 믿어왔다. 강압이 아닌 이상 정신이 온전한 남녀가 성관계를 갖는다면 그것으로 버스 종점까지는 간 셈이다. 종점에서 내려 제 갈 길을 가든지 말든지는 나중 사정이다. 조철봉은 연속적으로 터지는 정민의 신음을 들으면서 만족해했다. 이렇게 치부까지 낱낱이 드러낸 상황이 되면 자연히 마음도 열리는 법이다. 내 비밀을 다 주었다는 의존심도 일어나게 된다. 제 샘 사정을 저보다 더 잘 아는 사람이 있는 것이다.

마침내 양정민은 다 벗어던졌다. 오직 쾌락만이 몸과 마음을 지배하게 된 것이다. 그것은 감동과 맥을 같이하고 있어서 정민은 흐느껴 울었다. 온몸이 공기가 되어 떠올라간 것 같았고 하얗게 부서진 것 같은 순간이 되었을 때 정민의 의식은 끊어졌다. 절정에 올라버린 것이다. 지금까지 한 번도 느껴보지 못했던 쾌락이었다. 물론 쾌락이 어떤 것인지는 알았고 느껴보기도 했지만 지금하고는 비교가 되지 않았다. 폭발력이 엄청나게 강한 것이다. 정민이 눈을 떴을 때 아직도 자신의 몸 위에 겹쳐 있는 조철봉을 보았다. 아니 보지 않고 무게로 느꼈다고 해야 맞는 표현이 될 것이다. 의식은 끊겼었지만 숨까지 끊긴다면 사망하게 되는 터라 정민의 호흡은 아직도 가팔랐다. 온몸은 땀으로 덮였고 특히 샘은 많이 젖었다.

"좋았어?"

조철봉이 묻자 정민이 눈을 감은 채 머리만 겨우 끄덕였다.

"그럼 지금 시작할까?"

다시 조철봉이 귀에 대고 물었을 때 정민은 대답 대신 팔을 들어 목을 감았다. 쾌감의 여운은 아직도 남아 있었지만 조금 더 받아들이고 싶은 욕망이 솟아난 것이다. 경험자일수록 그 욕망은 더 강렬해진다. 하체가 뿌듯하게 채워질 때의 쾌감은 가장 강렬하며 그 과정에서 도달하는 쾌감은 옥상옥이다. 조철봉은 상체를 세우더니 철봉을 샘의 주위에 대었다.

그리고 철봉으로 두레박을 건드리기 시작했다. 정민이 신음을 뱉으면서 간절하게 기다렸고 마침내는 엉덩이를 들썩였다가 손으로 철봉까지 쥐려고 했지만 조철봉은 끈질기게 건드리고 맴만 돌았다. 정민이 조철봉의 쾌감에 대한 단계적 공부를 알 리가 없고 이것은 알려줄 필요도 없는 일이다. 애가 타고 지친 정민이 온몸이 터져 나갈 것 같은 갈증으로 몸을 비틀며 소리쳤을 때였다.

조철봉은 진입했다. 아주 천천히 벽돌 한 장 한 장을 세면서 내려가는 것처럼 샘 안으로 들어섰다. 그때 정민은 조철봉의 어깨를 움켜쥐고는 길고 굵은 신음을 뱉었다. 지금까지 여러 번 섹스를 해왔지만 오늘 이 순간 처음으로 사내의 철봉이 들어오는 느낌을 받은 것이다. 조금씩 마주치며 몸 안에 들어오는 철봉의 형체를 핏줄 하나까지 감지할 수 있었으며 터져 나갈 듯이 가득 찬 그 느낌만으로 벌써 절정을 향해 절반 거리는 달려간 셈이었다.

"여보!"

정민의 입에서 전혀 의식도 없는 단어가 터져 나왔다. 그러고는 조철봉이 천천히 진퇴 운동을 시작할 때 정민은 울부짖으며 소리쳤다.

"여보, 여보!"

조철봉은 이제 정민이 무아지경에 빠졌다는 것을 알았다. 꽃과 나비가 펼쳐진 꿈의 동산은 아니다. 절벽과 폭포, 그리고 세찬 회오리가 일어나는 격정의 천국이다. 조철봉은 세심하게 배려했다. 두 번째 단계로 상대의 환희를 보면서 느끼는 쾌감을 더욱 증대시키려면 그만큼의 인내가 더 필요한 것이다.

이제 정민은 조철봉에게 모든 것을 의존하고 있다. 허리를 조금 틀면 세게 받았으며 세게 부딪치면 탄력 있게 움츠렸다. 이것은 몸과 마음이 혼연일체가 되어야 일어나는 작용이다. 이윽고 정민은 두 번째로, 그리고 가장 강렬하게 폭발했다. 그 어떤 순간보다도 더 힘 있게 온몸을 굳혔다가 늘어뜨렸으며 환희의 신음을 가장 크게 뱉어내었다. 조철봉은 정민이 여운을 느끼도록 배려했다. 그리고 죽은 듯이 까무러쳐 있던 정민이 겨우 몸을 바로잡았을 때 조철봉이 속삭였다.

"이제 체위를 바꿔서, 난 안 했어."

다음 날 아침, 양정민이 눈을 떴을 때 이번에는 조철봉이 보이지 않았다. 탁자에 붙은 시계가 9시 10분을 가리키고 있었으므로 질색을 한 정민은 침대에서 일어났다. 그 순간 온몸이 나른해지면서 하반신에 아직도 가득 차 있는 느낌이 전달되었다. 그러자 어젯밤의 정사 장면이 빨리 돌리는 필름처럼 눈앞을 스치고 지나갔다. 어젯밤에는 조철봉이 세 번이나 시작을 했으며 절정에 오른 횟수는 셀 수도 없었던 것이다. 조철봉은 체위를 수없이 바꾸었고 그때마다 자신은 절정에 도달했다. 침대에서 일어섰던 정민은 하체의 힘이 풀리는 바람에 하마터면 넘어질 뻔하고는 주저앉았다. 아직까지도 자신은 알몸이었으므로 그 순간 정민의 얼굴은 빨갛게 달아올랐다. 조철봉은 어젯밤 4시간 가깝게 격렬하게 흔들어 놓고는 벌써 일어나 있는 것이다.

다리에 힘이 생길 때까지 기다렸던 정민은 다시 일어나 화장실로 다가갔다. 그러고는 힐끗 응접실 쪽을 보았지만 그쪽도 비어 있었다. 조철봉은 옷을 입고 밖으로 나간 것이다. 화장실에 들어가 샤워기의 물을 맞으면서 정민은 눈을 감았다. 육체의 쾌락은 바로 이런 것이었던 것이다. 지금까지 육욕에 이끌렸던 남녀를 무조건 비판만 해왔던 자신이 부끄러워졌으므로 눈을 뜬 정민은 심호흡을 했다. 그러고는 다시 어젯밤의 일이 머릿속에 떠올랐고 온몸에 열이 번져갔다.

조철봉은 자신이 한 번도 해보지 못한 체위를 서너 가지나 가르쳐 주었는데 그것이 전혀 부끄럽지 않았던 것이다. 오히려 더 자극적이었고 더 빨리 절정에 도달했다. 전에는 비디오에서라도 그 장면을 보면 구역질을 했던 자신이다. 샤워를 마친 정민이 타월로 허리만 가린 채로 화장실을 나왔다가 놀라 입을 딱 벌렸다. 그러고는 순식간에 얼굴이 새빨개졌다. 바로 문 앞에 조철봉이 서 있었기 때문이다. 조철봉은 셔츠에 바지 차림이었는데 얼굴에 생기가 흘렀다.

"지금 일어난 거야?"

"비켜요."

한 손으로 허리에 두른 수건을 여미고 다른 한 손으로는 젖가슴을 가리면서 몸을 틀었던 정민을 조철봉이 허리를 당겨 안았다. 그러자 수건이 흘러 떨어지면서 정민은 다시 알몸이 되었다.

"비켜."

말은 그랬지만 정민은 알몸을 붙여서 가리려는 듯 두 팔로 조철봉의 허리를 감고 바짝 안았다. 그때 조철봉이 머리를 숙여 정민의 입술에 부드럽게 입을 맞췄다.

"어때? 지금 한 번만 하자."

"안 돼."

조철봉의 입술에 스스로 입을 맞춰주면서 정민이 말했다.

"아침에 못 일어날 뻔했단 말이야."

"어젯밤은 꿈만 같았어."

"거짓말."

조철봉이 손을 뻗어 엉덩이만 쓸어 주었는데도 정민은 달아올라 몸을 비틀었다. 그러자 샘 부근의 언덕에 조철봉의 철봉이 닿았다. 이미 철봉은 철봉이 되어 있는 것이다.

"한 번만 하자, 응?"

"아이, 누가 오면 어떡해?"

다시 몸을 틀었던 정민이 이번에는 조철봉의 목을 껴안고는 매달렸다. 이미 말과 행동이 달라진 것이다.

"오긴 누가 온다고 그래? 김성산 씨는 벌써 나갔어."

"그럼 얼른 끝내."

정민이 이제는 조철봉의 혁대를 풀면서 말했다.

"너무 길면 나 죽을지 몰라."

하룻밤에 만리장성을 쌓는다는 말이 과연 빈말은 아니다.

조철봉이 서울로 돌아온 것은 그로부터 이틀 후였다. 양정민은 인수한 5곳의 사업장 관리 때문에 베이징에 남았으므로 혼자 귀국한 것이다. 귀국한 날 저녁에 조철봉은 최갑중과 함께 회사에서 나왔다. 같이 저녁을 먹기로 해서 조철봉은 갑중이 운전하는 차에 올랐다.

"형님, 양 상무 문제는 없죠?"

힐끗 백미러를 보면서 갑중이 물었으므로 조철봉은 쓴웃음을 지었다.

"왜? 걱정되느냐?"

"아무래도 기관원이라 꺼림칙하지 않습니까? 호락호락하지도 않고요."

"뭐, 잘 되겠지. 베이징 사업장도 이제 인수했으니까."

"그럼 맡긴단 말씀입니까?"

"그래야지."

조철봉이 정색하고 백미러를 보았다.

"난 그 일에선 손을 뗄 테다. 고동수한테 양 상무를 도우라고 말해 놓았으니까 이익이 나면 분배가 되겠지."

갑중에게도 양정민과의 관계는 말해주지 않은 것이다. 믿는 사이라고 상관도 없는 일까지 미주알고주알 말해주는 사람이 있는데 그랬다가는 언젠가 큰코다치게 된다. 그 상대가 부부나 자식이라도 마찬가지다. 조철봉은 지금까지 흉금을 털어놓고 말하는 사람치고 실속을 차린 경우를 보지 못했다. 한동안 입을 다물고 있던 갑중이 불쑥 말했다.

"참, 마키 아버지가 며칠 전에 저한테 찾아왔었습니다."

마키 아버지란 안산에서 아파트 경비를 하고 있는 박용환이다. 지난번 마키가 준 돈도 받지 않았던 박용환이 갑중을 찾아온 것이다. 갑중이 백미러로 조철봉을 보았다.

"베트남에 일자리를 부탁하더군요. 건설회사 부장까지 지낸 경력이 있지만 나이가 60이 넘어서 말이죠."

"그래서?"

"형님 오실 때까지 기다리고 있었습니다."

조철봉이 잠자코 있었으므로 갑중이 말을 이었다.

"경리부에도 있었고 관리부에도 있었답니다. 취직만 시켜주면 트럭 운전사라도 하겠다는데요."

"베트남에서 말이지?"

"예, 마키 어머니한테 가고 싶은 모양입니다."

갑중이 다시 백미러를 보았다.

"그래서 마키한테 그 이야기를 해줬더니 아무 말도 않더군요."

"지금도 술 마셔?"

"마키 만나고 나서 술 끊었답니다."

"…."

"제 앞에서 울더구만요. 새 인생을 살게 해달라구요."

"이제 와서 오갈 데 없으니까 그런 거지."

쓴웃음을 지은 조철봉이 등받이에 상반신을 기댔다.

"그렇게 되지 않았다면 베트남 이야기를 꺼냈을 것 같으냐?"

"그렇지요."

"또 그 경우에 찾아간 마키한테 어떻게 대했을 것 같으냐?"

"제 처자식 눈치 때문에 만나지도 않았을지 모르겠군요."

"내버려둬."

"예, 형님."

"마키 입장도 있으니까 박절하게 거절은 하지 말고."

"제가 이래 봬도 조철봉 가문의 이인자올시다."

"내일 영일이하고 영일이 엄마를 불러내. 이종학한테 연락해서 말이야."

"그러지요."

정색한 갑중이 백미러를 향해 머리를 끄덕였다. 이제 이종학은 다시 서경윤과 함께 살고 있는 것이다. 그리고 영일이는 다시 확실하게 이영일이 되었다.

"그래도 영일이 아버지 아닌가?"

이종학이 정색한 얼굴로 서경윤을 보았다. 아침 7시 반이어서 종학은 출근하려고 정장 차림으로 소파에 앉아 있었다.

"한 달에 한 번인데 당신이 양보를 해줘야지. 그 사람 입장도 생각해서 말이야."

"나 참, 기가 막혀서."

헛웃음을 친 경윤이 종학 앞으로 다가가 섰다.

"자기는 왜 그렇게 마음이 여려? 그래서 어떻게 사업을 하려고 그래?"

"글쎄 사업하고 이 일하고 무슨 상관이 있다고 그래?"

"도대체 나하고 합치면서 그 작자하고 그런 약속을 하는 사람이 어디 있어?"

이제 허리에 두 손을 짚은 경윤이 눈을 치켜떴다.

"난 모른다 하고 나한테 맡겨 두었으면 이런 일이 없을 것 아냐?"

"그래도 나 없을 때 그 사람이 당신을 도와줬지 않아? 그리고 영일이 친부이기도 하고, 그 사람 입장도 생각해줘야지."

"나 미쳐."

어깨를 부풀렸다 내린 경윤이 종학을 쏘아 보았다.

"어디서 몇 시야?"

종학은 경윤에게 당연히 조철봉과의 계약 조건을 말하지 않은 것이다. 따라서 조철봉과의 만남을 동정에 호소할 수밖에 없는 것이 애로점이었다. 만일 자신의 재기가 순전히 조철봉의 지원 덕분이고 경윤과의

재결합도 계약서와 각서를 쓰고 난 후에 이루어졌다는 사실이 밝혀진
다면 모든 것이 물거품으로 돌아갈 것이었다.

오후 2시가 되었을 때 경윤은 영일과 함께 역삼동 블루호텔의 802호
실 앞에 섰다. 물론 이곳까지는 조철봉이 보낸 대형 승용차로 모셔졌고
호텔에서는 현관에서 기다리던 안내원이 이곳까지 안내를 해주었다.
방의 벨을 누른 안내원이 경윤을 향해 허리를 굽혀 보이고는 돌아섰을
때 방문이 열렸다.

"아, 들어와."

모습을 드러낸 조철봉은 웃음 띤 얼굴이었다. 영일에게로 시선을 내
린 조철봉이 이번에는 활짝 웃었다.

"영일이가 많이 컸구나."

"안녕하세요?"

인사를 하라고 시키지 않았는데도 영일이 맑은 목소리로 인사를 하
자 조철봉은 심호흡을 했다.

"오냐, 어이구, 인사도 잘하네."

방으로 들어선 경윤은 숨을 들이켰다.

응접실까지 붙은 스위트룸이었는데 테이블 위와 소파에는 온통 장
난감과 영일의 옷가지, 책과 미술도구, 컴퓨터 게임기에다 자전거, 발
사이즈를 몰라서인지 인라인 스케이트도 5개나 놓여 있었던 것이다. 넓
은 방안이 온통 선물로 쌓여 있어서 가게처럼 보였다. 영일의 눈이 둥그
레졌고 조철봉이 손을 펼쳐 그것들을 가리켰다.

"영일아, 다 네 것이다. 집에 갈 때에 차에 다 실어주마."

"다 내 거예요?"

영일이 믿기지 않는 듯이 조철봉을 향해 묻더니 곧 컴퓨터 게임기부터 집었다.

"그래, 다 네 것이다. 다 네 것."

조철봉의 목소리는 밝았고 눈까지 번들거리고 있었다. 경윤은 소파에 쌓인 장난감을 밀치고 끝 쪽에 앉았다. 영일은 이미 장난감에 정신이 팔려 조철봉은 물론이고 경윤까지 의식하지 않았다. 조철봉이 테이블 끝에 한쪽 엉덩이를 걸치고 비스듬히 섰을 때 경윤이 입을 열었다.

"사업은 잘 되는가 보죠?"

아파트에서 그 난동 사건이 일어난 후로 처음 제대로 된 대화가 개시되었다. 경윤의 시선을 받은 조철봉이 머리를 끄덕였다.

"응, 그동안 별일 없지?"

세상을 살다 보면 별일을 다 겪게 되는 법이라 제 마누라하고 두 번 엮였다가 갈라지는 경우도 있을 것이다. 그리고 남이 되었을 때 당기다가 제 집안에 들여앉히고 나서부터는 또 바깥으로 나다니는 놈도 있을 법하다. 바로 조철봉이 그렇다. 한 달에 한 번씩 서경윤을 만나도록 이종학으로부터 각서까지 받은 이유는 제가 먹기에는 벅차고 남 주기에는 아까운 터라 꾀를 내봤지만 결과는 더 허탈해졌다.

더 외로워지기도 해서 목하 갈팡질팡이다. 거금을 주고 5캐럿짜리 다이아를 사왔어도 빛이 안 난다. 남의 집 기둥에다 금칠을 해주는 꼴밖에 되지 않는다. 서경윤이 손가락을 쫙 펴고 찬란하게 빛나는 반지를 내려다보았을 때 조철봉은 갑자기 목이 메었다. 그것은 서경윤이나, 서경윤과 두 번째 간통 끝에 두 번째로 결혼한 이종학 때문이 아니었다.

자신의 미래가 보였기 때문이다. 보인다는 말은 어폐가 있고 눈앞에 떠오른 자신의 앞날이 막막했다는 표현이 맞을 것이다. 아무도 없다. 앞쪽에는 그 누구도 보이지 않았다. 물론 자업자득이겠으나 사람 심리가 다 제 탓을 인정한다면 어디 그게 부처님 세상이지 인간 세상이겠는가? 조철봉의 가슴은 부글부글 끓기 시작했다. 원망이다. 그리고 그것이 욕망으로 발전했다. 조철봉에게는 익숙해진 과정이다.

"이봐, 경윤아."

조철봉이 손을 뻗쳐 경윤의 팔을 잡았다. 그때서야 경윤의 시선이 반지에서 조철봉에게로 옮아갔다.

"왜?"

그렇지만 경윤이 조철봉을 한두 번 겪었는가? 눈빛만 보아도 철봉의 강도까지 정확하게 측정할 수 있을 것이었다.

"난 지금까지 한 번도 그걸 하지 않았다면 믿어줄래?"

"못 믿어."

아주 간단하게 경윤이 잘라 버렸지만 조철봉에게 잡힌 팔은 그대로 두었다. 그것을 조철봉이 간과한다면 이름을 바꿔야 할 것이다. 조철봉이 팔을 당겨 경윤을 침실로 이끌었다. 영일이는 장난감에 정신이 팔려 이쪽을 보지도 않는다. 침실 문을 닫았을 때 경윤이 말했다.

"이러면 자극이 오는 거야? 스릴이 있어?"

"솔직히 난 다른 여자하고는 그것이 안 돼. 그것이 일어나지 않는단 말이지."

"거짓말."

"왜 그런지 모르겠어."

"거짓말 그만해."

하지만 그 거짓말이 분위기 생성에 도움이 되고 있다는 사실을 경윤은 잊고 있는 것이다. 이런 급박하고 숨 가쁜 상황이 되면 거짓말이고 참말이고 간에 별 의미가 없다. 아까 조철봉이 팔을 잡은 순간부터 경윤은 뜨거워지기 시작했고 그 과정에서 어떤 말이든 필요했을 뿐이다. 조철봉은 경윤의 블라우스와 스커트를 선 채로 벗겨 내렸고 곧 자신은 바지만 벗어 던졌다.

"정말 왜 이래."

그러면서도 경윤은 조철봉이 브래지어 후크를 찾아 헤맸을 때 제가 스스로 풀어버렸다. 이미 경윤의 두 눈은 습기를 머금고 번들거리고 있었다. 조철봉은 팬티 차림의 경윤을 선 채로 안았다.

"어때? 철봉이 일어선 거야?"

조철봉이 묻자 경윤이 손을 뻗쳐 이미 일어서 있는 철봉을 쥐었다.

"섰네 뭐."

"너한테는 익숙해져서 그런가 봐."

"거짓말."

그러고는 경윤이 하반신을 조철봉의 철봉에 대고 문질렀다.

"빨리 해."

이제는 경윤이 조철봉을 침대 쪽으로 밀었다. 조철봉은 심호흡을 했다. 행복하다.

침대에 누운 경윤이 서둘러 팬티를 끌어 내리더니 다시 재촉했다.

"빨리 해."

"영일이는 장난감에 정신없어."

느긋해진 조철봉이 다가가 몸 위에 엎드렸을 때 경윤이 짜증을 냈다.

"뭐해? 얼른 넣지 않고?"

세상에서 가장 듣기 좋은 말을 꼽으라면 바로 이런 말이다. 물론 예외는 있다. 시간 손님으로 들어가서 이런 말을 들을 경우인데 그때 이런 말을 듣는다면 참 뻔뻔한 놈이라고 스스로를 자책해야 될 것이다. 시간 손님은 아니었지만 조철봉은 샘 주위를 서성거리는 과정도 생략하고 철봉을 진입시켰다.

"아야야."

허리를 들어 올리면서 경윤이 신음을 뱉었지만 샘은 이미 맞을 준비가 되어 있었다. 오히려 적당하게 젖어 있어서 철봉은 주위의 감각을 더 확실히 느꼈으며 샘 차원에서도 마찬가지가 될 것이었다. 조철봉은 두 팔로 침대를 받치고 상반신을 세운 채로 상하 운동을 시작했다. 경윤의 반응, 특히 얼굴을 확실하게 내려다 볼 수 있는 자세였다. 조철봉의 시선을 의식한 듯 경윤은 눈을 감고 있었지만 조철봉의 한 동작마다 반응이 일어났다.

'아야, 아야'로 시작했던 경윤은 운동이 거듭되었을 때 '엄마, 엄마'로 바뀌어졌다.

조철봉은 마치 두 눈이 영사기의 렌즈가 되는 것처럼 경윤의 반응을 머릿속의 필름에 담았다. 경윤과 이종학이 같이 있다는 것이 생각날 때 떠오르게 하려는 것이다. 경윤의 반응은 점점 거칠어지면서 신음도 높아졌다. 응접실의 영일을 의식하고 처음에는 신음을 낮췄지만 지금은 거침없이 뱉고 있는 것이다. 그래서 조철봉이 움직임을 멈추고 말했다.

“소리가 커.”

그러자 경윤이 허리를 들어 올리면서 짜증을 냈다.

“빨리 해, 나 지금 하려고 한단 말이야.”

“너무 빨리 하는 것 아냐?”

다시 운동을 시작하면서 조철봉이 묻자 경윤이 처음으로 눈을 떴다.

“그래도 오늘은 빨리 올라가.”

“네 말대로 스릴이 있어서 그런가 보지?”

“시끄러.”

경윤이 다시 크게 신음을 뱉었다.

조철봉은 경윤도 지금의 분위기를 즐기고 있다고 믿었다. 자신이 말한 대로 이종학의 부인이 되어서 밀회를 즐기는 상황이 된 것이다. 경윤의 신음은 더 높아졌고 곧 절정에 오른다는 것을 알 수 있었다. 그때 조철봉이 움직임을 조금 늦추고는 물었다.

“말해 봐, 내가 낫냐? 아니면 이종학이 낫냐?”

길을 막고 물어봐도 백 명이면 백 명이 다 유치한 수작이라고 할 것이다. 그러나 백 명의 남자는 다 이런 상황이 도래했을 때 이것이 가장 묻고 싶은 질문이었다고 고해할 것이다. 조철봉이 다시 거칠게 운동하면서 물었다.

“말해, 내가 낫냐? 이종학이 나아?”

“자기가.”

마침내 팔을 뻗어 조철봉의 목을 감으면서 경윤이 소리쳤다.

“엄마, 나 죽어.”

“얼마나 나아?”

"엄청 나아."

경윤이 절정에 곧 닿을 것처럼 비명을 연거푸 질렀다. 경윤과 수없이 섹스를 했지만 이런 반응은 처음이다. 조철봉은 눈을 부릅떴다. 경윤도 완전히 밀회의 상황에 젖어 있는 것이다.

"내 것이 더 좋지?"

다시 조철봉이 소리쳐 묻자 경윤이 화답했다.

"엄청 더 좋아."

5. 세계는 넓다 1

다음 날 아침, 사무실에 출근한 조철봉이 서류 결재를 거의 마쳤을 때 최갑중이 들어섰다. 갑중의 뒤를 따라 들어선 사내는 마키였다. 마키는 어제 베트남에서 도착한 것이다.

"지금 와 계신가?"

그들이 소파에 앉았을 때 조철봉이 묻자 갑중이 대답했다.

"예, 기다리고 있습니다."

머리를 끄덕인 조철봉이 앞쪽에 앉았다.

마키는 처음부터 긴장한 채 얼굴을 굳히고 있었지만 시선은 조철봉에게서 떼지 않았다. 조철봉이 마키를 보았다.

"어머님이 뭐라고 하시더냐?"

"안됐다고 하셨습니다."

조철봉이 눈만 좁혀 떴을 때 마키가 말을 이었다.

"그리고 저한테 맡긴다고 하셨습니다."

"알았다."

머리를 든 조철봉이 갑중에게 말했다.

"들어오라고 해."

갑중이 옆에 놓인 인터폰을 들고 비서실에 연락하고 십 초도 안 되었을 때 문이 열리더니 박용환이 들어섰다. 박용환은 새 양복을 입었지만 소매가 손등을 덮었고 머리는 너무 짧게 깎아서 어색했다. 거기에다 무섭게 긴장한 표정이었다.

"아, 여기 앉으시오."

갑중이 자신의 옆자리를 가리켰을 때 용환은 공손하게 인사를 하더니 자리에 앉았다. 그동안 마키는 앞쪽만 보고 있었는데 용환이 시선 쪽에 앉는 바람에 머리를 돌렸다. 그때 조철봉이 정색하고 용환을 보았다.

"내가 박 선생을 왜 오시라고 했는지 대충 짐작은 하시지요?"

"예, 사장님."

두 손을 단정하게 무릎 위에 올려놓은 용환의 얼굴이 더 굳어졌다. 조철봉이 힐끔 마키에게 시선을 주고 말했다.

"마키 과장이 좋다고 해서 박 선생을 받아들인 겁니다. 그걸 알고 계시도록."

정색한 조철봉이 말을 이었다.

"잘 아시겠지만 마키 과장은 베트남 사업장의 핵심 요원이자 내가 신임하는 간부사원이거든요, 추천 권한이 있습니다."

그러자 용환이 시선을 떨구었다가 들었다.

"잘 알겠습니다, 사장님, 감사합니다."

"감사는 마키 과장에게 하셔야지."

그렇게 말한 것은 갑중이다. 갑중이 말을 이었다.

"박 선생은 베트남 사업장의 화물사업부 관리과장을 맡아 주시오. 하실 수 있지요?"

"예, 전무님."

용환이 갑중에게 머리를 숙여 보였다.

"열심히 하겠습니다."

"언제 출발하실 수 있습니까?"

"일주일이면 충분합니다, 전무님."

차츰 긴장이 풀리면서 흥분이 된 용환의 목소리가 떨렸다. 마키는 아버지 박용환을 받아들이기로 한 것이다. 그래서 갑중에게 용환의 취직을 부탁했는데 베트남에 들어가면 마키의 어머니와 재결합을 하게 될 것이었다. 조철봉이 머리를 끄덕이며 결정을 했다.

"그럼 오늘 중으로 발령을 낼 테니까 돌아가서 준비하시도록."

"감사합니다, 사장님."

조철봉이 다시 입을 벌렸다가 다물었다. 자신도 감사는 마키에게 하라고 말하려다가 만 것이다. 베트남에 자식을 팽개치고 돌아와 수십 년을 방치했던 용환이다. 만일 제가 이혼을 당하지 않고 자식들한테도 버림을 받지 않았으면 베트남에 갈 리가 없는 것이다. 또한 처자식한테서 다 버림을 받았다고 해도 재산이라도 있다면 상황이 달라졌을 것이다. 용환이 방을 나갔을 때 조철봉이 머리를 돌려 마키를 보았다.

"마키, 아버지도 뉘우치고 계실 것이다. 아버지 잘 모셔라."

이번에 동창회장이 된 유문수가 만나자고 한 이유는 뻔했으나 약속

300

을 정한 조철봉이 아담호텔 2층의 바에 들어섰을 때는 저녁 8시 정각이
었다.

"여, 어서 와라."

안쪽에 앉아 있던 유문수가 반색을 하고 손을 들었는데 안의 조명은
어두웠지만 멋을 낸 흔적이 역력했다. 양복과 셔츠, 넥타이의 색상 조화
가 맞았고 머리도 말끔하게 다듬었다. 대개 남자들, 특히 유부남은 여자
를 만나기 전에 머리를 다듬는다. 그다음에 구두를 닦아 두는 것이 기본
이다. 마주보고 앉았을 때 조철봉이 문수의 위아래를 훑어보는 시늉을
했다.

"오늘도 노래방이냐?"

"맨날 자장면만 먹을 수 있나? 양식도 먹고 일식도 먹어야지."

문수가 정색하고 말하더니 조철봉을 보았다.

"네가 날 도와줘야겠어."

"만나는 놈마다 다 그러겠지."

그러고는 조철봉이 의자에 등을 붙였다. 모교 체육관 건립 자금을 모
으려는 것인데 각 기수별로 할당된 금액은 동창회장의 책임이었다. 문
수가 주머니에서 서류를 꺼내 조철봉의 앞에다 펼쳤다.

"봐라, 우리는 할당액이 5천인데 아직 3천도 못 걸었다. 난 이 빌어먹
을 동창회장 안 할란다."

"하지 마, 그럼."

"넌 우리 동기 중에서 제일 잘나가는 놈이야, 5백만 내라."

"내가 학교 덕 본 일 없으니까 다른 놈들하고 똑같이 내지."

서류에서 시선을 뗀 조철봉이 말을 이었다.

"잘난 척하고 말 많았던 놈치고 제대로 돈을 낸 놈이 없군."

"다 그런 거지 뭐. 오히려 학교 때 안 튀었던 놈들이 잘나가."

"그런데 넌 회장이란 놈이 기껏 2백을 내? 도적놈."

"나도 요즘 경기가 안 좋다."

"나도 그래."

"그럼 얼마 낼래?"

그러고는 문수가 은근한 시선으로 조철봉을 보았다.

"조금 있으면 여자 셋이 온다. 내가 오늘 널 위해서 그런 애프터도 준비를 했으니까 좀 써라."

"미친놈, 지가 혼자 거느리기 힘드니까 불러놓고서 생색은."

"아니, 애들은 골프클럽 회원들이야. 그리고 오늘 첫 미팅이고."

조철봉의 시선을 받은 문수가 덧붙였다.

"물론 나하고 같은 골프 회원이지. 모두 30대 사업가들이란 말이다."

"네 성의를 봐서 너하고 같이 2백을 내지. 더 내라고 한다면 미팅이고 지랄이고 갈라서자."

"아. 좋아, 좋아."

문수가 손을 흔들었다.

"내일 내 계좌로 입금시켜줘. 영수증은 팩스로 보낼 테니까."

그때 바의 입구로 세 명의 여자가 들어섰으므로 그들은 말을 그쳤다. 대개 여자의 걸음걸이를 보면 현장에 임하는 분위기까지는 짐작할 수가 있다. 물론 그 이상을 예측한다면 대통령 당선을 예언했다면서 주간지에 광고를 낼 만도 하겠지만 조철봉은 셋을 유심히 관찰했다.

문수를 발견한 셋은 횡대로 서서 다가왔는데 첫 번째 여자의 분위기는 화사했다. 어깨까지 늘어진 머리는 파마를 해서 파도처럼 출렁였으며 옷차림도 밝다. 그리고 몸매도 풍만했다. 둘째 여자는, 시선을 돌린 조철봉은 심호흡을 했다. 머리가 짧은 대신 목과 얼굴의 선이 뚜렷하다. 그 순간 시선이 마주쳤을 때 눈이 반짝였다. 세 번째는, 조철봉은 가볍게 헛기침을 했다. 오늘은 시쳇말로 물이 좋은 날이었다, 바깥 날씨는 흐렸지만.

"어서 오십쇼."

자리에서 일어난 문수가 얼굴을 활짝 펴고 맞았는데 조철봉은 지금까지 문수의 그런 얼굴은 처음 보았다. 엉거주춤 따라 일어선 조철봉을 인사시킨 문수가 떠들썩한 목소리로 말했다.

"이 친구가 우리 동창 중에서 제일 출세한 놈이지요. 사업체가 중국에다 베트남에까지 있습니다."

유유상종이라고 친구를 치켜세운 후에 그와 같은 레벨로 인정받고자 한다면 얼마나 고상한 매너이겠는가? 그러나 현실 세계에서 그런 경우는 점점 드물어졌다. 후딱후딱 지나는 현실에서는 제 피아르가 우선이다. 여자들의 시선이 조철봉에게 모였을 때 문수의 이어진 말이 그 증거가 될 것이다.

"물론 대부분의 사업체가 룸살롱이지만 말입니다."

그때 여자들의 시선에 호기심이 더해지는 것을 조철봉은 보았다. 문수의 씹는 내용이 역효과를 낸 것이다.

"어머, 정말이세요?"

화사한 분위기의 여자가 물었으며 짧은 머리의 여자는 얇은 입술

끝을 올리고 웃어보였다. 그리고 횡대의 끝에 선 여자는 긴 생머리를 뒤로 묶어 올렸는데 전혀 화장기가 나타나지 않았는데도 윤곽이 뚜렷한 미인이다. 그 세 번째 여자가 조철봉을 향해 몸을 돌려 앉으면서 물었다.

"중국의 룸살롱은 어떤 분위기예요?"

머쓱해진 문수가 입맛까지 다셨지만 여자들의 시선은 여전히 조철봉에게로 쏠려 있었다. 조철봉은 심호흡을 했다. 도처에 적인 것이다. 여자 셋, 남자 하나의 네 명 중에서 아군 하나를 빼고는 나머지가 다 적이 될 것이다. 단 한 번의 실수로 모든 것이 망쳐질 수가 있는 상황이다. 조철봉은 먼저 여자 셋 중에서 아군을 정해야겠다고 마음먹었다. 이쪽저쪽에다 추파만 흘리다가는 다 깨질 확률이 높다. 문수의 파트너가 정해져 있지 않는 것도 불리하다. 놈은 무조건 방해를 하려고 들 것이 뻔한 것이다.

"중국 룸살롱은 이곳과 전혀 다릅니다, 특히 제가 운영하는 곳은 더욱."

그러고는 조철봉이 정색했다.

"그곳은 여자가 남자를 선택하지요."

"설마."

나선 것은 조철봉에게 꼬인 호기심을 깨뜨리려고 작심한 문수였다. 문수가 눈을 치켜떴지만 입으로는 웃으면서 물었다.

"야, 거짓말 작작해라. 호빠도 아니고 룸살롱에서 여자가 남자를 고르다니?"

"내 룸살롱의 여자들은 팁으로 1천 불씩을 받는다. 한국 화폐 가치로 계산하면 최소한 5백은 받는 셈이지.”

“그 거짓말 정말이냐?”

“손님은 고위층이거나 떼돈을 번 갑부들이지. 중국 갑부는 재력이 이곳보다 몇십 배 월등하거든.”

“믿기지 않는데.”

“유리벽 밖의 사내들을 훑어보고 여자가 정하는 거야. 물론 사내들이 여자를 만나 마음에 들지 않으면 거부할 수는 있지만 그런 경우는 아주 드물다.”

“난 난생 처음 듣는 말인데.”

“여자들은 20대에서 30대까지이고 모두 빼어나지. 용모, 지적 수준, 테크닉까지.”

그러고는 조철봉이 이제 입맛만 다시는 문수를 향해 웃어보였다.

“너는 여자한테 선택 당했을 때의 기쁨을 모른다. 선택만 하는 것은 자극이 없단 말이야. 나는 그것을 노렸던 거다.”

물론 다 거짓말이다. 그러나 조철봉은 말을 이어갈수록 그 일의 가능성이 느껴졌다. 그것이 사기꾼의 습성이기도 하다. 그때 생머리의 여자가 입을 열었다.

“가게가 어디에 있는데요?”

“베이징입니다.”

그때 문득 조철봉의 눈앞에 양정민의 모습이 스치고 지나갔다. 정민은 지금 5개 룸살롱을 경영하고 있을 것이었다.

“여자들은 어떻게 모았지요?”

여자가 다시 물었을 때 조철봉은 나머지 두 여자와 문수를 더 이상

방치하면 안 된다는 것을 알았다.

"천천히 말씀드리지요. 우선."

조철봉이 문수를 보았다.

"먼저 식사를 하는 게 어때?"

"좋아, 그럼."

마음을 가라앉힌 문수가 여자들을 둘러보았다.

"저녁은 뭘로 하실까요?"

일식으로 정한 그들은 호텔 3층 일식당의 방으로 자리를 옮겼는데 좌석 배분은 여자 셋이 나란히 앉았고 남자 둘은 문을 등진 위치였다.

"아까 이야기 재미있었어요."

찬이 놓였을 때 이번에 먼저 말을 꺼낸 여자는 짧은 머리였다. 여자의 이름은 이유경이었는데 반짝이는 검은 눈동자로 조철봉을 보았다.

"선택 당한다는 내용이 특히."

"솔직히 그 가게는 지난달에 제가 인수한 곳 중의 하나죠. 베이징의 다른 네 곳은 이곳처럼 남자가 여자를 선택합니다."

조철봉이 정색하고 말했다.

"그곳의 여자들은 고용인들이 아닙니다. 나오고 싶으면 나오고 가끔은 친구도 데리고 나와서 남자를 고르지요."

"남자들은 영문도 모르고 선택을 당하나요?"

이번에는 유경이 계속해서 묻자 조철봉이 내린 시선으로 왼쪽의 생머리를 살폈다. 생머리의 이름은 박지연이다.

"그렇습니다. 전혀 정보를 주지 않기 때문에 남자들은 어쩔 수 없이 수동적인 입장이 됩니다. 하지만 오히려 그것이 더 자극이 되지요."

"나두 거기 한번 갈까?"

그렇게 말한 여자는 화사한 분위기의 윤희영이다. 조철봉의 시선을
받은 희영이 활짝 웃었다.

"내 마음에 맞는 상대를 고르고 돈까지 받는다니 얼마나 좋아?"

바로 이것이다. 이 분위기까지 닿기 위하여 조철봉은 베이징의 룸살
롱 하나를 그렇게 개조했던 것이다. 사기도 기반이 있어야 진실성이 더
해진다. TV 연속극에 나오는 회사원이 만날 출판사 직원이거나 작가가
되는 이유와 비슷하다고 봐도 될 것이다. 조철봉이 부드러운 시선으로
희영을 보았다. 세 여자가 제각기 다른 매력을 품고 한꺼번에 나타난 경
우는 드물다.

"아마 세 분 모두 내 룸살롱에서는 톱클래스에 들 겁니다. 그건 내가
보증할 수가 있지요."

"어떻게 말이냐?"

마침내 문수가 끼어들었는데 여자들이 하기 곤란한 질문을 대신 해
준 셈이 되었다. 조철봉이 정색하고 문수를 보았다.

"톱클래스는 한 달에 미화로 평균 5만 불 정도의 수입을 올리거든.
20일 출근을 기준으로 해서 말이야."

"5만 불?"

문수가 눈을 둥그렇게 떴다

"그럼 6천만 원 아냐? 그거 정말이냐?"

"그렇게 못 믿겠다면 널 한번 데려가지."

조철봉이 다음 말은 입안으로 삼켰다. 선택 당하고 자시고 하기도 전

에 문수는 팁값 10만 원도 비싸다고 하는 스타일이었기 때문이다. 조철봉이 여자들에게로 시선을 돌렸다.

"그런 맥락으로 봐서 오늘의 선택권은 세 분한테 달렸습니다. 돈은 준비했으니까 곧 마음을 정하시죠. 저는 그런 일에 익숙해놔서요."

이것이 결론이다.

그러자 세 여자의 반응이 제각각으로 나타났다. 윤희영은 활짝 웃었는데 거리낌이 없었으며 박지연은 조철봉과 시선이 부딪쳤을 때 금방 눈썹을 내렸다. 그리고 이유경은 머리를 갸웃하더니 조철봉에게 물었다.

"그게 무슨 말이에요?"

유경이 말뜻을 모를 리가 없다. 확인차 묻는 것이다. 이것으로 조철봉은 세 여자의 성품을 나름대로 판단할 수 있었다.

현 상황에서 가장 부드럽게 분위기를 이어갈 수 있는 상대를 잡으라면 희영이다. 어지간한 수위의 발언까지 소화해내면서 호흡을 맞춰갈 수가 있을 것이다. 그리고 제일 어려운 상대는 유경이다. 눈빛이 강하고 도전적이어서 지기 싫어하는 기질이 있다. 자빠뜨리기 전까지는 애를 먹게 될 것이었다. 심호흡을 한 조철봉은 마침내 마음을 정했다. 중용(中庸)이다. 가운데 중 자가 가장 무난할 것이다.

따라서 생머리의 박지연이다.

"무슨 말씀이냐면 우리 둘은 곧 선택을 당하게 될 운명이란 것입니다. 따라서 만반의 준비를 해놓아야 실수하지 않는다는 말씀이죠."

"이런 젠장."

유문수가 투덜거렸지만 긴장하는 기색이 역력했다. 이런 때 친구 사이라고 양보를 하거나 겸손을 떠는 놈이 있다면 제 갈 길을 가라고 내버려 두는 것이 낫다.

한쪽이 주도권을 잡게 되면 당연히 여자들의 관심이 모아지고 따라서 다른 동성(同性)은 소외되는 법이다. 그것을 각오하고 하는 행동일 테니까. 그러나 다른 경우가 있다. 이것은 악질적인 행태로 남이 땅 사면 배부터 아프다고 주도권을 잡고 리드해가는 친구에게 사사건건 딴죽을 거는 놈이 있는데 아마 절반 정도의 비율은 될 것이었다. 지금 문수의 행태가 바로 그러했다. 제가 소개를 시켰으면서도 분위기가 이렇게 돌아갈 줄은 예상하지 못했는지 눈만 뒤집혀 있는 것이다. 조철봉은 먼저 문수를 컨트롤해야 된다는 필요성을 느꼈다. 여기서 자리를 차고 일어나거나 못 먹을 밥에 침이나 뱉는다면 십년공부 도로아미타불이다.

"물론 재력으로 따진다면 여기 앉은 유문수가 나보다 월등하다고 볼 수가 있지요. 내가 알기로는 마음에 드는 상대에게 모든 것을 내던질 위인입니다."

정색한 조철봉이 손으로 문수를 가리켰다. 놀란 문수가 눈만 껌벅이며 얼른 대응할 말을 찾지 못했을 때 조철봉의 말이 이어졌다.

"유문수를 어떻게 보셨는지 모르지만 순수합니다. 사랑을 위해서는 목숨까지 바칠 인간이죠. 비가 오나 눈이 오나 매일 아침 한 바구니의 꽃을 바칠 수 있는 인간입니다. 요즘 세상에 아주 드문 친구라고 볼 수가 있습니다."

조철봉의 얼굴은 진지했다. 절실하게 보이기까지 했다. 그래서 여자들의 시선이 일제히 조철봉으로부터 문수에게로 옮아갔으며 분위기가 굳어졌다. 이것은 대단한 칭찬이다. 이만한 피아르도 없을 것이다. 그러나 겉이 그렇다는 말이다. 여자들의 시선을 받은 문수가 당황한 듯 조철봉을 흘겨보았다가 얼굴을 일그러뜨리더니 곧 헛기침을 했다.

"이 자식이 무슨."

겨우 그렇게 말한 문수가 입맛을 다셨을 때 조철봉은 마무리를 했다.

"나하고는 아주 다른 친구지요."

문수가 나는 아니라고 길길이 뛰면 뛸수록 이상하게 보일 것이었다. 이것으로 문수는 말뚝을 박았다. 세 명이 다 유부녀인 처지에 목숨을 걸고 매일 아침에 꽃바구니를 바치는 미친놈을 상대할 리가 있겠는가? 솔직히 이런 분위기에서 이만한 악담도 드물 것이었다.

유문수도 세파를 겪어온 터라 판을 어지럽혔다가는 죽도 밥도 안 된다는 것을 모를 리가 없다. 그래서 호흡을 고르고는 평상심을 회복했는데 수시로 여자들과 조철봉의 눈치를 보았다. 조철봉은 문수가 아직 여자를 정하지 않았다는 것을 알 수 있었다. 물론 이쪽도 내색은 하고 있지 않았지만, 눈동자가 자주 흔들렸고 한곳에 집중하지 않는 것이 그 증거였다. 그래서 식사를 하는 도중에 자리에서 일어나며 문수에게 말했다.

"야, 결재할 것이 있으니까 잠깐 나와."

문수가 퍼뜩 눈을 크게 떴다가 잠자코 따라 일어섰으므로 둘은 방을 나왔다. 여자들이 대충 눈치를 챈다고 해도 상관이 없는 일이었다. 복도에 나와 마주보고 섰을 때 조철봉이 문수를 향해 눈을 부라렸다.

"야, 이 시발놈아. 니가 셋 다 먹을래? 왜 구정물만 일으키고 지랄이

여?"

"뭐? 내가 왜 인마?"

했지만 문수가 제 잘못을 모를 리가 없다. 그리고 계속 우긴다면 때려 엎어버리는 것이 낫다. 조철봉의 시선을 받은 문수가 이윽고 입맛을 다시더니 말했다.

"야, 그럼 작전을 짜자."

"그렇다면 진즉 이야기를 해줬어야 될 것 아녀?"

조철봉이 더 밀어붙였다.

"왜 내가 하는 말에 고춧가루만 뿌리고 있어, 이 자식아."

"글쎄, 작전을 짜자니까."

문수가 정색하고 조철봉을 보았다.

"어떻게 하면 좋지?"

그러자 조철봉도 정색했다.

"넌 누가 마음에 들어? 어서 솔직하게 말해."

"박지연이."

생머리의 여인이며 곧 중용(中庸)의 여인임과 동시에 조철봉이 찜한 여인인 것이다.

어깨를 편 조철봉이 심호흡을 했다.

"너하고 눈을 맞췄어?"

"눈을 맞추다니?"

"그전에 이야기가 돼 있었느냔 말이다."

"아니, 그런 건 없어. 골프장에서 딱 두 번 만난 것뿐이야. 그것도 셋이 함께."

"그렇군."

"셋이 다 퀸카라 남자들 팀이 모두 눈독을 들이고 있었어. 나도 겨우 끌어낸 거라구."

"그런데도 그 지랄을 해?"

"야, 어떻게 하지?"

문수가 이제는 조철봉에게 바짝 다가붙었다. 여자 문제에 대해서는 조철봉이 선배라는 것을 이제야 인정한 것이다. 조철봉이 눈을 가늘게 뜨고 문수를 보았다.

"좋아, 박지연이를 너한테 붙여주지. 그 대신 내가 하자는 대로 해야 돼. 이 자식아, 알았어?"

"알았어, 그렇게만 된다면 오늘은 내가 쓰지."

그러고는 문수가 일그러진 웃음을 띠었다.

"나는 너도 박지연이한테 눈독을 들이고 있는 줄 알았다구."

"시끄러, 자식아, 난 누구라도 상관없어."

조철봉의 가슴은 조금 내려앉았다. 이쪽은 시치미를 뗀다고 했지만 문수도 눈치를 채고 있었던 것이다. 그것은 여자들도 마찬가지일 것이다. 둘이 다시 방으로 들어섰을 때 희영이 웃음 띤 얼굴로 조철봉에게 물었다.

"결재 끝났어요?"

"예, 끝났습니다."

"정리가 되었단 말이군요."

그러고는 희영이 지연과 유경의 눈을 차례로 맞추더니 화사하게 웃었다.

"어차피 하나는 둘을 상대하게 될 텐데 그 역할은 누가 맡게 된 거죠?"

이쪽도 보통이 아니다. 조철봉은 다시 심호흡을 했다.

여자들은 보통내기가 아니다. 조철봉은 물론이고 자리에 앉은 유문수의 얼굴에도 긴장감이 덮였다. 이제 문수는 조철봉에게 온몸을 맡긴 터라 대답도 제 몫이 아닌 것처럼 시치미를 떼고 있다.

정색한 조철봉이 차례로 여자들을 보았다. 그 순간 조철봉의 가슴이 세 단계의 절벽을 뛰어내리는 것처럼 세 번 진동했다. 차례로 자신의 시선을 받는 여자들이 풍기는 매력 때문이다. 요염하고, 화사하며 감미롭고 청순하다. 신비롭고 향기로우며 그윽하게 젖어 있는 것이다.

"납니다. 내가 두 몫을 하게 되었습니다."

조철봉이 손바닥으로 자신의 가슴을 쳤다.

"하지만 아직 유문수의 한 몫도 내 두 몫도 정해지지 않았지요. 그것은 모두 당신들이 풍기는 제각기의 독특한 매력 때문입니다."

눈을 치켜뜬 조철봉이 탐욕으로 이글거리는 눈빛을 완전히 드러내며 세 여자를 보았다. 숨기지 않았다는 표현이 맞을 것이다.

"하지만 선택권은 당신들이 쥐고 있지요. 내 룸살롱의 미인들처럼 말입니다."

"두 몫은 힘드시지 않겠어요?"

그렇게 물은 것이 지연이었으므로 조철봉은 쓴웃음을 지었다. 지연이 입을 뗀 순간부터 이제는 문수가 노골적으로 눈을 반짝이며 조철봉을 응시하는 중이었다.

"아니, 그건 내가 자청한 일이어서."

조철봉은 문득 문수와 둘이서 작전을 짜는 동안 여자들도 분배에 대한 결정을 했을 것이라는 생각이 들었다. 그렇다면 나를 갖기로 한 여자는 누구인가?

만일 그것이 서로 어긋날 경우에는 어떻게 수습해야 된단 말인가?

"자, 그럼 조건을 말해 봐요."

역시 분위기를 띄워준 여자는 희영이었다. 희영이 화사한 얼굴로 조철봉을 바라보며 물었다.

"우리가 조 사장님을 선택했을 경우의 조건을 말이에요."

회에 곁들여서 희영은 소주를 다섯 잔 마셨다. 지연과 유경은 각각 석 잔씩 마셨는데 오히려 얼굴이 더 빨갛다. 희영의 눈빛을 본 조철봉은 숨을 멈췄다. 그쪽도 노골적인 시선을 보내고 있었기 때문이다. 그러나 그것은 조금 전에 자신이 세 여자한테 보낸 시선과 비슷했다. 도전하는 시선이다. 함께 껍질을 벗자고 눈빛으로 외치고 있다.

"5박 6일간의 발리 관광을 시켜드리죠."

조철봉이 정색하고 세 여자를 보았다.

"물론 두 분이니까 가능한 조건이 되겠습니다. 왕복 비행기 요금에다 숙식비까지 일체 책임을 집니다."

"어머나."

먼저 탄성을 뱉은 여자는 짧은 머리의 유경이다. 유경이 유난히 검은 눈동자로 조철봉을 보면서 물었다.

"조건이 뭔데요? 그냥 조 사장님을 찜해주면 되는 건가요?"

"그럼요. 하지만."

조철봉이 머리를 돌려 다시 뚱해져 있는 문수를 보았다.

"먼저 여기 있는 유 사장의 조건을 들어보시죠."

"야, 무슨."

문수가 눈을 치커뜨며 말하다 여자들의 열기 띤 시선을 받더니 긴장했다. 여자들은 대답을 기다리고 있는 것이다. 조철봉은 의자에 등을 붙였다. 이런 분위기에서는 임기응변이 필요하다. 어차피 즐기려고 모인 마당에 변죽만 울리면 서로 피곤해지기만 하는 것이다. 그렇다고 당장 본론으로 들어가면 박살이 난다.

발리 여행은 금방 생각해 낸 상품이었지만 잘 되면 수유리의 발리 모텔에서 즐길 수도 있을 것이었다. 그때 마침내 문수가 입을 열었다.

"좋아, 그렇다면 나는 파리행 왕복 항공권이다. 그리고 일주일간 숙식비를 내기로 하지."

"야아."

희영이 탄성을 뱉었지만 누가 봐도 접대용 멘트였다. 이미 조철봉의 선수로 인하여 김이 샜을 뿐만 아니라 혼자 파리행 비행기를 탈 가능성이 없었기 때문일 것이다. 분위기를 눈치챈 문수가 얼굴을 굳혔을 때 조철봉이 입을 열었다.

"식사도 끝났으니 조용한 곳에 가서 술이나 한잔하십시다."

"분위기 있는 곳으로 가요."

희영이 금방 찬동을 했고 지연과 유경이 가만있었으므로 합의는 된 셈이었다.

"그렇다면 블루호텔로 가십시다."

조철봉이 제의하자 여자들이 서로 얼굴을 마주보았다.

"좋아요."

다시 희영이 웃음 띤 얼굴로 말했다.

"거기 클럽 말이죠?"

"그렇습니다."

<5권 계속>